님비들의 성찬

작가 김경수는 서울에서 태어났고 유년시절 외교관인 아버지를 따라 가족과 일본에서 3년간 살았다. 공학사 및 문학사 학위가 있다. 「5.13 그 너머」로 월간지 『사람과 산』 소설부문 문학상을 받아 등단했으며 「질주,1998」로 대학문학상을 받았다. 소설창작 동인회에 다년간 활동했으며 각종 월간지에 칼럼을 기재하고 있다.

넘비들의 성찬

초판 인쇄 / 2019년 4월 10일

초판 발행 / 2019년 4월 15일

지은이 / 김경수

펴낸곳 / 도서출판 말벗

펴낸이 / 박관홍

등록번호 / 제 2011-16호

주소 / 서울 영등포구 문래로4길 4 (204호)

전화 / 02)774-5600

팩스 / 02)720-7500

메일 / mal-but@naver.com

www.malbut.co.kr

넘비들의
성찬

김경수 소설

여체에 대한 그리움. 여름의
햇볕을 받아 뜨겁게 열을 받
은 세라피나의 핑크빛 셔츠에
서 그는 포근함을 느끼고 있
었다. 마음을 닫고 사는 일…

말벗

차 례

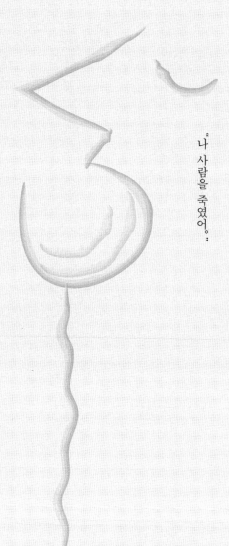

"그런데 아저씨는 뭐하시는 분이에요?"

그는 그 질문에 쉽게 답하고 싶지 않은 충동을 느꼈다. 제일 먼저 떠오른 생각을 그냥 내뱉었다. 그리고 짓궂은 미소를 띠었다.

"나 사람을 죽였어."

질주, 1998*

　김종식(金終蝕)은 차문을 열었다. 낡은 93년식 은청색 소나타는 세차를 하지 않아서 그런지 더욱 추레해 보였다. 운전석에 앉아 주행거리를 살피니 199,805킬로미터를 나타내고 있었다. 시동을 걸자 마른 기침소리같은 밭은 숨이 엔진에서 품어져 나왔다. 그와 동시에 그도 한숨을 내쉬었다. 그래. 아무렇지 않게 달리자. 행선지는 다르겠지만 늘 다니던 출근길처럼, 일단 시작은 그렇게 나서자. 그는 시계를 보았다. 8시 30분. 이대로 25분을 달리면 사무실에 도착할 것이다. 그러나 그는 아파트단지에서 평소처럼 좌회전을 하지 않고 차를 반대 방향으로 돌렸다. 그와 동시에 그는 행선지를 잃었다. 다만 막연히 북쪽을 생각했다. 그의 눈은 심하게 충혈되어 있었다. 입에서는 아직 술냄새가 배어 나왔다. 눅진한 피로가 엄습

*　1998년 제21회 한국방송대 문학상 당선작

질주, 1998 · 9

했다. 잠시 차를 세워 자판기에서 커피를 뽑아 마시며 크게 심호흡을 했다. 어쩔 수 없다. 밤새 되뇌던 말이 자동응답기 같은 음색으로 자신의 입에서 새어나왔다.

영도다리를 지나 남포동의 끄트머리에 와 있는 걸 보니 출근시간이 다 됐음직하다. 이 낯선 거리. 생경하기만 한 타향에서 보낸 삼개월. 하지만 이제 출근은 없다. 그 지옥같던 삼개월의 시간이 그를 철저하게 파괴했고 마침내 그는 항복했기 때문이다. 그는 빈 종이컵을 꼭 쥐었다. 형편없이 찌그러진 컵에서 미적지근한 액체가 흘러내렸다. 바지춤에 아무렇게나 손을 부비고 구겨진 컵을 길바닥에 내던졌다. 다시 차에 올랐다. 서두를 건 없다. 일단 이 도시를 빠져나가고 보자. 회사에서는 결코 자신을 찾지 않을 것이다. 오히려 그를 이 먼 곳에다 버린 셈이고 그들이 이겼으니까. 자존심을 버리는 건 어렵지 않았다. 더 이상 아내나 아이들의 모습도 떠오르지 않았다.

종식은 중앙로를 거쳐 수영터널을 지나 도시 고속도로를 통해 경부고속도로로 진입할 생각을 했다. 라디오를 켰다.

"정부는 올해 상반기에만 최소 150만 이상의 실업자가 발생할 것으로 예측하고 이를 위한 기금조성에 차질이 없도록 각 부처에 특별조치를 지시했습니다. 또한 고용창출을 위한 외국인 투자유치에 총력을 다할 것을 일선 공무원에게 하달하였습니다…."

차창을 내리니 오월 특유의 상긋한 바람이 그의 얼굴을 때렸다. 찐득거리는 손으로 잡은 핸들이 눅눅하게 느껴졌다. 평소라면 당장 차를 세우고 손을 씻었을 것이다. 결벽증이 있다고 할 순 없어도 늘 깔끔하게 살아온 그였다. 하지만 이제는 아니다. 빈핍(貧乏)

해지는 것을 즐겨야 할 때가 왔기 때문이다. 중앙로에 들어서자 차가 막혔다. 이 도시에 갇힐지도 모른다는 조바심이 들었다. 그는 클랙슨을 마구 눌렀다. 신호는 여전히 빨간 불이었다. 양옆의 운전자들이 눈총을 던졌다. 그러나 종식은 희열감에 빠져 계속 클랙슨을 눌러댔다. 참다 못한 앞차의 운전자가 차에서 내려 다가왔다. 그는 중키의 말쑥한 사나이를 빤히 올려다보았다.

"거 보소. 와 그렇게 얄궂게 그라노?"

그는 방언이 주는 억양에 심한 거부감을 느꼈다. 그리고 그것이 그의 비위를 다시 거세게 자극하였다. 그건 얼마 전에 들어본 억양과 너무나 흡사했다.

'김 부장님요. 거 그렇게 버틴다고 달라질 건 없심데이.'

그 생각이 들자 욕지기가 속에서 뻗어 나왔다.

"그러는 넌 뭐야! 시팔 놈아."

"뭐라꼬. 이노므 자식이 미쳤나? 니 방금 뭐라 캤노?"

"뭐긴 뭐라고 그래. 넌 뚫린 귀도 없냐?"

"야! 이놈 봐라. 니 여기서 마 죽어 볼라꼬 그라나?"

사나이는 눈을 부릅뜨고 차문을 왈칵 열었다. 김종식은 순간적으로 멱살을 잡히며 차 밖으로 끌려나왔다. 두 사람은 서로 멱살을 잡고 버티었다. 그때 신호가 바뀌었고 사방에서 경적소리와 욕 소리가 터져 나왔다.

고속도로로 진입한 종식은 터신 입술을 훔치며 실실 웃었다. 생각해 보니 취직을 하고 사회생활을 하면서 그처럼 대놓고 욕을 해보는 건 처음이었다. 조직의 규율에 자연스럽게 따르는 일. 그것에 길들어 버린 삶이 아니었던가. 하지만 이제는 자유다. 모든걸 버린 대가로 얻은 자유. 회사에서 쫓겨났다기보다는 자신이 회사를 버린 것이라 생각하니 마음이 편했다. 그 동안 숨막히도록 치밀하게 살아온 시간들. 그때는 시테크를 외치며 시간을 쪼개는 데 급급했고 그 시간을 회사에 바쳐왔다. 그러나 오히려 자신도 모르는 사이에 잠식되어 버린 자기만의 시간은 얼마였는가. 그는 미하엘 엔테의 '모모'를 생각했고 시간도둑을 생각했다.

10시가 넘어선 도로는 한산했다. 길이 뚫린 것이다. 그는 가속페달을 밟았다. 그토록 능력한계 안에서 가속만 하고 살아온 인생을 반추하듯. 속도계의 바늘이 껑충 고개를 쳐들었다. 시야가 급속히 좁아 들었다. 시속 150킬로미터. 그는 차창을 모두 활짝 열었다. 바람이 얼굴을 때렸다. 그처럼 자신의 인생에서 저항으로 부딪쳐온 것은 또한 얼마였을까? 자존심을 산더미만큼 버리며 살았다고 입버릇처럼 떠 버렸지. 어떤 형태든 저항에 부딪칠 때마다 그 경계를 넘을 땐 의례히 자존심을 버리면 견딜 수 있었다. 그런데 이 꼴이라니. 그렇게 죽는 날까지 자존심만 버리면 버틸 수 있다고 믿었는데…. 그러나 이제는 그마저 헛된 것이 돼 버렸다.

이정표가 곧 경주에 닿을 것을 알려주었다. 완만한 커브에서 감속하지 않고 진입했더니 끄트머리에 교통경찰이 안전봉을 열심히 휘두르며 정지신호를 보내 왔다. 그러나 종식은 무시한 채 그대로 달렸다. 백미러로 경찰이 따라오지 않은 것을 확인하자 그는 큰소리로 껄껄대며 웃었다. 통쾌했다. 예전 같았으면 한번쯤 봐 달라고 얼마나 비굴하게 굽실거렸을까? 하지만 이제는 어림없다. 잡혀도 그만인 것이다. 그런 여유가 생기자 시장기가 밀려왔다. 그는 경산

휴게소에 들러 요기를 하고 연료를 보충하려 했다. 차를 세우고 스낵 코너에서 2000원 짜리 가락국수를 받아 드니 지난 일이 떠올랐다. 말단 시절 본사에서 부산지사로 출장이 있으면 그는 출장비를 아끼려 가락국수로 끼니를 때우곤 했다. 당시 출장비는 정액(定額)이었기에 알뜰히 쓰면 남는 게 있었다. 짧은 정차시간에 입천장을 데이면서 먹던 가락국수. 그렇게 때운 삶이다. 그러나 오히려 구멍 난 게 있다면 그것은 그의 위장이었고 인생이었다.

'뭐로 때우라는 거에요? 이걸로 어디 아파트 중도금이나 내겠어요? 아이들 과외비는 어떻구. 큰애가 난리에요. 이러다 대학 못 간다고. 어디 구멍 난 살림이 한둘이어야지….'

그는 다시금 김이 올라오는 가락국수를 한 젓가락 떠올리며 한때 그들도 사랑을 나누던 사이였다는 걸 회상했다. 그는 피식 웃으며 여유롭게 국수를 입에 넣었다. 이제는 이 또한 서두를 필요가 없었다. 주유소로 가서 차를 세웠다. 팔뚝에 토시를 끼고 낡은 모자를 눌러 쓴 나이가 꽤 들어 보이는 점원이 다가왔다. 그는 웃으며 친절을 다한다. 나도 저 나이엔 이런 일을 하는 게 어떨까? 그는 상념을 떨치고 가득 넣어 달라는 뜻으로 손을 치켜든다. 주유미터가 돌아간다. 문득 그냥 내달리고 싶은 충동이 든다. 요즘은 기름 넣다 그냥 도망가는 사람도 있다는 기사처럼. 그는 나도 못하랴 싶은 생각에 사이드 브레이크를 풀고 기어를 일단에 넣었다. 액셀러레이터를 힘껏 밟으니 차는 뜨거운 인두를 맞은 소처럼 펄쩍 뛴다. 기름을 넣던 늙은 점원은 자지러지게 놀랐으리라. 이번엔 백미러를 쳐다보지도 않았다. 그냥 상상으로 쾌감을 맛볼 뿐이다. 그렇게 쾌속을 즐기다가 행여 자신의 차번호를 주유소에서 신고하지 않을까 싶은 생각이 들었다. 그의 차는 서대구 톨게이트에서 국도로 진입했다.

그는 왜관읍이 보이는 개천가에 차를 세우고 몇 시간을 잤다. 뻣뻣한 목을 어루만지며 몸을 추스르니 사지가 뻐근했다. 해는 기운을 잃고 저물어 간다. 그는 담배를 뽑아 물며 평화로운 강변을 바라보았다. 갈대와 작은 모래톱이 어우러진 아름다운 풍경. 인생이 유수와 같다는 생각에 그는 서글픈 표정을 지으며 담배연기를 길게 내뿜었다. 그리고 차안을 살펴보았다. 딱히 가져나온 것도 없다. 얇은 여름 점퍼와 모자가 뒷좌석에 있고 서류가방은 조수석에 있다. 그는 콘솔박스를 열어 보았다. 여러 약국의 상호가 인쇄된 약봉지들이 있었다. 수면제가 든 봉지다. 그리고 작은 병에 든 싸이나(농촌에서 주로 새를 잡을 때 쓰는 독극물의 일종, 수산화 칼슘). 도루코 칼과 나일론 끈. 그는 웃었다. 그리고 트렁크를 열어 보았다. 소주와 맥주가 각각 한 박스, 그리고 여행가방 하나.

그 여행가방에는 만원짜리 현찰로 약 삼천만원 정도가 들어 있었다. 그것은 그가 어제 분양받은 아파트의 중도금을 내지 못하여 삼백여 만원의 위약금을 공제하고 해약한 아파트 분양대금이었다. 그는 그것을 일부러 현찰로 찾았다. 차마 아내에게 동의를 구하지 않고 해약해 버린 터라 그냥 자신의 차에 넣어 둔 것이다. 지금 사는 집이 작긴 하지만 그래도 가족들이 살 곳은 있는 셈이다. 그리고 처자식들은 자신의 퇴직금만으로도 당분간 살아갈 수 있겠지. 그러니 그 돈은 순전히 그의 몫이라 할 수 있다. 그러나 그는 그 가방의 부피가 자신이 꿈꾸어 온 40평 아파트라는 인생을 대변하기에는 너무 작다는 생각이 들었다. 아니, 그것은 실패한 꿈더미일 뿐이었다.

그는 트렁크에서 소주 한 병을 뽑아 들고 이빨로 병뚜껑을 땄다. 어금니가 시큰거렸다. 뒷바퀴 곁에 아무렇게나 털썩 주저앉아 병째로 나발을 불었다. 이제 곧 마흔이다. 낀 세대라고 놀림을 받았던 이 땅의 30대. 그 세대를 마감하는 것과 동시에 그는 실직자가 되어 버렸다. 그런 생각이 들자 그는 화가 뻗쳐올랐다. 단숨에 비워 버린 소주병을 뚝방 밑으로 내던졌다. 또 한 병을 마시려 일어서자 다리가 휘청거렸다. 다시 기대어 앉은 그는 이번엔 껄껄거리고 웃었다. 해는 이미 졌고 사방이 어스름한 어둠에 잠겨 가고 있었다. 그는 그렇게 한참을 망연히 앉아 있었다. 생각을 포기한 자처럼. 표정 없는 그의 얼굴은 데스마스크처럼 굳어 가고 있었다.

잠들었던 그가 악몽에 소스라치게 놀라며 깬 것은 서너 시간이 지난 후였다. 그는 다시 엄습하는 시장기와 쓰려 오는 배를 부여잡고 읍내로 향했다. 그리고 처음 눈에 띄는 선술집으로 들어갔다. 드럼통을 세워 만든 식탁이 서너 개 있고 손님은 없었다. 그는 자리잡고 앉아 주인인 듯한 여인을 불렀다.

"주모! 여기 이 돈만큼 술상 좀 봐 주소."

그는 주머니에서 만원짜리를 몇 장 꺼내 식탁에 놓으며 호기롭게 말했다.

"보아하니 타지 사람인 것 같구마 .아무거나 괜찮을라요?"

주인 여자는 눈치를 살피며 돈을 세어 본다. 그리고 알았다는 듯이 고개를 주억거리고 안주거리부터 내왔다. 그는 막걸리를 시켰다. 한때 소득 만불시대엔 사양길을 걷더니 IMF가 오니까 소비가 늘었다고 했지. 그는 학창시절 과회식을 할 때 막걸리를 말술로 받아 와 대접으로 마시던 걸 생각해 냈다. 그리고 그때의 기분을 살려 한 대접을 거뜬히 비웠다. 기분이 좋아졌다.

"아지매요. 손님도 없는데 같이 좀 놉시다."

그는 주인여자를 불러 앉히고 대작을 하였다. 넉넉해 보이는 체구의 주인여자는 젓가락 장단으로 트로트를 불러제꼈고 그는 신바람이 나서 서너 곡을 줄기차게 불렀다. 아무리 발라드와 테크노댄스와 하드락이 판을 쳐도 트로트만은 못하다고 그는 생각했다. 해저문 소양강에 황혼이 지고 외로운 갈대밭에 슬피 우는 두견새야. 그는 그렇게 두견새처럼 울었다. 주인여자의 만류에도 비칠거리며 술집을 나와 자기 차로 향하는 동안 그는 마냥 눈물을 흘렸다. 그리고 심한 토악질을 해댔다. 모든 게 엉망이었어도 그는 내심 그걸 즐겼다.

제한속도가 70킬로미터인 국도를 시속 90킬로미터 이상으로 달리며 그는 이정표를 살폈다. '문경 50Km.' 눅눅한 이슬 기운을 털고 일어났을 땐 상쾌함을 느끼기도 했다. 그러나 그것으로는 정화될 수 없는 다른 얼룩이 그의 가슴속에 따로 있었다. 문경은 처음 가는 곳이다. 해외출장 한 번 나가 보려고 기를 쓰던 자신이 생각났다. 하지만 그보다 생소한 곳이 이 땅에 더 많다는 걸 그는 이제야 느낄 수 있었다. 30여분을 달려 도착한 시내는 오전 나절이라 한가했다. 햇살은 따가웠고 심한 갈증이 그를 괴롭혔다. 적당한 곳에 차를 세우고 그는 가게에서 콜라를 한 병 사 마셨다. 그리고 가게의 거울에 비친 자신의 모습을 보았다. 엉망이었다. 한 기업의

간부사원이 하루아침에 부랑자가 된 것이다. 가게주인의 수상스런 눈빛에 아랑곳하지 않고 그는 시내를 향해 터벅터벅 걸었다. 생각 없이 한참을 걸었을 때 그는 문득 자신이 80년대의 서울거리를 걷는다는 생각이 들었다. 낡은 간판. 퇴색되어 버린 벽보. 허술하게 돌아가는 이발소의 표식.

그러고 보니 이 도시의 시간은 과거에서 멎은 듯했다. 자신이 한때 교복을 입고 보낸 서울의 어느 거리가 그대로 옮겨진 것 같은 기분에 그는 쓴웃음을 지었다. 그는 커다란 원을 그리듯 동네를 한 바퀴 돌아 자신의 차로 향했다. 그리고 외진 골목에서 큰길로 가려는데 한쪽에서 담배를 꼬나문 채 교복을 입고 있는 10대들이 서넛 있는 게 보였다. 그런 애들을 못 본 척하고 지나가는 사람들이 눈에 거슬렸다. 저런 꼴을 어디 한두 번 보았나? 그럴 때마다 그는 자신의 아이들을 생각하고 참곤 했다. 괜한 짓해서 다칠 필요가 없으니까. 내가 다치면 아이들은 어떡해? 그런 생각들이 결국 그를 비겁하게 만들곤 했다. 그러나 지금은 전혀 그런 마음이 들지 않았다. 그는 허우적거리듯이 큰 걸음으로 그들에게 다가갔다. 평소에 정말 하고 싶었던 일을 하려는 것이다. 그들은 그렇게 다가오는 그를 야릇한 눈빛으로 쳐다볼 뿐이었다. 순간 그는 쭈그려 앉아 있던 녀석의 입에서 거칠게 담배를 뺏어 집어던졌다.

"이것들이 머리에 피도 안 마른 게…."

너무나 황당한 꼴을 당했는지 입을 벌리고 멍하니 쳐다보는 그 녀석의 성상이를 냅다 걷어찼다. 외미디 소리가 터져 나왔다. 뒤에 있던 서너 명이 동시에 욕설을 퍼부으며 달려들었다. 그는 맞으면서도 닥치는 대로 때렸다. 그런 와중에 어깨가 화끈거렸다. 피가 튀었고 그건 자신의 것이었다. 한 놈이 작은 주머니칼을 들고 있었다. 그때 누군가 그를 확 잡아챘다. 그리고 그 관성에 그가 잡아 이끄는 쪽으로 뛰게 되었다. 시야에 몇 놈이 쫓아오는 척하더니 뒷걸음질하는 게 보였다. 분명 고함을 지르는 것 같았으나 아무 소리도 들리지 않았다. 그렇게 한참을 달렸다. 가슴이 터질 것 같았다.

"어쩔려고 그랬어요?"

이십대 후반쯤 되어 보이는 청년이 의외라는 표정으로 숨을 고르며 말을 걸었다.

"어쩌긴, 되지기밖에 더 하겠어? 저런 새끼들은 손 좀 봐야 해."

"보아하니 여기 분 같지는 않은데…. 그러다 되려 당하기 십상이라구요."

"그래? 그게 무서워서? 그런데 그쪽도 말씨가 여기 사람 같지가 않구만."

"사실 여기가 고향이지만 너무 어렸을 적에 서울로 가서 그렇죠."

그러면서 그는 자신을 소개했다. 이상락(李傷落). 스물여덟이며 방위를 마치고 대학을 졸업했으나 몇 년째 취직을 못했다는 것이다.

"엄청나게 노력했는데 모두가 허사였죠. 그러다 지쳐 문득 고향에 오고 싶어졌어요. 일가친척도, 아무도 없는 곳이지만….""

그 말투는 다소 의기소침하게 들렸다. 종식은 그런 그에게서 연민을 느낄 수 있었다. 동병상련(同病相憐). 하지만 하나는 시작도 못해 본 놈이고 하나는 잘 가다가 끝장난 놈이었다. 종식은 자신을 그냥 보고 지나가지 않은 이상락이 마음에 들었다. 그리고 길동무

18

로 삼아도 좋다는 생각이 들었다.

"그런데 아저씨는 뭐하시는 분이에요?"

그는 그 질문에 쉽게 답하고 싶지 않은 충동을 느꼈다. 제일 먼저 떠오른 생각을 그냥 내뱉었다. 그리고 짓궂은 미소를 띠었다.

"나 사람을 죽였어."

상락은 믿을 수 없다는 듯이 종식을 쳐다보았다.

"돈만 뺏으려다 그런 거야. 못 믿겠지? 그럼 날 따라와."

두 사람은 은청색 소나타로 갔다. 트렁크를 열고 가방 안의 돈 뭉치를 보여주며 종식은 짐짓 떨리는 어조로 말했다.

"신고하고 싶으면 해도 좋아. 하지만 이 돈으로 어머니가 수술받게 하고 싶어."

상락은 고심하는 표정을 지으며 어찌할 줄 몰랐다. 종식의 거짓말을 알 수 없는 그는 난감할 수밖에 없었다.

"아까의 행동을 보면 나쁜 사람 같지는 않는데…. 그렇다고 사람을 죽인 걸 모른 척할 수는 없잖아요?"

"우발적이었어. 어머니 때문에…. 상락이. 이렇게 하지. 어차피 자네도 떠돌이처럼 여기 왔으니 나와 같이 가세. 내가 수술 절차를 다 마치면 그때 신고하면 되잖아. 자네가 당분간 나를 연행하는 거지."

그는 그냥 지껄인 이야기가 그럴듯하게 나오자 속에서 웃음이 나왔다. 그리고 자연스럽게 두 사람은 한 차에 탔다. 다친 어깨는 심하지 않았다. 차는 다시 분경시를 빠져나갔다. 이상락이 입을 열었다.

"그러고 보면 나도 나쁜 놈이긴 마찬가지죠."

"무슨 소리야?"

"살면서 죄 없이 지낸 놈 있나요. 아저씨가 재수 없었던 거지. 저도 따지고 보면 애들 삥도 뜯어보고 기집애들 꼬드겨 따먹기도 하고…. 동방위할 때는 돈 받고 불참자들 봐주기도 했죠."

그는 살인자와 동승했다는 생각인지 자신도 동격이 되려 애쓰는 듯했다.

"야! 마셔."

김종식은 그런 그가 밉지 않아 뒷자리에 꺼내 둔 맥주를 내밀었다. 이상락은 굽실거리듯 맥주 캔을 받아 꼭지를 땄다. '퍽'하고 거품이 튀었다. 맥주는 미지근했지만 마실 만했다. 김종식은 자신도 하나를 따서 마셨다. 음주운전. 또 하나의 전과가 붙은 것이다. 김종식의 모습이 초연해 보였는지 이상락은 말없이 맥주만 홀짝거리고 있었다. 창밖을 바라보니 신록이 펼쳐져 있었다. 김종식은 은연중 서울로 향하고 있었다. 그곳이 그의 고향이니까. 그러나 그가 태어난 생가는 재개발에 밀려 아파트 단지가 들어선 지 오래된 곳이다.

그렇게 둘은 맥주를 마시며 신나게 달렸다. 몇 차례 앞차를 추월하려다 위기를 겪기도 했다. 그때마다 둘은 낄낄거렸다. 어느새 두 사람은 동화되고 있었다. 해가 질 때쯤 그들은 제천에 도착할 수 있었고 한적한 변두리에 차를 세웠다. 그리고 트렁크를 열어 소주를 마셨다.

"사람 죽였을 때 기분이 어땠어요?"

한참 취기가 올랐을 때 이상락은 궁금해 못 참겠다는 듯이 입을 열었다.

"솔직히 말해서 째지는 기분이야."

그는 그럴 것이라는 생각으로 말을 이었다.

"그리고 다 죽이고 싶어. 날 이 꼴로 만든 놈들. 나라꼴을 이렇게 만든 새끼들. 그리고 내 처자식들까지도….."

살기가 도는 그의 눈빛을 보자 이상락은 섬뜩함을 느꼈다. 그러나 공감이 갔다. 자신도 그러고 싶었는데 기회가 없었을 뿐이었으니까.

"야. 씹이나 하러 갈까?"

돌연 그가 소리쳤다. 깊은 곳에서 성욕이 충동질을 했다. 배설욕구가 참을 수 없이 밀려들었다. 그들은 허름한 여관으로 들어갔다. 그는 또다시 세지 않은 돈 다발을 주인에게 건네며 말했다.

"쓸 만한 애들 좀 보내요. 맥주하고. 잘하면 팁 빵빵하게 준다고 그래."

이상락은 그런 그를 존경하는 듯한 눈빛으로 쳐다볼 뿐이었다. 하지만 김종식은 처음이었다. 군대에 있을 때 고참들을 쫓아가 다방레지와 술김에 섹스를 한 걸 빼면 아내가 전부였기 때문이다. 그러나 돈 다발을 들고 술에 취하니 뭐든 하고 싶다는 충동을 참을 수 없었다.

방에 자리를 잡자 두 아가씨가 맥주와 오징어가 놓인 쟁반을 들고 들어왔다. 짙은 화장에 원피스 차림이었다. 앉으니 뱃살이 접히는 게 보였다. 억지웃음과 어색한 몸짓으로 어울리기 시작한 그들은 한참이나 맥주를 마시며 떠들었다. 이저씨 이 말 아세요. 내가 명퇴당한 것을 알리지 마라. 이순신 장군형이라잖아요. 내가 썰렁했나? 그는 그런 같잖은 말에도 열심히 웃어 주었다. 그래. 내가 도망친 걸 회사나 가족은 지금쯤 알았겠지. 하지만 늦었어. 되돌리기에는 모든 게 잔인해. 그는 실실거리며 옆방으로 한 여자를 데리고 갔다. 여자는 못 이기는 척 따라 들어와 옷을 벗었다. 그는 자신의 성기에 억지로 그녀의 입을 갖다 댔다. 진한 애무가 있자 자지러지듯 그는 몸을 떨었다. 하지만 뜻대로 발기가 되지 않았다. 마치 아내 앞에서 그랬던 것처럼. 계속해서 그는 섹스를 시도했지만 맥이 풀렸고 그때마다 그녀는 짜증을 내기 시작했다. 갑자기 한 알에 5만원이나 한다는 비아그라가 생각났다.

종일 여관방에서 뒹굴던 그들은 해가 질 녘에야 여관을 나섰다. 선선한 바람이 불어왔다. 김종식은 차를 강변에 세웠다. 옥류천의 지류였다. 물은 맑았고 바닥의 자갈은 깨끗했다. 해가 지는 강변은 사뭇 인상적이었다. 노을은 다음날의 화창한 날을 예고하듯 선홍색으로 고왔다. 두 사람은 말없이 차에 기대어 선 채로 그렇게 해가 지는 것을 찬찬히 보았다. 어둠이 짙게 깔리자 종식이 입을 열었다.

"어때? 불이나 지피지."

그들은 주변에서 나무토막을 주어 모닥불을 만들었다. 종식은 차바퀴에 기대어 앉았다. 이상락이 널찍한 돌에 신문지를 깔고 반대편에 앉았다. 그들은 골뱅이 통조림을 앞에 두고 병나발을 불기 시작했다. 시간이 지나자 고즈넉한 분위기가 감돌았다. 종식의 예기치 않은 행동에 상락은 그가 지나친 감상주의자라고 생각했다. 어머니의 수술비를 위해 돈을 훔치다 사람을 죽여 놓고 이렇게 여유를 즐기고 있다니. 어딘가 앞뒤가 맞지 않았다. 억지스런 과장과 위선이 보였다. 그런 느낌이 강하게 일자 상락의 얼굴이 굳어졌다. 그를 빤히 바라보던 종식은 쓴웃음을 지었다. 상락의 생각을 꿰뚫었다는 듯이.

"상락이. 느닷없이 불을 지핀 게 궁금하지? 트렁크에서 가방 좀 가져다 줘."

이상락은 시키는 대로 가방을 꺼내 그의 옆에다 두었다. 그는 불쑥 만원 짜리 한 다발을 불 속에 던졌다. 백만원이었다. 돈은 밝은 빛을 발하며 순식간에 타올랐다. 이상락은 놀라 믿을 수 없다는 표정을 지었다. 어안이 벙벙했다. 다시 김종식의 손이 돈 가방으로 들어갔다. 이상락은 참을 수 없다는 듯이 외마디를 질렀다.

"자, 잠깐만요!"

김종식은 행동을 멈춘 채 귀찮다는 눈빛으로 이상락을 쳐다보았다.

"아저씨 말이 거짓인 거 알아요. 하지만 이건 심하잖아요. 무슨 돈인지 모르지만 그걸 그냥 재로 만들겠다는 건가요? 왜 날 데리고 왔어요? 이 꼴 보여주려구요? 아이고 미치겠네. 도대체 뭐예요? 당신은 누구죠? 뭐라 말 좀 해 주세요."

김종식은 안달이 나서 어쩔 줄 모르는 이상락을 보고 견딜 수 없다는 듯이 웃어댔다. 이상락은 계속 김종식을 바라만 보고 있었다. 잠시 후 진정효과가 있었는지 종식은 웃음을 멈추고 긴 숨을 내뱉었다. 그제야 가방에 넣었던 손을 빼내었다. 빈손이었다.

"그래. 이 돈이 아깝다는 거지. 잘 봤어. 나 사람 안 죽였어. 어머니는 중학교 때 이미 돌아가셨고. 이거 순전히 내 살 깎아 모은 돈이야. 그러나 더러운 돈이야. 어머께서 그러셨어. 세상에서 가장 더러운 게 돈이라고. 이놈 저놈 손때를 탈 대로 타고 그래도 한 놈 손엔 절대 머무르지 않는다고, 그렇게 입버릇처럼 말씀하셨지. 그 땐 어려서 그냥 비위생적인 걸 말씀하시는지 알았어. 그런데 이제 야 그 뜻을 알게 되었지. 돈이 사람을 비참하게 만들고 사람을 죽 이기도 하는 거지. 너와 함께 하는 건 그냥 이렇게 되서 그런 거지 다른 뜻은 없어. 난 그냥 이걸 모두 천천히 태우며 날을 지샐 거야. 꼴보기 싫으면 그냥 가.”

이상락은 기막히다는 듯이 거친 숨을 내쉬었다. 어느새 김종식 앞으로 자신도 모르게 무릎을 세우고 몸을 앞으로 기울이고 있었 다. 맥이 풀리듯 제자리에 털썩 주저앉았다.

“처음부터 아저씨를 이해했던 거예요. 그렇지 않으면 바로 경찰 에 신고했을 거구요. 나도 별수 없는 놈인 걸요. 그래도 그러지 마 세요. 그냥 길에다 뿌리던가. 뭐 어쩌자는 건 아니지만 너무 사치 스런 놀음을 하는 것 같아서요.”

그리고 그는 반쯤 남은 소주를 한 번에 나발불었다. 김종식은 쓴 웃음을 지었다. 깊은 주름이 만드는 웃음. 면도를 안 한 거친 수염 엔 군데군데 흰 수염이 보였다. 그는 다시 가방에서 만원권을 한 다발 꺼내 들었다. 그리고 불 속에 던지는 대신 담배를 빼물더니 한 장을 다발에서 뽑아 모닥불에서 불을 붙여왔다. 타오르는 지폐 에 대고 담뱃불을 붙였다. 붉은 불빛이 김종식의 기름기가 번들거 리는 얼굴에서 춤을 추었다.

이상락은 홍콩 느와르 필름의 한 장면을 보는 듯한 야릇함을 느 꼈다. 김종식이 담배에 불을 붙이고 고개를 들어 연기를 길게 내 뿜었다. 그리고 이상락에게 한 개비의 담배를 던져 주었다. 다시

한 장의 지폐에 불을 붙여 이번에는 이상락에게 내밀었다. 이상락은 이것이 돈 타는 냄새일 거라는 생각과 함께 세게 담배를 빨았다. 왠지 머리가 핑하고 돌았다.

"그래. 니 말이 맞아. 사치행각은 이쯤으로 끝내지."

김종식은 남은 돈다발을 가방에 넣고 앉은 자세에서 뒷문을 열어 가방을 뒷좌석에 아무렇게나 던졌다. 이상락은 불이 약해지는 것을 보고 깔고 앉았던 신문지를 불 속에 던졌다. 불빛에 기사의 표제가 어른거리며 보였다. '지구상에서 약해지는 수컷. 50년 전보다 남성의 정자수가 절반으로 줄어.'

서늘한 이슬의 눅눅함을 못 이겨 상락은 눈을 떴다. 만취되어 그 자리에서 뻗은 것이다. 까맣고 희뿌연 재를 남긴 채 모닥불은 이미 죽어 있었다. 물안개가 뽀얗게 올라왔고 저편에서는 햇살이 눈부시게 뻗쳐 왔다. 종식은 강가에 서서 먼 곳을 주시하고 있었다. 상락에게는 간밤의 일이 꿈만 같았다. 두 사람은 자동차의 의자를 젖히고 다시 대여섯 시간을 잤다. 시장기를 느껴 식사를 하고 며칠째 폭음에 시달린 위장을 위해 약을 사 먹기까지 했다.

"좋아. 이번엔 큰길로 달리자."

김종식은 원주로 방향을 잡고 이차선 도로를 달리기 시작했다. 이상락은 비스듬히 차문에 머리를 기대고 하늘을 쳐다보았다. 흰 구름이 흩어져 휘도는 모습이다. 손에 잡을 수 없는 구름. 그것이 었을까? 그것을 위해 전공보다도 토플이나 토익시험에 매달렸고 어학연수를 보내 주지 않는다고 어머니와 악을 쓰며 싸우지 않았던가. 취업재수생, 삼수생 소리를 들으며 도서관과 컴퓨터학원을 다니던 일들이 떠오르자 그는 씁쓰름한 미소를 지었다. 그제야 김종식을 이해할 수 있었다. 그들은 우연히 만난 타인이 아니었다. 이미 오래 전부터 같은 병을 앓아 온 환자들이었다. 그걸 깨달았을 뿐이다. 다만 병명을 서로 모를 뿐.

"이 차를 몇 번이고 바꾸려 했었지. 그런데 그게 안돼. 말만 부장이지. 살아오면서 내가 하고 싶은 일을 마음껏 해본 적이 없어. 그리고 나를 위해 돈 쓰는 일은 더더욱 없었지. 언제나 자식새끼와 마누라가 먼저였어. 밑에 놈들한테는 체면 지키느라 밥 사 먹이고 술 사주고, 거래처 놈들에게는 술시중 들어야 하고, 경조사는 왜 그리 많은지 돌린 봉투가 한둘이 아니야. 결국 내 차 하나 새 걸로 못 바꾸고 보고픈 책 한 권 사지 않더라고. 그저 조금만 참으면 된다고. 그런 식으로 살아온 인생이고 그래서 이 차가 오래된 친구인 셈이지."

이상락의 심정이 전달되었는지 김종식은 혼잣말처럼 중얼거리고 있었다. 그렇게 간간이 던지는 김종식의 신세타령을 들으며 그는 눈을 감았다. 눈을 뜨자 차는 양재 인터체인지를 지나고 있었다. 서울에 들어선 것이다. 차는 서로 밀리며 완속으로 달렸다. 김종식은 전방을 응시한 채 말이 없었다. 일몰에 가까워지자 차들은 테일 라이트를 하나 둘 켜기 시작했다. 차는 한남대교를 건넜다. 양편으로 널찍한 공간이 터졌다.

한강이다. 해거름 녘이라 그런지 물 주름이 더 선명했다. 서편으로 지는 해를 보았다. 벌겋게 타오르는 주홍빛이 태양을 더 크게 보이게 했다. 그리고 그것은 전철의 전깃줄에 걸려 더 움직이지 못하는 것 같았다. 이상락에게는 그것이 종식되어 가는 두 사람의 젊음처럼 보였다. 하류로는 반포대교와 동작대교가 덩그러니 놓여 있었다. 점점이 불을 밝히는 강변의 건물과 대형 전광판이 더욱 선연(鮮妍)한 빛을 발했다. 갑자기 가로등들이 깜박이더니 일제히 켜졌다. 어두워지자 자동으로 점등된 것이다. 밤이 되어야 깨어나는 것들. 김종식은 그것이 재미있다고 생각했다. 차가 한남대교 북단에 이르자 그는 고가 밑에서 좌회전을 기다렸다. 이상락이 물었다.

"이제 어디로 가는 거죠."

"판문점."

그는 고개를 끄덕거렸다. 그래. 거기가 끝이겠군. 더 갈 수 없을 테니. 그리고 더 이상 묻지 않았다. 종식은 신호대기가 지루해서 손을 뒷자리로 뻗어 맥주를 꺼냈다. 그가 캔을 따서 고개를 젖히고 맥주를 마시자 같이 신호대기를 하고 있던 옆 차의 운전자가 아연한 표정으로 바라보았다. 앳된 여자였다. 이상락은 그 여자와 눈이 마주치자 할리우드영화의 한 장면처럼 씨익 웃어 주었다. 잠시 후 차가 신호를 받아 움직였다. 이상락도 맥주를 마시기 시작했다. 둘은 그렇게 단숨에 캔 맥주를 하나씩 해치우고 키득거렸다. 그리고 또 한 개씩 마셨다.

마포대교에서 차는 다시 정체되었다. 지나가는 차마다 운전자들은 계속 그들을 쳐다보았다. 그러나 그들은 괘념치 않았다. 이상락이 길보드에서 샀다는 싸구려 테이프를 꺼내 꽂았다. 요즘 유행하는 곡이 강한 베이스를 울리며 쏟아져 나왔다. 볼륨을 높였다. 난 그냥 되는 대로 살았었지. 간섭받기 싫어…. 내일의 두려움도 필요 없어…. 세상에 지쳐 갈 때쯤 꿈은 그저 꿈이란 걸 알게 됐지만…. 나나나나나…. 어두워진 가리어진 너의 길을 밝혀 주는 이 노래를 함께 해봐. 알아듣기 힘든 랩을 그냥 웅얼거리며 그들은 멜로디에 따라 악을 썼다. 검게 타 버린 가슴을 끌어안고 하얀 밤을 새워 울었어…. 외로움에 취해 이 세상 끝까지 가려 했어…. 이제 아저씨 소리를 듣게 된 두 사람이 십대처럼 차안에서 몸을 흔들어댔다. 마침내 차가 합정동 진입로를 지나며 정체에서 빠져나왔다. 종식은 액셀러레이터를 힘껏 밟았다. 속도계의 바늘이 단번에 100Km를 넘어갔다. 어둠이 짙게 깔린 강변도로에는 차들이 빛의 꼬리를 물며 달리고 있었다. 성산대교를 지나자 도로는 일자로 트였다. 가로등들이 마치 제등(提燈)처럼 피안의 세계로 그들을 인도하는 것 같았다.

종식이 서울로 향한 것은 일종의 귀소본능이었는지 모른다. 그러나 지금은 아니다. 지금은 아무 생각이 없을 뿐이다. 생각을 죽이기 위해 술을 마셨다. 다시 제정신으로 돌아오는 것이 두려웠기에, 그래서 술이 깨기가 무섭게 술을 마셨던 것이다. 그리고 취기가 몰려왔다. 이 술이 깨기 전에 그가 가고자 하는 곳에 안착해야 한다. 종식은 조급해졌다. 액셀러레이터를 끝까지 밟았다. 터질 듯한 엔진음이 갈갈거리는 소리와 함께 들렸다. 자신의 심장이 터지려는 듯이 차의 엔진이 터질 듯했다. 시속이 180km에 육박했다. '속도를 줄이시오' 안내판의 경고가 눈에 들어왔다. 그러나 속도를 줄일 수 없었다. 이제 와서 모든 것을 돌이킬 순 없으니까. 일산 인터체인지를 지나자 이제 차는 거의 없다. 곁에서는 이상락이 계속 키득거리며 고개를 창밖으로 빼고 괴성을 질러댔다. 그리고 그는 차안으로 소리쳤다.

"아저씨! 빨리. 더 빨리요!"

아아. 그러나 더는 안돼. 아이들이, 아내가 자신에게 옥죄며 요구했던 그 말투. 그 억양. 그들의 노예로 기꺼이 그러려 했지만 지금은 심장이, 엔진이 터지려 한단 말이야!

"상락이! 돈을 길에다 뿌리는 게 낫다고 했지? 그럼 지금 뿌려. 바로 지금이야!"

그는 악쓰며 말했다. 이상락은 알아들었다는 듯이 눈을 빛냈다. 그리고 가방을 열었다. 은행 담당 아가씨의 도장이 찍힌 묶음 종이들을 따냈다. 그리고 따자마자 창밖으로 던졌다. 지폐는 가로등 빛을 받아 현란한 편린을 발하며 흩어졌다. 그것을 백미러로 그는 똑바로 보았다. 그는 마음속으로 내레이터처럼 되뇌었다.

'바로 저것이 폴란드 망명정부의 지폐와 같은 거겠지. 그것처럼 이제 낙엽이 된다….'

달릴수록, 돈을 뿌릴수록 그것은 눈발같이 휘날렸다. 이상락은 한 다발을 따서 던질 때마다 개구쟁이같이 웃어댔다. 김종식도 함께 악을 쓰며 킬킬거렸다. 그런데 눈물이 자꾸 흘렀다. 속도는 줄지 않는데 앞이 자꾸만 흐리다. 그런 순간 흐려지는 그의 시야에 이정표 하나가 분명히 보였다.

'자유로(自由路). 임진각 39km.'

'자유(自由)로?'

그래. 그러고 보니 이 길이 자유를 향해 가는 길이군. 바로 이 길을 따라 끝까지 가면 돼. 그는 그렇게 중얼거렸다. 눈물이 더 쏟아졌다. 액셀러레이터의 발에 더 힘을 주었다. 더 많이 웃었다. 그렇게 그들은 한없이 달렸다.

─ 거, 말입니다. 선생님 취향은 어떤지 모르겠지만 말입니다. 자고로 씨자란 작고 귀여운 맛이 있어야 하는 거 아닌가요.

나는 그렇다고 맞장구를 쳐주었다. 오늘 따라 그는 영화 이야기를 하너니 여배우 중에서도 전도연에 대해 이야기하고 있었다.

궤 적

내가 처음 그를 관찰하기 시작하면서 느낀 것이 있다면 그가 나를 먼저 관찰하고 있었다는 사실이다. 대개 작가의 경우라면 보다 관조적인 입장에서 사람들을 상대하기 마련이며 그런 까닭에 새로운 사람에 대한 거리감은 지극히 직업적인 습관이라고 하여도 무방할 것이다. 그럼에도 불구하고 그는 내게 아주 자연스럽게 접근하였다. 처음 만난 곳은 술집이었다. 나를 알아보고 인사를 건네며 내가 쓴 책에 사인을 부탁하였기에 나는 내심 기분이 좋을 수밖에 없었다. 작가라고 하지만 고작 8천부 정도 팔리는 책을 열 권 정도 낸 게 전부였으니 어쩌다 알아보는 이가 있으면 긴장을 풀기 일쑤니까. 그는 그런 점을 의식했는지 모른다.

창밖은 요 며칠 대풍 사오마이의 영향으로 비가 계속 내리고 있다. 창은 통유리로 되어 있어 거리가 한눈에 들어왔다. 유리창에 맺어지는 빗방울들이 오밀조밀한 흐름을 만들며 내 시야를 흐려놓았고 아울러 여린 감수성을 자극하였다. 여기에서의 이러한 정취는 가끔 나의 추억을 돌아보게 만든다. 실내는 끈적한 습도로 그리 쾌적하지 않았다. 토속적인 인테리어가 독특했지만 녹슨 낫이나 때가 낀 호롱 같은 청승맞은 물건들이 분위기를 오싹하게 만들었다. 토요일의 늦은 오후였고 우리는 함께 맥주를 마시고 있었다. 그는 여느 때와 다름없이 어딘지 신이 나서 떠들고 있다.

— 거, 말입니다. 선생님 취향은 어떤지 모르겠지만 말입니다. 자고로 여자란 작고 귀여운 맛이 있어야 하는 거 아닌가요.

나는 그렇다고 맞장구를 쳐주었다. 오늘 따라 그는 영화이야기를 하더니 여배우 중에서도 전도연에 대해 이야기하고 있었다. 나는 그 배우의 이미지가 추억 속의 그녀의 이미지와 많이 닮았다는 사실을 상기하고 내심 그때의 일들을 생각하고 있었다. 대답은 건성에 가까웠다.

그녀에 대한 나의 집착. 그것은 쉽게 지울 수 없는 것이다. 내가 지금까지 혼자 사는 것. 내 작품에 자주 등장하는 그녀에 대한 이미지. 그리고 이런 날이면 어김없이 나를 센티멘털하게 만드는 것들이 아직까지 그녀가 나를 지배하는 증거라면 억측일까. 하지만 나는 구태여 그녀에게서 벗어나고 싶은 생각이 없다. 우리가 짧았지만 함께했던 행적들을 기억 속에서 더듬으며, 아직까지도 살아 있는 그때의 여운을 되씹는 일이 그리 나쁘지는 않기 때문이다. 어차피 내가 선택한 것은 고독이었으니까. 나를 만족시켜줄 수 있는 최소한의 문학적 성취를 이루지 못한다면 나는 대중의 일부가 될 수 없다. 다만 그가 나타났으므로 당분간 성가셔도 심심치 않은 친구가 생겼다고 자위하고 싶다.

그는 처음부터 나와 아주 가까운 사이처럼 행동했다. 나는 독신이었고 그는 상처하여 혼자 산다고 하였다. 거기서부터 우리의 동질성 확인은 버릇처럼 시작되었고 서로에 대한 이해가 빨라졌다. 우리는 동갑인 데다가 취향이 비슷했으며 체격도 엇비슷했다. 그러나 어딘지 모르게 교활함이 드러나는 그의 눈빛만큼은 나와 달랐다. 나는 그것이 그가 가진 사업가라는 직업적 본능에서 기인한 것이라고 생각하면서 대수롭지 않게 여겼다. 그는 여전히 떠들고 있다.

— 그 '붉은 고독' 말입니다. 거기서 마지막에 미영의 행방을 묘연하게 처리한 거, 그거 죽이더란 말입니다. 사실 제 생각에는 주인공 미영이 결국 춘천으로 간 게 아닌가 싶은데.

— 아, 제 데뷔작 말이군요. 맞아요. 춘천 공지천에서의 추억을 잊지 못한 주인공이 그곳에 갈 것이라고 모두들 생각하겠죠.

— 그럼 아닌가요?

나는 그가 매번 내 작품 하나하나를 기억하고 말해주는 게 좋았다. 그런 면에서 그는 나의 충실한 독자이며 팬이다. 나는 친절을 베풀고 싶어진다.

— 사실 속편을 기획중이라…. 세 군데 중 하나죠. 모두 작품 속에서 암시하고 있습니다만.

나는 짐짓 유세를 떨며 뜸을 들인다. 사실 속편은 내 계획에 없다. 주인공 미영은 영원히 춘천 어딘가에서 갇혀 살게 될 것이다. 그런데 그는 진지하다. 제빌 소설과 현실을 혼동하지 말았으면. 나 자신이 그럴 때가 있으니까. 그러니 나는 독자들마저 걱정스러워진다.

창에서 빗소리가 후드득거린다. 바람이 강한지 약간의 미동이 있고 창에는 빗방울들이 위아래로 방향 없이 움직이며 아메바의 흐느적거림을 연상시켰다. 나는 이상스러운 조바심에 빠지면서 갈증을 느낀다. 맥주를 마셨다.

— 그런데 말입니다. 선생님 작품에 나오는 여자들 말입니다. 어딘지 비슷비슷한 구석이 있어서, 거 의도적인 거 맞습니까?

나는 그 말에 흠칫 놀라 맥주를 마시다 사래가 들 뻔했다. 은채. 그녀의 이야기다. 소담스러운 체구에 뚜렷하고 예쁜 눈. 앙증맞은 입술과 동그란 이마. 나이에 비해 너무나도 소녀적인 취향. 내게 있어 망령처럼 나를 옭아매 온 그녀의 이미지.

그것이다. 그것을 사내는 말하고 있다. 내 작품의 저변에 지울 수 없는 흔적처럼 깔려 있는 그녀에 대한 단서를 그는 집어낸 것이다. 그 어떤 비평가도 쉽게 지적하지 못했던 것을…. 나는 애써 태연한 척했다. 우연이겠지. 아니면 그가 유독 여자에 관심이 있어 그렇게 엮어 본 것이라고.

— 정말 쓰기 어려운 작품은 'DMZ 초읽기'였어요. 통일 이후의 정세를 감안하고 써야 했는데 그것을 적당히 넘기고 쓰려니 힘들더군요.

— 아. 그 생태학자가 통일이 되고 나서 DMZ 내에서 멸종 식물을 찾는다는 이야기 말이죠. 선생님 작품 중에서 처음 시도한 가상 소설. 근데 그게 기가 막히더란 말입니다. 알다시피 제가 수색대, 민정경찰 출신 아닙니까. 그게….

내가 일부러 말머리를 돌리자 그는 금세 그 이야기에 빠져 정신이 없다. 내 작품은 고사하고 아예 자신의 군대시절을 떠버리기에 급급했다.

— 그래서 말입니다. 거 그 개가 어떻게 우리 부대로 왔는지는 모른다 말입니다. 그런데 아무도 잡지 못하겠다고 하지 않습니까. 그래서 제가 한다고 했는데 그걸 어떻게 해치워야 하는지 모르겠다 이 말입니다.

나는 맥주를 훌쩍거리며 건성으로 고개를 주억거리고 있을 뿐이었다. 그의 이야기는 계속되었다.

— 별수 있습니까. 망치가 만만하겠더라고요. 그래서 망치를 뒷전에 숨기고 워리워리했더니 고놈이 정말 똥개는 맞는가 봅디다. 좋다고 꼬리를 흔들고 오지 않겠습니까. 그런데 막상 죽이려니까 그 놈의 눈망울이 야릇하게 빛나더라 그겁니다. 거 마음 묘한데요. 옆에서는 고참들이 빨리 잡으라고 하지, 마음은 찜찜하지, 뭐 어쩝니까. 그냥 두 눈감고 고 새끼 마빡을 그냥 팍! 하고 갈겨버렸죠.

그 이야기는 무용담이라고 하기에는 어쩐지 불쾌했다. 하지만 나는 분위기를 맞추기 위하여 같이 대단하다는 듯 웃어주었다.

— 참, 신기하죠. 그 개의 눈망울이 투명하게 클로즈업되더니 제가 때려 치는 순간 그 눈알이 유리처럼 깨지는 거예요. 그리고 그 날카로운 조각 하나 하나가 제 몸에 박히는 것처럼 느껴져 소름이 확 끼쳐 올라오더라구요.

나는 그가 갑자기 독백하듯이 읊조리는 말을 빤히 쳐다보며 듣고 있었다. 그러나 그의 시선은 나를 향하지 않았고 마치 허공을 바라보는 것 같았다. 전혀 다른 사람이었다.

— 거 끝나니까 아무 것도 아닙디다. 오히려 스릴이 있더란 말입니다. 그래서 다음엔 부대에서 뭐 잡는다 하면 제가 도맡아

했지요.

　그는 시선을 떨구며 다시 그다운 톤으로 돌아왔다. 나는 야릇한 의아심을 떨칠 수 없었으나 분위기를 맞춰줘야 했다. 좀 엽기적이기는 하지만 군대에서 누구나 한번쯤 겪어볼 만한 일이 아닌가. 문제는 날씨 탓인지 내가 예민해진 것이다.

　물론 'DMZ 초읽기'는 억지스러운 면이 있었다. 출판사에서도 썩 반기지 않았고 그냥 내 이름값을 쳐 준 셈이었다. 독자들 반응도 그리 좋지 않았다. 그런데 나는 그 작품에 많은 시간을 할애했다. 데뷔 이후 장편에서는 줄곧 미스터리 멜러류의 작품에 매달린 것도 그랬거니와 뭔가 실험성이 요구되는 그런 작품을 쓰고 싶었다. 주인공 건우는 식물 생태학분야에서 박사과정을 준비하는 연구생이다. 그는 국내에서 자생하는 생물들 중에서도 세계적으로 희귀한 '묵납자루'나 이미 멸종된 것으로 알려진 '자귀금동' 같은 것들이 사람의 발길이 닿지 않는 DMZ 내에 있다는 추정에 따라 그 존재에 확신을 갖는다. 마침 통일이 되고 DMZ는 단순히 생태보호구역으로만 남는다. 그는 여러 번 당국에 학술조사차원에서의 출입을 요청하지만 지뢰나 부비트랩이 전혀 제거되지 못한 상황이라 안전을 이유로 허가를 내주지 않았다. 하지만 이미 사라져 존재하지 않는 것들이 그래도 분명 그 안에 있다는 믿음을 지울 수 없었다.

　그런 생각이 그를 계속 부추겼고 건우는 어떤 희생을 치르더라도 그것들의 존재여부를 자신의 눈으로 확인하고 이 세상에 알려야 한다는 강한 집착에 빠졌다. 결국 그는 DMZ에서 수색대 경력을 가진 전문가들을 용병으로 고용하고 그 생물들을 찾아간다는 이야기이다. 발상은 좋았지만 비약이 심하다는 게 출판사 편집장의 견해였다. 그러나 나는 통일이라는 주제를 다룬 책이 나와야 한다는 억지를 부렸고 그 작품은 간신히 빛을 볼 수 있었다. 다만 전쟁의 위험에서 벗어난 한반도 내에서 그만한 긴장감을 고조시키는 소재를 끌어낸 것에 대한 인사치레 정도의 평은 받을 수 있었다. 나는 그것마저도 내가 이미 잃어버린 가치에 대해 미련을 버리지 못하는 자신의 속성을 보여준 것 같기에 출간을 하고 나서 편하지는 않았다.

내게 있어 그녀는 DMZ의 희귀생물과 같은 존재인지 모른다. 그녀는 그때 떠났으므로 사라진 것이다. 분명 살아 있기는 하겠지만 내게는 존재하지 않는다. 그런데 지금도 불현듯 그녀를 찾고 싶은 충동에 빠지곤 한다. 만약 'TV는 사랑을 싣고'와 같이 사람을 찾아주는 프로그램에서 섭외가 온다면 난 그녀에 대한 이야기를 할 수 있을까.

이미 추억의 미로에 갇혀버린, 그래서 풀 수 없는 실타래처럼 얽혀 거리나 시간의 개념으로 이해될 수 없는 머나먼 곳에 가버린 은 채. 지금 행여 비 오는 저 거리를 지척에서 지나갈 수 있겠지만 그녀는 내가 사는 차원에 없는 것이다.

그러나 나는 그녀의 속성을 잘 알고 있다. 그녀의 취미, 행동반경, 주기적으로 주거를 옮기는 버릇, 그 모두를 알고 있다. 그러니 내가 찾으려 마음먹는다면 방송국이나 전문 용병들을 고용할 필요는 없다. 내 심증이 가는 곳을 차례차례 뒤져나가면 그만인 것이다.

빗발이 약해졌나 보다. 그러나 먹구름은 더욱 짙어져 거리는 을

씨년스러운 분위기에 젖는다. 카페에서는 쇼팽의 피아노 협주곡이 스산스럽게 흘러나오고 있다. 이 사내가 없다면 그저 하릴없이 저 거리를 내려다보며 소슬한 정취나 마음껏 즐길 수 있으련만.

― 그런데 선생께서는 왜 아직 혼자십니까?

군대 이야기를 저 혼자 신명나게 떠들던 그는 갑자기 정색을 하며 내게 물었다. 사실 그간 몇 번의 만남으로 여러 이야기를 나누었지만 서로의 과거지사에 대한 말은 없었다. 나 역시 죽었다는 그의 아내에 대해 묻는 것을 삼갔다.

― 그냥 여자에 취미가 없다고나 할까요?

나는 농담처럼 아주 가볍게 응대했다. 하지만 은채와 보냈던 3년간의 동거는 철저하게 숨기기에는 어려운 나의 과거였다. 나에 대하여 관심을 갖고 조사한다면 어느 정도 드러날 수 있었다. 실상 결혼을 거부한 건 그녀였다. 일종의 두려움이랄까. 너무나 자유분방하고 때로는 즉흥적이다 싶을 정도로 가벼운 일탈을 즐기던 그녀에게 아이를 낳고 한 가정을 꾸린다는 게 그리 절실하지 않았는지 모른다. 그냥 투명하게, 햇빛처럼 맑게만 산다면 얼마나 좋을까. 고상하게 늙고 품위 있는 안락사를 선택하고 싶어. 삶에 어떤 미련이나 여한을 남기고 싶지 않아. 사랑도 내게는 그런 것이었음 좋겠어.

그렇게 말했다. 그리고 섹스를 할 때는 열정적이었다. 말은 그렇게 했어도 그녀는 뭔가를 할 때는 열심히 매달렸다. 난 그런 모습에서 매력을 느꼈나 보다. 그 작은 체구에서 어떻게 그런 힘이 솟아날까 싶을 정도로 일을 하거나 공부를 할 때는 며칠 밤을 새는 게 보통이었으니.

그 시절 그녀는 내게 있어 삶의 전부였다. 연인이었고 친구였으며 누이이고 문학을 함께한 동료였다. 그래서 내가 답한 것처럼 그녀가 떠난 이후로 나는 여자에 대한 취미를 잃었다. 그녀에 대한 지독한 향수. 그것만을 내 작품에 은은히 그려가며 나의 삶을 지탱하고 있는지 모른다. 그렇게 나는 어느새 그녀의 뒤를 쫓고 있었던 건 아닐까.

— 난 혼자 살 팔자는 아닙니다. 그렇다고 아무 여자나 다 좋은 것도 아니고. 아내가 그렇게 갑자기 갈 줄은 상상도 못했다는 거 아니겠습니까.

그는 다소 격하게 맥주잔을 비우며 탄식하듯 말했다. 난 그의 아내 이야기는 듣고 싶지 않았다. 죽은 사람에 대한 이야기. 그런데 취기가 오르자 그는 아내 생각이 나는 모양이다.

— 인형 같다고나 할까요. 동그란 얼굴에 예쁜 눈이 인상적이었죠. 하는 짓이 어린애 같았거든요. 뭐든지 나한테 물어보고, 하나하나 챙겨줘야 하고. 그게 싫지 않았다 말입니다. 그저 공주처럼 떠받들고 살아도 좋았다 말입니다. 그런데….

그의 아내는 그와 같이 교통사고를 당했을 때 죽었다고 했다. 기가 막히게도 자신은 큰 상처 없이 살아났고 조수석에 있던 그의 아내만 죽은 것이다.

— 거 교통사고가 남의 일만은 아닙디다. 내리막 커브 길에서 아차 하는 순간, 브레이크를 밟는 타이밍을 놓친 것이죠. 속도가 너무 빨랐어요. 커브길 중앙에 전봇대가 보이는데 정면으로 박아버렸죠. 그런데 하필 아내는 안전벨트를 안 했어요. 믿어지지 않겠지만 조수석에서 퉁겨 나가는 아내의 모습이 슬로우 비디오처럼 생

생하게 보이더라구요. 그 여린 몸이 앞 유리창을 깨는 순간 산산이 부서진 유리의 파편이 하나하나 빛을 반사하며 흩어지는데, 난 그 속에서 아내의 눈빛이라 믿어지는 색다른 빛남을 봤다는 거 아니겠습니까….

이번에는 더 상기된 얼굴로 그는 천천히 또박또박 내게 말했다. 작은 전율이 느껴졌다. 결국 그 충격이 너무나 커서 그는 일년간 자신이 하던 사업을 정리하고 사람들을 피해 외국에서 살았다고 했다. 아마도 그는 나처럼 혼자 살 것이다. 나와 취향이나 기호가 비슷하고 생긴 것도 닮았으니까. 그때 서빙하는 아가씨가 우리가 시켰던 후라이드 치킨을 가져왔다. 시장기가 돌고 있었다.

— 그런데 두 분 서로 형제지간 아니세요? 그리고 누구 닮았다는 소리 들으신 적 없어요?

아까부터 우리를 관심 있게 쳐다보던 그녀의 말에 우리는 서로를 마주보고 웃었다. 꼭 내가 할 말을 그가 대신해 주었다.

— 배우 최민식이 말이죠. 여기서 또 그 소릴 듣네.

그녀는 까르르 웃으며 돌아갔다. 사실 그 배우와 닮았다는 말은 나도 많이 듣는 편이다.

— 거, 그래도 기분 나쁘지는 않잖아요? 그 배우 괜찮으니까. 거, '넘버 쓰리'에서 말입니다. 한석규한테 그렇잖아요. '야. 내가 충고 한마디할까? 넌 앞으로 뭘 하든지 하지 마라.' 참! 멋있지 않습니까?

그는 제법 제스처를 흉내내 가며 닭 날개를 하나 집어 들었다. 나 역시 그 영화를 보았지만 그가 지적한 대사에서 묘한 의미를 읽고 있었다. 뭘 하든지 하지 마라. 별 뜻이 없다면 그냥 경고성 멘트로 넘어가면 그만이지만 그 말이 뜻하는 의미는 '마음먹은 것은 아무 것도 해서는 안 된다.'는 것이 된다. 어떤 의지도 가져서는 안 된다는 말이다. 나는 그런 생각에 싱긋 웃으며 먹음직스러운 닭다리를 집어 들었다. 순간 서로의 눈이 마주쳤다. 어딘지 모르게 교활함이 드러나는 그의 눈빛이다. 그러나 내가 막 한 입 베어 먹는 순간 비린내가 입안에 퍼졌다. 닭이 미처 덜 익어 살점에 핏물이 흘러나온 것이다. 놀란 그는 아가씨를 불러 다시 요리해 올 것을 요구했다. 하지만 이미 비위가 심하게 상했고 식욕이 사라졌다. 실내의 눅눅한 공기가 불쾌감을 더했고 창밖에서는 바람소리가 거세게 들렸다. 그는 애써 웃으며 내 기분을 좋게 하려고 애쓰는 것 같았다.

— 거, 최민식이 '쉬리'에서는 한석규를 능가하잖아요. 연기 말이에요. 그 카리스마. 비장함. 터프한 맛이 일품인데 전 그런 게 하나도 안 닮았다 이겁니다.

나는 나 역시 그렇다며 맞장구를 치고 함께 웃었다. 차라리 그런 면이 내게도 있다면. 끝까지 그녀를 놓지 않거나 아예 기억에서 지워버리는 용단을 내릴 수 있다면. 우리는 다만 겉모습만 비슷했지 그 영화에서의 캐릭터와는 전혀 딴판이었다.

— 그리고 그 뭔가. 아. '해피엔드'요. 전도연이와 같이 나오는. 거기서는 또 어떻습니까. 무력하지만 철저하게 복수하는, 그 내면 연기라고 하나요? 뭐 하여간 그거 죽이지 않습니까?

그는 다시 전도연을 말하고 있나. 은채가 그녀를 닮았다면 그럴까. 나는 최근 들어 희미해지는 그녀의 얼굴에 그 배우의 모습을 오버랩해 본다. 작은 체구나 동그란 얼굴이 비슷하다. 하지만 은채의 턱선은 더 각이 서 있다. 아무래도 은채는 외국배우 홀리 헌터에 더 가깝다. 영화 '올웨이즈'에서 리차드 트레이버스와 열연했던 '도리스'의 배역이 그렇다. 사랑에 집착하고 일에는 열성적인, 그러면서도 맹한 모습.

— 그런데 그 영화에서의 압권은 뭐라도 최민식이 부덕한 아내를 단죄하려 칼로 죽이는 장면인데 참, 그 장면 정말 죽이는 장면 아닙니까?

수더분하게 떠들며 그는 입 언저리의 기름기를 닦지도 않고 맥주를 들이켰다. 나는 그가 말하는 '죽인다'는 말이 영화에서 그녀를 죽이는 행위를 말하는 것인지 그가 자주 '너무 좋다'는 표현으로 쓰는 말인지 분간이 가지 않았다. 그저 재미있다는 생각에 잠시 웃을 수밖에 없었다. 그는 따라 웃으며 맥주를 권했다. 그새 우리가 비운 맥주병이 꽤 많았다. 취기가 돌았다.

— 거, 선생님 여자 이야기 좀 해보세요. 아는 사람은 다 안다는데.

— 그래요? 좀 창피한 이야기죠. 정식으로 식을 올렸어야 하는데. 사실 잘 보셨어요. 내 작품 곳곳에 그녀의 흔적이 남아 있는 거.

— 그럼 '은령을 넘어서'에 나오는 유경도 그래서 떠나는 걸로 처리했군요. 그런데 그거 도피 아닙니까?

도피? 그렇다면 은채가 내게서 떠난 게 나에 대한 도피인가? 물론 나답지 않게 그녀에게 현실적으로 채근한 것이 많았다. 결혼이 그랬고, 아이를 원한 것도 그랬고, 조신한 주부로서 남은 인생을 살아달라는 게 그랬고, 은연중 눌러앉아 내조해 주기를 원했던 게

44

그랬다.

— 어디로 갔을까요?

— 뻔하죠. 춘천에 있는 그녀 언니 집이 먼저죠. 하긴 삼일 이상은 없어요. 낮엔 주로 공지천에 나가 있을 것이고, 그리고 원주로 갑니다. 고교 동창이 역전에서 카페를 하는데 가끔 거기 가기를 원했으니까. 그리고 우리가 살았던 내 전 주소지인 가평이거나. 참, 작품들 주인공을 물었던 게 아닌가요? 경황이 없군요.

나는 은채 생각에 몰두한 나머지 무심결 그녀가 마음이 상할 때 가곤 했던 행적을 말해버리고 말았다. 그러자 눈을 빛내며 듣던 그가 아쉬운 표정을 지었다.

— 아무럼 어떻습니까. 그 분이 그랬나 보죠. 그렇고 보니 원주나 가평이 다 선생님 작품에서 언급된 지명이군요. 그럼 충주나 인천도 그런가요?

— 아니, 그건 그냥 상상이죠.

— 하여간 선생께서 그분을 찾으려 했다는 걸 알겠습니다. 그 선생님 작품 '혼미한 여로'가 그거 아닙니까. 떠나버린 연인을 찾아 함께 연애했던 단서들을 꿰맞추며 찾아가는 거. 그거 아주 정교하고 과학적이더라고요. 아마 누구나 그 방법대로 하면 도망간 사람 찾기 쉬울 텐데. 하여간 저도 그거 보고 많이 배웠습니다.

그가 뭘 배웠는지 모르겠지만 그제야 묘한 기분이 들었다. 내가 형사에게 취조당하는 그런 기분. 이 남자가 내게서 뭔가를 알아내려 한다는 의도가 들었던 것이다. 그렇지만 소설 속에서 주인공의 행방이 뭐가 어쨌단 말인가.

창밖은 이미 어두워졌고 빗소리가 더 크게 들렸다. 태풍이 오고 있다. 중심기압이 970헥토파스칼, 지름이 700킬로미터에 달하는 거대한 태풍 사오마이. 곧 이곳을 초속 30미터의 세기로 덮칠 것이다. 그래서 불안한 것일까? 아니면 이 사내?

— 아내는 조울증이 있었습니다. 변덕이 심했다고나 할까. 솔직히 결혼생활이 썩 좋았던 건 아니었죠. 그런 면에선 저도 마찬가지죠. 좋게 말해서 기분파라고나 할까. 하여간 감정조율이 잘 안 되는 면이 있죠.

그러면서 그는 피식 웃었다. 그때 나는 문득 이 남자가 자신의 아내를 죽인 게 아닐까 하는 엉뚱한 생각이 머리를 스치고 지나갔다. 물론 아무런 정황도 근거도 없다. 다만 그의 분위기가 어딘지 바뀌고 있다는 느낌이 들었고 그래서 내가 그를 관찰하기 시작한 것인지도 몰랐다. 불과 우리는 세 번밖에 만나지 않았다는 생각이 떠올랐다.

— 처음엔 몰랐죠. 그냥 조울증인 줄 알았는데 병원에 가니 일종의 정신병이라더군요. 솔직히 난 아내에게 첫눈에 반했습니다. 있잖아요. 바로 이 여자다 싶은 거. 외모만큼은 내가 원하던 이상향, 바로 그거다 그 말입니다. 그런데 아내도 그랬다고 그러더군요. 제가 생긴 모습이 마음에 든다나요. 그러니 그 다음은 안 봐도 비디오 아닙니까.

그는 너절한 웃음을 흘렸다. 그럼 서로가 외모에 반하여 결혼까지 했다는 이야기인가? 그리고 더 이상 감당되지 않는 아내. 그렇다고 설마 살인까지 한다는 건 지독한 비약이다. 문득 은채도 내 모습에서 연민을 느껴 사랑하게 되었다고 한 말이 생각나 쓴웃음을 지었다. 나는 지금 미스터리 멜로를 쓰고 있는 게 아니다. 다만 여가를 즐기는 것이다. 몇 번밖에 만나지 않았지만 내 작품을 두루 섭렵한 열성독자와 한가한 잡담을 나누는 것뿐이다.

— 도플 갱어라고 아십니까?

느닷없는 그의 질문에 난 새삼 놀라지 않을 수 없었다. 도플 갱어. 이 세상에 나와 똑같이 생긴 사람이 반드시 존재하며 그들이 만나면 둘 중에 먼저 보는 쪽이 죽는다는 미신. 언젠가 키에스로프스키 감독의 '베로니카의 이중생활'이라는 영화를 보며 느꼈던 소름이 나를 다시 몸서리치게 하였다.

— 똑같이 생겼다면 우리 이야긴 아니군요. 우린 닮긴 했어도 같다고 말할 순 없으니까. 그런데 왜 도플 갱어죠?

— 전 똑같은 사람을 봤단 말입니다. 믿어지지 않겠지만 쌍둥이도 아니면서 분간이 안 될 정도를 똑같은 두 사람을 말입니다.

그게 뭐 어쨌다는 건가. 술기운이 돌아 이제는 아무 말이나 막하는 시간이 되었나? 나는 어느새 그가 우리의 대화를 주도하고 있다는 생각에 은근히 불쾌해졌다. 저만한 수준의 인간에게서 내가 관찰할 것이 뭐가 있다고. 우리의 이야기도 두서없이 신변잡기를 늘어놓는데 급급할 뿐인데 또 무슨 이야기를 들어줘야 하는 걸까. 아직 여름이었지만 한기가 느껴졌다. 에어컨 가까이 앉아서 그런지 조금은 서늘했고 피로가 몰려왔다. 그렇지만 그는 아랑곳하지 않았다.

— 너무 신기하더라구요. 다름 아닌 내 아내와 똑같다는 게. 생각해 보세요. 기가 막힐 노릇 아닙니까.

그의 말대로 정말 기가 막혔다. 그리고 그의 말이 진실이라면 그 다음 이야기가 궁금할 수밖에 없지 않은가. 나는 나대로 머릿속에서 소설을 써 보았다. 그래서 그는 아내를 처음 봤을 때처럼 외모만으로 그녀에게 빠졌다. 아내는 보기는 좋지만 정신적으로 불완전하다. 새로 본 여자는 상대해 보니 정상이다. 둘은 완벽할 정도로 같다. 도플 갱어. 둘 중 먼저 보는 사람이 죽어야 한다는 미신. 만약 그가 아내로 하여금 그녀를 보게 하였다면.

— 그런데 더 놀라운 건 글쎄 그러고 얼마 안 있다가 사고가 났다는 거 아니겠습니까.

니가 죽인 거지. 나는 속으로 그렇게 외쳤다. 그런 미신이 그대로 현실이 될 턱이 없지. 외모를 통해 사랑을 선택한 인간이라면 둘 중 불안정한 하나를 없애면 되니까. 그러나 이건 내가 혼자 써버린 소설일 뿐이다. 기분은 더욱 묘하게 꼬였다. 어쩌다 그가 나와 닮았다는 게 꺼림칙했다.

— 그럼 그녀는 어떻게 됐습니까?

— 아내를 닮았다는 여자 말입니까? 사고가 난 다음엔 한동안 못 만났습니다. 그 사람을 본 건 거래처에서였지요. 그 회사 직원이었더랍니다. 그러니 마음만 먹으면 만날 수 있었는데 사업을 정리하고 나니 거길 갈 일이 없더군요. 더구나 전 필리핀 마닐라에 갔었구요.

나는 혼란을 느끼며 화장실에 가기 위해 잠시 자리에서 일어났다. 테이블에는 식어빠진 치킨 조각들이 널려 있었고 그는 내가 일어나자 시선을 창밖으로 던졌다. 옆모습은 정말 나를 닮았구나. 화장실 거울을 보며 나는 은채가 나를 사랑한 게 나의 외모였는지도 모른다는 생각을 했다. 그녀도 가끔 우울해 했고 때때로 나와 헤어질 수 없을 것이라 말하기도 했다.

나는 그녀가 갈 만한 곳을 안다. 갑자기 그리움이 밀려왔다. 그녀의 작고 탄력 있는 가슴. 어여쁜 눈망울. 단둘이 다니는 여행을 좋아했던 것. 귀엽고 깜찍한 면면들…. 나는 그런 잡다한 기억을 지우려 찬물로 세수를 하고 자리로 돌아왔다. 그러자 그는 재미있다는 표정을 지으며 상체를 내게 기울었다.

　— 왜 그분을 만나러 가지 않습니까? 어디 있는지 아시는 것 같은데. 선생께서는 혼자 사실 분이 아닌 것 같으니 다시 만나보시죠.

　— 한번 헤어진 사람을 만나 뭐하겠습니까. 그 사람이 떠났다기보다는 내가 보냈다는 게 옳지요. 그리고 그 사람은 한곳에 오래 머무는 일이 없어요.

　나는 자조적인 기분이 들어 아무렇게나 말해버렸다. 그녀를 찾으려면 그녀가 움직이는 궤적을 따라 더듬어 가야 한다. 춘천과 가평과 원주. 어디를 먼저 갔는가를 알아야 다음의 행선지를 유추할 수 있다. 만약 서울에 있다면 우리들이 자주 다녔던 곳에 모습을 보일 가능성이 많다. 그녀는 다니던 곳만 다니는 습성이 있기 때문이다.

　— 서울에 있다면 찾기 어려울 수도 있지 않겠습니까.

　— 서울에서도 뻔하죠. 우리가 잘 다니던 곳.

　— 이를테면 한강시민공원이나 광화문을 말하는 것 아닙니까.

　그의 지적에 내가 짐짓 놀라자 그는 그것조차 내 작품에서 언급된 곳이라 하여 난 다시 싱겁게 웃었다.

　— 맞아요. 여의나루나 광화문의 '물자리'라는 카페, 신촌 문고나 교보문고, 종로라면 어김없이 피카다리극장 옆의 '씨씨'라는 카

페일 거고 혜화동 마로니에 공원도 뺄 순 없겠죠.

그러다 나는 화들짝 놀랐다. 그가 야릇한 미소를 짓고 있었기 때문이다. 나는 일순 술이 깨는 기분을 맛보았다. 그 미소의 의미는 무엇일까? 그러자 그는 표정을 바꾸어 시비조로 입을 뗐다.

— 선생은 지금 나를 이상하게 생각하는 거지요.

그의 당돌한 말에 나는 내심 화가 났다. 묘한 화제를 올리고 내 신상에 간섭한 모든 것이 싫었던 것이다.

— 사실 석연치 않는 구석은 있지요.

— 가령 내가 아내를 죽였을 것이라는 거 말입니까? 하긴 거짓말한 게 있지요. 난 지난 일년간 마닐라에 가 있지 않았어요. 아내를 닮은 여자. 그녀와 함께 동거했었단 말입니다. 아무도 모르는 곳에서 너무나 달콤한 밀월을 즐긴 거지요. 그녀가 좋아하는 여행을 다니며 난 행복했단 말입니다. 그런데, 그런데 그만….

그는 감정이 고조되는지 자제력을 잃고 있었다. 잔을 든 손을 심하게 떨었다. 나는 뭔가 난장판이 되어 간다고 생각했다. 거리엔 이미 가로등이 켜지고 사람들은 강한 비바람을 피하느라 분주히 움직였다. 아마도 태풍이 소멸되지 않고 북상을 계속하려는 모양이다. 나는 그만 자리를 떠야 할지 그를 달래야 할지 망설이고 있었다.

— 그녀가 떠나고 말았어요. 우리가 너무 무의미하고 소모적으로만 산다고 하면서. 자신은 자유롭게 다른 것을 추구하며 살 거라고 하면서. 바람처럼 그냥 가식 없이 살고 싶다고 했죠. 거, 결혼반지를 주려는 게 실수였나요? 사랑하면 같이 살아야 하는 거 아닙니까? 나 돈 많아요. 얼마든 그녀를 공주처럼 받들고 살 수 있는

데. 이런 배신이 어디 있습니까?

그게 무슨 배신이냐고 되묻고 싶었다. 그의 눈은 술기운에 이미 풀려 있었다. 소설이나 상상 속에 빠져 사는 그런 인물인지도 모른다. 나는 그와 동거했다는 여자에 대해 뭔가 묻고 싶었다.

— 처음엔 내가 그녀를 유혹한 게 아니었단 말입니다. 내가 내심 그녀의 모습에 놀라서 어쩌지 못하고 있는데 그녀가 먼저 내 손을 잡았더란 말입니다. 내가 편하다고 하면서. 자신의 첫사랑과 닮았다고 하면서. 거래처와의 회식이 끝난 뒤라 우린 서로 취해 있었고 그러다 같이 섹스까지 하게 되었단 말입니다. 그 뒤로 그녀는 완벽하게 나를 리드했고 아내는 계속 신경질적이다 못해 나를 의심하고, 미치겠더란 말입니다. 그래서 그녀를 선택했는데, 그런데 먼저 떠나다니, 날 헌신짝처럼 버리다니, 그럴 수 있단 말입니까?

그는 격앙된 어조로 따지듯 물었다. 그리고 자리에서 벌떡 일어났다.

— 사실은, 거 내가 죽인 겁니다. 아내 말이죠. 교묘하게 차를 충돌시키는 거. 처음부터 현장을 답사하고 조수석의 안전벨트가 잘 안 채워지게 뭘 끼워 넣고… 그게 되더란 말입니다. 이제 그녀도 죽일 겁니다. 날 배신했으니 용서할 수 없다, 그 말입니다. 이번엔 같이 죽을 겁니다. 죽일 때는 '해피 엔드'처럼 거, 죽이는 장면 있잖아요. 커다란 칼로 망설임 없이 팍팍 찍어버리는, 그렇게 해버릴 겁니다. 어디 있는지 이제 알았으니….

그는 미친 사람처럼 저 혼자 중얼거리다가 인사도 없이 가버렸다. 별 놈이 다 있군. 어차피 다시 만나고 싶지 않은 인간이다. 그냥 일진이 사나웠다고나 할까. 처음부터 말짱 거짓말이었는지 모르지. 나는 남은 맥주를 연거푸 마셨다.

창밖의 비가 거세졌다. 마치 그가 태풍을 몰고 온 것처럼 비가 더욱 기승을 부렸다. 지금 나서기에는 빗발이 너무 세다. 좀 더 여기서 시간을 보내는 게 낫겠지. 나는 얽힌 생각을 하나씩 풀어보고 싶었다. 그러다 문득 이 모든 이야기가 각각 꼬리를 물고 있다는 자성이 들었다. 지금까지의 이야기가 마구 튀어나온 것이 아니라 정교한 스토리를 갖고 있다면? 퍼즐을 맞추며 흥분하는 아이처럼 나는 정연하게 정리하기 시작했다. 전도연. 그 여자를 닮은 그의 아내. 나와 취향이 같은 사람. 외모만으로 좋아진다. 너무나 비슷한 내 작품 속의 주인공들과 그들의 행방. 해피 엔드와 도플 갱어. 살인. 그리고 만약에…. 여기까지 생각하자 갑자기 숨이 막혀 왔다. 그가 나에게 접근한 이유. 그가 정말 알고 싶었던 것. 내가 전혀 의심하지 않은 것. 그의 말이 전부 사실일 수도 있다는 것. 그 것이 의미하는 결말. 아, 이러고 있을 때가 아니야. 그가 그녀의 궤적을 따라 쫓아가고 있다. 너무 많은 것을 말해 버렸어.

나는 곧바로 카페를 나와 폭우 속을 달렸다. 그가 먼저 그녀를 찾기 전에 내가 그녀의 궤적을 따라가야 했기 때문에.

카이로. 건조한 바람과 모래의 도시. 모든 게 메마르게 굳어가고 결국 풍화되어 사그라지는…. 비가 오지 않는 카이로의 하늘은 언제나 맑았죠. 전 그곳에서 시간이 멈췄다고 생각해요. 마치 미라처럼 방부 처리되어 어느 이름 모를 모래언덕에 파묻혀진, 그곳에는 아빠의 얼굴이 자꾸만 바람에 부서져 판독하기 힘든 히이로 글리프처럼 사라져 가고….

리틀 프린세스

　내게 그건 기억하기 벅찬 일이었어. 그 만남은 지독한 혼란과 함께 한때 내 삶에 야릇한 충동을 주었던 거야. 거대한 카오스의 회오리가 몰아쳐서 나의 사고를 단번에 뒤섞어 버렸고 난 그때 이미 존재의 의미를 상실했는지 몰라. 그 아이는 전혀 다른 세계관을 혜성처럼 몰고 와 나에게 정면으로 부딪쳤고 결국 그 미지의 파괴력은 내 학창시절까지 끌어내어 나를 산산조각 냈으니까. 오죽하면 내가 죽을 생각까지 했을까. 그 일들은 너무나 달콤했던 유혹이었고 감당하기 힘든 시간들이었어. 지금도 그때를 회상하며 나는 과거의 편린들을 조각그림 맞추듯 힘들게 엮어본다. 그때 운명처럼 나타난 그 아이는 나를 압도했고, 나로 하여금 거부하기 힘든 사랑을 강요했던 거야.

　파스칼 신부는 석양의 진한 노을빛을 받으며 사제관의 창가에 기대어 정원에 만발한 장미를 바라보았다. 뜨겁게 하루를 달구던 유월의 태양은 마치 고뇌에 찬 그를 조소하듯 붉고 커다란 잔영을 거두며 지평선 너머로 사라져 간다. 그가 부제서품을 받고 사도의 길을 걸은 지도 벌써 3년이 되어간다. 그리고 그에게 있었던 지독한 기억이 다시금 스멀스멀 그의 뇌리에서 피어오르고 있었다.

그때는 내가 신도들의 판공성사를 볼 때였어. 막 한 신도의 고해성사를 마친 후 심호흡을 하고 있을 때였지. 누군가 문을 밀고 고해실로 들어오는데 그 기척이 나의 표피세포를 야릇하게 자극했어. 촘촘한 창살 너머로 옆모습이 가냘파 보이는, 그러나 향긋한 품격이 돋보이는 소녀가 자리에 앉았지. 문틈 사이로 비쳐든 햇살이 그녀의 하얀 볼에 돋은 솜털을 빛나 보이게 했고 그와 동시에 나는 짐짓 놀라고 있었어. 그 다음 판공성사의 순서는 어린 소녀가 아니었기에. 하지만 나는 침착하게 그 아이에게 무슨 죄를 지었냐고 의례적인 서두를 꺼내지 않을 수 없었지. 그러나 그녀는 선뜻 대답하지 않았어. 그 사이 감미로운 향기가 품어 나와 고해실의 작은 공간을 가득 채운 것 같았어. 그것이 그녀의 체취인지, 고급향수의 것인지 나를 매료시키고 있었고 그 감흥은 지금도 생생해. 잠시의 침묵이 흐르는 사이엔 그녀의 고른 호흡소리와 심장의 박동소리 같은 것을 듣고 있다는 착각에 빠졌던 것 같아. 묘한 기분에 빠져들어 더 이상 견딜 수 없다는 한계를 느껴 무슨 말이라도 해야겠다는 생각이 들 때, 그녀는 고개를 살포시 들어 허공을 응시하며 입을 열었어.

'Quod licet Jovi, non licit bovi.' 그녀가 돌연 던진 말은 유창한 라틴어였다. 하지만 파스칼 신부는 그것이 무슨 뜻인지 정확히 알아들을 수는 없었다. 그리고 그때부터 그의 혼란은 시작되었다.

몽롱한 그를 일깨우는 낭랑한 그녀의 목소리가 고해실에 퍼졌다.

자애로운 신부님. 저는 고해성사를 하러 온 것이 아닙니다. 물론 그렇다고 죄를 짓지 않고 살았다는 건 아니지요. 전 먼 나라에서 막 돌아왔습니다. 그리고 하나의 제국(帝國)을 보았어요. 그곳에서 계시를 받았습니다. 그리고 그것을 말씀드리러 찾아온 것입니다. 하지만 여기서는 그것을 말씀드릴 수 없군요.

그때 파스칼은 자신이 놀림을 당한다는 생각보다 그 소녀의 야릇한 분위기에 압도당하고 있다는 느낌이었다. 그리고 그제야 그녀를 보기 위해 시선을 집중했다. 어두운 고해실 안에서 빛을 등지고 선 그녀의 정확한 모습은 창살 너머로 잘 보이지 않았다. 다만 하얀 블라우스에 검은 실 넥타이를 단정히 매고 짙은 보랏빛의 플레어 스커트를 입었다는 정도였다. 체구를 조금 풍만하게 보이도록 수 놓아진 레이스가 화려해 보였다. 보이는 것만으로는 정숙한 여학생의 모습 그대로였다. 다만 꼭 집어 말할 수는 없어도 도발적이라고 느껴지는 눈빛이 그를 위축하게 만들었고, 먼 나라나 제국이라는 생경한 단어가 오히려 그에게 치기어린 장난이 아닐까 하는 의아심을 일으킬 뿐이었다. 그러나 그 목소리가 너무나 진지했던 것이 그의 마음을 잡고 있었다. 그리고 그가 반문할 틈도 없이 그녀는 이미 고해실의 문고리를 잡고 또렷하게 자신의 메시지를 남긴 후 총총히 사라졌다.

오늘밤 10시 하이얏트 호텔 1207호실에서 기다리겠습니다. 예약사의 이름은 빅성식입니다. 꼭 오실 것으로 믿겠습니다.

난 그때 숨이 막힌다는 말의 뜻을 실감했어. 조그마한 아이가 당차기 그지없는 말을 일방적으로 던지고 나가버렸으니. 뒤쫓아 갈

엄두도 나지 않았고 그건 말 그대로 귀신에 홀린 기분이라고나 할까. 그 시간부터 10시까지 난 아무 일도 할 수 없었어. 나 자신이 지금까지 이만한 유혹에 시험당하지 않던 것을 다행으로 여길 만큼 내게는 그 순간들이 숨막히도록 힘들었으니까. 그저 철없는 어린아이의 장난으로 여겼어야 했는데 난 그러지 못했어. 그 아이의 라틴어 발음은 아무나 쉽게 연습해서 발성되는 것이 아니었고 그것이 나를 야릇하게 만들더군. 누군가 나를 시험하려 유혹하고 있다는 경계심과 강한 호기심이 나를 그냥 내버려두지 않았어. 보좌신부로 발령이 났지만 아직껏 수련이 덜 되었다는 자괴감에 고통스러웠고 그 감정은 지금까지 내내 나의 성직생활을 흔들고 있어.

파스칼 신부는 일단 하이얏트 호텔에 전화를 걸어 박성식이라는 이름으로 1207호가 예약되었는지를 확인하였다. 그리고 정확하게 그 시각에 그는 그곳에 도착하였다. 문 앞에서 자신도 모르게 성호를 긋고 노크를 하니 문이 금세 열렸다. 아담한 체구의 소녀가 얌전히 뒷짐을 진 채 뒷걸음을 치며 그를 맞았다. 약간 고개를 옆으로 숙이며 인사하는 모습은 전형적인 소녀의 모습 그대로였다. 하지만 그녀의 눈을 바로 볼 수 없어 그는 시선을 깔고 안으로 들어갔다. 아라비아 풍의 격자문양이 촘촘히 박힌 카펫이 그의 시야를 가득 채우며 입체감을 앗아 갔다. 잠시 현기증이 일었다.

신부님은 유사 이래 지구상에서 인류가 전쟁을 겪지 않은 기간이 얼마나 되는지 아시나요? 3천년 중 고작 237년이라고 하는군요. 사람들은 늘 싸워왔죠. 누군가를 미워하고 죽이지 않으면 견딜 수 없는 속성을 타고난 것인지 모르지만 가끔 우리가 인간이라는 게 부끄럽다는 감정을 자연 앞에서 느끼곤 하죠. 전 세라피나라고 합니다. 물론 유아 세례 때 받은 세례명이지요.

세라피나.

그래 그게 너의 이름이었지. 박지수라는 본명보다도 그 이름이 네게 잘 어울렸어. 그리고 나는 뮤지컬 '웨스트사이드 스토리'에서 주인공 토니가 '마리아'라는 이름을 수없이 부르듯 뇌리에서 그 이름을 한없이 되뇌고 있었지.

그녀는 그때 무릎까지 내려오는 연회색 치마에 흰색 반소매 셔츠를 받쳐 입었고 하얀 양말을 신고 있었다. 단정한 차림이었고 자세도 흐트러짐이라곤 전혀 없어 보였다. 달걀형의 얼굴과 뚜렷한 이목구비, 그리고 넓은 이마는 서구적인 인상을 주었고 윤나는 단발의 검은머리를 하늘색 머리끈으로 깔끔하게 묶었다. 그 모습은 청초하게 보였다. 그러나 여학생 잡지의 표지모델이라고 한다면 어딘지 발랄함이 부족했고 그보다 고상한 품격이 배어 있다는 게 더 가까운 느낌이었다. 성장(盛裝)을 한다면 절세의 가인(佳人)이 되고도 남을 만했다. 그리고 그에겐 어디선가 많이 본 듯한, 이미 그의 가슴 한편에 아로새겨진 어떤 얼굴과 너무나도 닮았다는 기분이 들어 그를 야릇하게 만들고 있었다.

네가 비로소 너의 아버지를 소개할 때 난 충격을 받았어. 아니 그건 소름끼치는 공포였는지 몰라. 박성만. 외교관이며 이집트 주재 영사관을 지내다 현지에서 권총자살을 하여 언론을 떠들썩하게 했던 인물. 아니 그보다 내가 놀랐던 것은 그의 아내 때문이었지. 내가 고교생일 때 있던 교구에서 그녀는 청년부에 있었고 그때 이미 서로를 잘 알았으니까. 난 그 사건이 대서특필이 되어 사람들 입에 오르내릴 때마다 그녀의 생각에 가슴이 저며 오는 아픔을 느꼈어.

　세라피나는 그렇게 자신의 어머니를 빼어 닮아 있었다. 사춘기의 나이임에도 그 얼굴은 균형이 잡혀 있었고 몸가짐이 조숙해 보였다. 어릴 때부터 외국에서 지냈는지 지금까지 느껴진 그녀의 분위기는 그런 삶을 통해 몸에 익은 듯싶었고 그가 처음 들은 라틴어도 그녀의 제대로 된 실력이었다. 그에게 이미 잊혀진, 그러나 한때 그의 마음을 사로잡았던 한 여인의 잔영이 그녀의 얼굴에 겹쳐지는 것이 그 순간의 그에겐 견디기 힘든 상황이었는지 모른다.

　오리시스. 죽은 사람들의 영혼을 다스리는 신이죠. 이집트에서 아빠의 '죽음에 대한 연구'는 거의 절정에 달해 있었죠. 쿠프왕이 사후의 세계를 여행하기 위해 만든 '태양의 배'와 죽음의 신 아비누스. 카이로에서 아빠는 신경쇠약에 시달려 있었어요. 그걸 이기기 위해 마리화나를 피웠고 술이 없으면 잠들지를 못하셨죠. 외교관으로서의 공무가 있었음에도 끝내 미련을 버리지 못한 젊은 날의 탐구 의식이 당신을 사로잡고 놓아주지 않았나 봐요. 모태 신앙으로 하나님을 섬기다 동서양의 신(神)을 연구하고, 그러다 절대선(絕對善)이 지배하는 어떤 제국의 이야기를 끊임없이 제게 말씀하셨죠. 그리고 어느 날 엄마가 홀연히 떠나고 나서는 죽음에 관한 연구에 빠져 말없이 지내게 되었어요. 너무나 잘난 탓에 결국 자신의 한계를 이기기 못한 사람. 그때까지 아빠는 제게 그렇게밖에 보이지 않았어요.

　헝가리의 부다페스트에서 태어난 세라피나는 몇 년을 주기로 세계의 여러 도시를 돌아다니며 지냈다. 한때 귀국하였던 기간이 조금 있었지만 그녀에게 기억나는 도시는 부에노스아이레스와 카이로가 전부였다.

　카이로. 건조한 바람과 모래의 도시. 모든 게 메마르게 굳어가고 결국 풍화되어 사그라지는….

　카이로는 아라비아어로 카헤라, 즉 승리자라는 뜻이죠. 카헤라의 영어식 발음이 카이로죠. 천년의 역사를 지닌 인구 천이백 만의 도시. 비가 오지 않는 카이로의 하늘은 언제나 맑았죠. 전 그곳에서 시간이 멎었다고 생각해요. 그때까지 느끼던 외로움과 미지의 그리움, 엄마에 대한 갈망, 그리고 나 자신에 대해서도. 마치 미라처럼 방부 처리되어 어느 이름 모를 모래언덕에 파묻혀진. 그곳에는 아빠의 얼굴이 자꾸만 바람에 부서져 판독하기 힘든 히이로 글리프(고대 이집트 문자)처럼 사라져 가고…. 그래서 전 신부님을 찾아올 수밖에 없었는데.

　안젤라. 당신의 환영이 내 마음을 흔들어요. 난 어렵게 여기까지 왔는데, 어쩌다 나의 이야기를 당신의 일기장에 남겼을까. 그것이 하나의 끈이 되어 이제 당신의 딸이 나를 찾아오게 됐어. 하지만 지울 수 없는 당신의 기억이 나를 다시 과거로 이끌어. 당신의 붉고 촉촉한 입술을 보면 말초신경에 자극이 오는 걸 느끼지. 당신은 적어도 내게 성녀는 아니었어. 다만 탐스러운 한 사람의 여자였을 뿐. 난 때때로 도색잡지에서 본 어떤 여자의 알몸에 당신의 얼굴을 오버랩시켜 놓고 달콤한 상상에 빠지곤 했지. 그마저도 내겐 엄청난 죄악이었기에 한때 냉담*하기도 했었어. 하지만 당신은 언제나 나를 동생 대하듯 하였지. 내 짝사랑을 익히 알고 있었으면서 내게

* 　냉담 : 가톨릭 신자가 잠시 신앙과 멀어지는 것을 말하는 가톨릭 용어.

그토록 차갑게 대하다니.

　난 어쩔 수 없어요. 내겐 이미 운명지어진 삶이 있어요. 평생을 그 올가미에서 벗어날 수 없는 데…. 더 이상의 미련은 전부 바보짓일 뿐이에요. 파스칼은 사랑스러운 동생일 뿐, 그 이상도 이하도 아니에요. 우린 그저 어쩔 수 없는, 그런 사이일 뿐인걸.

　하지만 난 엄마가 신부님을 사랑했다고 생각해요. 비록 열 살이나 차이가 나서 신부님을 남성으로 받아들일 수는 없었겠지만 엄마가 남긴 일기를 보면 직접적인 표현이 없어도 그걸 알 수 있어요. 그건 여자만의 직감이죠.

　그녀의 말에 그는 멋쩍은 듯 웃을 수밖에 없었다. 거기엔 짙은 허탈감이 배어 있었다. 안젤라. 그녀는 5년 전 프랑스 알자스지방의 한 정신병원에 수감되었다. 그것도 자발적으로 입원한 것이었고 거기엔 박성만의 묵인이 있었다. 머나먼 이국의 벽촌에 그것도 스스로의 선택에 의하여 고독한 세계에 침잠해버린 연약한 여인. 그것이 그녀가 말한 운명이란 것일까? 파스칼은 자신이 신학대학에 입학할 것을 결심하던 마음과 그녀의 그러한 마음이 어딘가 닮았을 것이라고 애써 엮어보고 싶었다. 더 이상 도망갈 데가 없는, 그래서 막다른 골목에 갇혔다가 개구멍을 보고 머리만 디밀어보는 그런 헛된 시도. 그래서 자신의 과거와 사고를 백지화하는 데 두 사람은 얼마나 성공할 수 있었을까? 그는 세라피나가 여자의 직감을 말할 때 자신의 앞에서 전혀 여성일 수 없는 그녀를 보며 안젤라의 마음을 짐작할 수 있었다. 아름답기는 하지만 아직은 너무 아이일 수밖에 없는….

　아빠는 당신이 꿈꾸는 제국이 언젠가 인류를 구원할 것이라고 입버릇처럼 말했죠.

'너희들은 서로 사랑하기를 바라는가? 그렇다면 절대 낟알을 나 눠가지지 않도록 하라. 대신 한사람이 다른 한사람을 섬기도록 하 고 섬김을 받은 사람은 제국에 봉사하도록 하라. 그러면 너희들은 서로 도와 제국을 함께 건설하게 될 것이다.'

'나는 활시위를 당긴다. 오늘의 부정으로부터 내일의 정의를 창 조한다. 또 각자가 그 자리에 주저앉아 탐닉을 행복이라 부르는 곳 에서 나는 방향을 재설정한다. 나는 정의라는 이름의 괴어서 썩는 물을 멸시하고 훌륭한 부정을 통해서 완성된 사람을 해방시킨다. 그렇게 나의 왕국을 만든다.' *

난 그 아이가 다소 몽롱한 눈빛으로 그런 말을 읊조릴 때 느꼈던 묘한 감상을 지울 수가 없었어. 너무나 뛰어난 두뇌를 지녔던 그가 추구했던 제국이 어떤 것이었는지는 몰라도 그 아이를 통해 어떤 위엄 같은 걸 느꼈으니까. 그건 아마 첫 만남의 분위기에 내가 조 금 영향을 받았는지도 모르지만 내겐 신비로운 체험이었지. 난 새 벽녘이 되어야 그 호텔에서 나왔어. 그 아이는 거기서 자겠다고 하 면서 다시 연락을 주겠다고 했었지. 난 심한 피로와 혼돈을 안고 택시에 탔는데 그때서야 그 아이가 말한 '어떤 계시'에 대해 전혀 듣지 못한 걸 깨달았어. 하지만 돌아가기엔 너무 늦었고 난 며칠 후에야 그 아이의 연락을 받고 다시 만날 수 있었지.

* 생텍쥐페리의 '성채'에서 인용.

그렇게 기다리던 시간은 더욱 파스칼 신부를 초조하게 하였다. 그 만남이 꿈이나 환영에 불과하다고 수도 없이 자신을 타일러 보았지만 그는 그럴수록 그녀의 존재에 목말라 했다. 마치 그가 이집트의 사막 한가운데 있는 것처럼. 그는 자꾸만 엇갈리는 안젤라와 세라피나의 모습에서 뜨거운 여자의 가슴을 찾고 있었는지도 몰랐다. 그런 열병이 그를 맥없이 지치게 만들었고 신앙의 힘은 오히려 그에게 심한 자책을 안겨줄 뿐이었다. 그리고 그들이 다시 만났을 땐 마치 연인 같은 기분이 들었다.

웨일즈나 아일랜드 사람들은 저승이 물질세계와 똑같이 실재한다고 믿었대요. 다만 노동이나 겨울 같은 고통은 없고 영원히 늙지 않는다고 했죠. 그들은 몇 가지 마법을 쓰면 이승과 저승을 넘나들 수 있다고 생각했죠. 그리고 미국 위스콘신주에 사는 치피와 인디언은 죽음 뒤에도 삶이 똑같이 계속된다고 생각하며 이승과 저승의 구별을 짓지 않았대요. 그런 반면에 마야 사람들은 죽음은 미트날이라고 부르는 지옥으로 향한 출발이라고 여겼지요.

물론 그 아이의 말이 터무니없다고 생각하지는 않아. 자신의 아버지 덕분에 알게 된 죽음의 이야기에 대해 신부인 내가 할 수 있는 말은 뻔한 것이지만 난 그때 그 아이와의 대화를 그냥 즐기고 있을 뿐이었지. 하지만 그 말을 들을수록 나는 점점 어떤 올가미에 걸려든다는 느낌을 받았어. 그날도 오늘처럼 무더웠고 우린 호수공원을 종일 걸으며 무척 많은 이야기를 나누었지. 하지만 서로의 신상에 대해서는 별 말이 없었어. 그 아인 내가 무슨 말을 물으면 그게 무슨 대수냐는 식으로 말머리를 돌렸으니까. 그러니까 우린 대화를 나눈 게 아니라 어떤 독백을 읊조리며 걷고 있었던 것 같아. 그러다 우린 지쳤고 난 온몸에서 힘이 다 빠져나가는 느낌을 받았지. 우리는 조경이 참 잘 어우러졌다고 생각되는 곳의 벤치에 자리를 잡고 앉았어. 해가 막 지려는지 어디선가 시원한 바람이 불어와 정말 기분이 좋아지더군. 그때서야 처음으로 그 아이에 대한 경계심이 없어졌어. 잔잔한 호수엔 물새 몇 마리와 거위 같은 새들이 노닐고 있었고 그때 난 잠이 들고 싶었나봐.

그리고 참으로 자연스럽게 파스칼은 세라피나의 어깨에 머리를 기대었다. 슬며시 눈을 감으며 하늘을 보니 눈부신 하늘이 눈꺼풀을 깜박일 때마다 그의 망막에 파란 잔영을 무수히 만들었다. 여체에 대한 그리움. 여름의 햇볕을 받아 뜨겁게 열을 받은 세라피나의 핑크빛 셔츠에서 그는 포근함을 느끼고 있었다. 마음을 닫고 사는 일. 늘 유혹과 줄다리기를 하면서 보냈던 신학대학에서의 나날과 자기 자신에게 모질게 굴어야 했던 시간들. 그러나 그의 가슴 한쪽에서는 언제나 안젤라가 있었다. 그는 심호흡을 하며 고개를 그녀 쪽으로 떨구었다. 그녀의 작지만 볼록한 가슴이 뺨 언저리에서 느껴졌다.

안젤라. 당신이군. 난 그냥 이대로 잠들어 깨지 않기를 바래. 추억이 있었어. 가장 인간다운, 그리고 나만이 간직하던 소중한 기억들이 생각나. 당신은 그때 여신처럼 내게 나타났지. 그래, 내가 만난 거의 유일한 이단이었고 기꺼이 섬기고 싶은 하나님 이외의 신이었어. 내 마음을 주체할 수 없을 땐 그저 방탕하고 싶었지. 모든 허식과 위선에서 벗어나는 일탈. 그것을 맛보는 일을 나는 꿈만 꾸다가 이 길로 들어선 거야. 따뜻해. 이 체온은 이미 15년 전에 느꼈어야 했던 것인데, 이제는 덧없군. 당신은 먼 나라로 떠났다가 비로소 돌아온 거야. 안젤라. 사랑해.

난 알아요. 파스칼. 당신의 마음. 그리고 엄마의 애틋한 마음도 알아요. 하지만 인간은 간사한 동물이라고 아빠는 입버릇처럼 말씀하셨죠. 자제력을 잃는 것은 스스로 파멸을 자초하는 것이라고. 20세기 100년 동안 전쟁과 학살로 희생된 사람이 일억 팔천만명이나 돼요. 20세기가 시작될 때의 인구 중 10분의 1이나 되는 숫자죠. 결국 아빠는 인간에 대한 회의를 견딜 수 없었고 그래서 새로운 제국이 필요하다고 말씀하셨죠. 불완전한 인간이 만든 모든 제도와 규율을 허물고 다시 순일한 마음으로 추앙할 수 있는 제국이 필요하다고 말씀하신 거예요. 그래서 하나의 계시를 전해야 해요.

그리고 오랜 시간 동안 두 사람은 그림처럼 그렇게 있었다. 풍경은 마치 사진을 찍히기 위해 기다리는 것처럼 숨을 죽이는 것 같았다. 한여름의 시간이 허공에 걸려 있었다. 세라피나가 바람에 흐트러진 파스칼의 머리카락을 살며시 쓸어 올려주었다. 마치 누이의 손길처럼. 파스칼은 감미로운 촉감을 즐기며 계속 꿈을 꾼다. 인간의 가슴 속을 여행하고 하나님의 형상을 올려다보고 그리고 우주를 항행한다. 안드로메다의 성운이 거대한 소용돌이를 일으키며 하나의 얼굴을 만든다. 박성만의 얼굴이다. 그는 웃고 있다. 뭐라 말을 하는데 들리지 않지만 그는 독순술을 익힌 듯 그 의미를 알고 있다. 사후의 세계가 아름다워. 어서 이리로 와. 여긴 두려운 곳이 아니야. 그 어의가 너무도 달콤하게 그의 뇌리에 박힌다. 죽음은 찬란한 완성. 새로운 제국이 여기에 있다. 그의 외침은 이제 머릿속을 울린다. 파스칼은 그러다 눈을 떴다.

Cz 75. 1975년 수출용으로 개발된 체코슬로바키아의 세계적인 명품으로 평가된 9mm 권총이죠. 슬라이드와 프레임이 닿는 면적이 넓어 그만큼 흔들림이 작아 명중률이 뛰어나고 총의 균형이 잘 잡힌 우수한 전투용 자동권총으로 손꼽히는 기종이에요. 아빠는 총기를 수집하는 취미가 있었어요. 휴일엔 총기를 분해하거나 손질하는 것으로 소일하시며 총기의 미학과 그런 살인도구를 발명한 인류에게 야릇한 조소를 띄우곤 하셨죠. 저도 어릴 때부터 들은 이야기가 많아서 웬만한 전문가 수준은 될 거에요. Walther P5는 성능이 좋고 안전장치가 최고수준이지만 가격이 비싼 것이 단점이라는 둥, Heckler & Koch P9S는 디자인과 롤러로킹시스템이 독특하지만 복잡한 구조와 장탄수가 적다는 것이 아쉽다는 둥, 뭐 이런 것이죠.

여기까지 이야기할 때 세라피나는 해사한 미소를 짓고 자신의 지식을 과시한 것이 쑥스러운 양 어색한 제스처를 보이기도 했다. 파스칼은 잠시 깊은 잠을 잤으나 뒤숭숭한 꿈 때문에 뒷골이 무거웠고 14살짜리 소녀가 하는 말치고는 너무나 전문적인 내용이라 새삼 놀라지 않을 수 없었다. 그리고 동시에 뭔가 껄끄러운 이야기의 서두라는 직감을 느꼈다.

그날 한발의 총성이 메마른 대기에 차가운 금을 긋듯 울렸어요. 2층 아빠의 서재였죠. 전 그때 샤워를 하고 있었나 봐요. 아니 외출하기 위해 옷을 갈아입고 있었는지…. 아무튼 오발사고라는 생각이 먼저 들었고 동시에 불길한 예감이 찬물처럼 저를 덮쳤어요. 너무나 정신이 없어서, 그래서 거의 알몸으로 아빠의 방문을 열었고 거기엔 뭔가 의아한 표정으로 허공을 응시한, 이게 아니라는 그런 눈빛으로, 아빠는 그렇게 화석처럼 그 자리에 꼼짝하지 못하고…. 바닥엔 아빠가 가장 아끼시던 Cz75가 떨어져 있었고 붉은 피가 사방에….

세라피나는 가늘게 흐느끼며 얼굴을 두 손에 묻었어. 난 그 아이를 안아 주었어. 이미 충분히 성숙한 여체가 그대로 느껴졌어. 사실 듣고 싶지 않은 이야기였는데, 어쩔 수 없었지. 난 그 아이 말대로 상상하려 애썼지만 어떤 영화 같은 장면들만 떠올라 현실감이 사라졌지. 그냥 그렇게 그 아이를 안고 한동안 조용히 있을 수밖에 없었어. 이상하지. 왜 그녀를 만나면 난 주님에 대한 모든 것을 잠시 잊게 되는 걸까. 그리고 헤어진 다음에야 격렬한 죄책감에 빠지는 걸까? 그리고 그 아이에게 강렬하게 기억되는 건 페르시아산 카펫에 흥건히 고인 붉은 피와 피비린내였다고 했지. 하지만 세라피나는 어느덧 아버지를 이해하고 있었나 봐. 자신이 추구하는 절대선의 새로운 제국을 죽음 이후의 세계에서 찾으려 했던 것을. 그런 지극히 위험한 발상이 박상만 자신에게도 의외였는지 몰라. 죽은 직후의 표정에서 뭔가를 말하려 했던 암시를 받았으니까. 결국 세라피나는 혼자가 되었고 아버지의 상당한 유산을 물려받아 귀국했다고 했어.

평생을 이자만 가지고도 풍족하게 살 수 있을 거라고 작은아버지가 말씀해 주시더군요. 처음 절 만날 때 예약자였던 박성식이 그분이죠. 아빠는 다른 친척 분들과도 소원하게 지냈기 때문에 작은아버지만 서울에서 오셨드랬죠. 짐을 꾸리는 건 생각보다 어렵지 않았어요. 간직하고 싶은 추억이랄 것이 없었으니까. 아빠가 모았던 많은 책과 연구자료는 모두 없애버렸고 총기는 이집트 당국에 헌납시켰죠. 작은아버지는 가급적 모든 것을 버리려 했고 저도 동의했어요. 그러다 우연히 엄마의 오래된 일기가 나온 거예요. 작은 아버지가 그것 만큼은 챙겨주셨어요. 엄마는 문학소녀였는지 아름다운 글을 많이 남겼고 그것이 제겐 많은 위안이 되었어요. 그리고 파스칼, 바로 신부님의 이야기를 알게 되었어요. 엄마는 10년이나 연하였던 신부님께 당시에 느꼈던 연정이 부끄러웠나 봐요. 하지만 난 왠지 이 모든 이야기를 전해야 한다는 마음을 먹게 되었고 여기까지 오게 됐지요.

오⋯. 안젤라. 당신은 그렇게 천사가 되어 날아가 버렸군. 이 모든 일이 현세에서 일어나기에 하나님은 우리에게 너무 잔인할 수밖에⋯. 아니, 차라리 아무런 흔적도 남기지 않았다면, 그래서 이승에서 아무것도 모르고 망각의 혜택을 만끽하며 살다 죽었다면 그것도 행복일 것을⋯. 그리고 박상만의 세계에 대한 동경심이 고개를 들어 나는 놀라고 있었어. 인간과 신에 대한 회의, 그것을 대체할 다른 이상향의 세계. 국가나 나라라는 단순한 단어가 아닌, 제국이라는 절대성이 요구되는 그런 새로운 질서가 존재하는 개념. 유혹처럼 나를 충동하는 것이 세라피나의 눈빛에 있었지만 난 그것이 무엇인지 그때 까진 알지 못했지.

'노예의 상태는 어디가 시작이며 어디가 끝인가? 그리고 사람의 권리는 어디에서부터 시작되는가? 나는 돌의 의미인 신전의 권리, 사람의 의미인 제국의 권리, 단어의 의미인 시의 권리를 알고 있다. 그러나 신전에 맞선 돌의 권리, 시에 맞선 단어의 권리, 제국에 맞선 사람의 권리는 알지 못한다.' *

*　　생텍쥐페리의 '성채'에서 인용.

전 서서히 아빠의 말을 알아들을 것 같았어요. 제 몸 어딘가에 어느새 그 세계의 일부가, 작은 제국이 만들어진 것 같아요. 하지만 엄마는 그런 광기 어린 아빠의 지배에서 벗어나려 하신 것이죠.

그런 만남은 유월 내내 간헐적으로 이루어졌다. 하지만 모든 연락은 세라피나가 해왔다. 파스칼은 언젠가 그녀가 말없이 떠날 것을 예감하고 있었지만 연락처를 묻지 않았다. 그녀의 거처를 알게 된다면 그가 견디지 못하고 그녀를 찾아갈 것 같았고 그렇게 자제력을 잃으면 파멸할 것을 알았기 때문이었다. 세라피나는 여전히 평범한 여학생 차림이었지만 이국적이고 세련된 모습으로 그를 매료시켰다. 그는 혼란에 빠지지 않을 수 없었다. 그리고 유월이 끝나 가며 그녀와의 만남도 끝나 가고 있었다.

사람들은 이승에서의 삶이 모든 사고의 기본이고 죽고 나면 천당이나 지옥으로 간다고 믿죠. 그건 어떤 종교나 마찬가지라고 생각해요. 물론 불교에서의 윤회는 조금 다르죠. 윤회에서는 한 번 만나고 다시 인간으로 만나는 기간이 2500만 년이나 걸린다고는 하지만. 아무튼 이 삶이 행복하고 다행이라 믿으며 열심히 살라고 하죠. 하지만 그게 아니라는 걸 알아야 해요. 우리가 사는 세상이 오히려 하나의 형벌이라면 어떨까요? 쉽게 말해서 우리 모두는 우리가 모르는 제국에서 아름답게 살던 영구적인 개체였죠. 그러나 절대자의 계율을 어기는 경우가 생기고 절대자는 그런 형벌로 육신의 고통을 주어 이 세상으로 우리를 보낸 거죠. 따라서 우리는 제국에서의 죄인이고 지금은 형벌을 받는 입장이기에 정신적, 육체적 고통을 받게 되는 거죠. 그리고 천주교나 사회통념에서 자살을 금기시키는 것은 주어진 형벌을 다 채우게 하기 위해서죠. 어떤 경우든 자살을 하는 건 형벌을 빨리 끝내는 것이니까 그것을 막기 위한 것이죠. 이것이 바로 계시에요. 자살을 할 수 있다면 형벌을 빨리 끝내고 그 세계로 돌아갈 수 있다는 것. 그걸 모두에게 알려 줘야 해요.

파스칼은 그것이 궤변이라고 반박하고 싶었지만 오히려 그 말을 믿고 싶었다. 자신이 신부라는 것이 그제야 버겁게 느껴졌다. 모든 걸 버리고 오직 자신이 희구하는 것만을 추구하고 싶었다. 그리고 그녀의 연락이 끊어지고 이젠 연락이 오지 않을 것이라는 생각이 극에 달하자 파스칼은 견딜 수 없는 고통에 빠져들었고 사제관을 나와 그는 며칠을 방황했다. 그녀의 말들이 머리를 맴돌았다. 그녀의 아름다운 자태와 매혹적인 눈매가 어른거렸다. 그리고 그 뒤엔 안젤라의 모습이 함께 했다.

자살. 그것이 나의 유일한 출구였다는 강박감에 사로잡히자 나는 그것을 실행에 옮기려 무진 애를 썼어. 내가 직접 그 세계를 경험해야 한다는 생각. 사제라면 오히려 용기를 내야 한다는 것, 그리고 그녀의 말을 실증할 수단이 그것밖에 없었으며 주저할 이유가 없었으니까. 수많은 자살 방법을 생각하고 기왕이면 가장 고통 없이 죽기를 바랬어. 세라피나가 나타나지 않아 나는 그 아이가 먼저 그 제국으로 떠났다는 생각이 들어 두려웠어. 그 아이를 붙잡지 못한 나에 대한 자괴감과 동행하고 싶다는 엉뚱한 아쉬움에 나는 혼란스러웠지. 그리고 무수한 환청에 시달렸어.

파스칼. 그래서 내가 정신병원을 택한 거에요. 모두가 미친 것뿐이에요. 주님의 가호가 있는데 뭐가 걱정이에요? 세라피나의 말은 믿지 마세요. 걘 너무 자기 아빠를 닮아서 위험한 아이예요. 그리고 은연중 당신을 사랑하고 있어요. 아직 몸은 덜 성숙했지만 생각은 영악하기 그지없는….

하지만 어때. 이제야 알겠지. 내가 원하는 세상이 구태여 존재하지 않아도 된다는 사실을. 단 한방에 끝낼 수 있는 고뇌일 뿐이야. 어떤 핑계이든 자유를 얻으면 돼. 육신을 떠나면 그때서야 가능성이 보이는 거야. 거추장스러운 이승의 짐을 벗게. 그러면 그만이야.

신부님. 어렵지 않아요. 조금만 용기를 내세요. 지금까지의 생각을 모두 뒤집어 보세요. 우린 모두 세뇌당했던 거라고, 인간으로 사는 것이 부질없고 욕된 것이라고 생각되지 않으세요? 제가 말한 것을 기억하시죠? 그렇다면….

파스칼은 하마터면 성공할 수 있었다. 그런데 그가 자살을 위해 술을 마구잡이로 마실 때 그의 호출기가 울렸다. 음성사서함에 세라피나의 녹음이 있었다. 아직도 생생히 기억나는 차분한 목소리였다.

"쿼드 리세트 요비, 논 리세트 보비. 그건 제우스(그리스 신화의 12신 중 최고의 신)에게 허락할 수 있는 일이라도 소에게는 허락할 수 없다는 뜻의 라틴어에요. 전 적어도 아빠보다는 더 많은 공부를 해야겠어요. 아직은 제가 말한 것 자체에 대한 믿음이 약한 걸 알아요. 그래서 영국으로 떠나요. 신부님을 만나 비로소 아빠와 엄마에 대한 짐을 벗은 것 같아요. 고마워요. 하지만 자격을 얻게 되면 돌아올께요. 사랑해요. 파스칼."

난 만취상태에서 그만 실소를 터트렸어. 그 아이에게 한방 먹었다는 생각과 자신 대한 비웃음, 그리고 이 세상에 대해 웃어주고만 싶었던 거야. 그래, 그 라틴어의 의미를 알 만해. 나 역시 그 제국으로 가기엔 부족한 게 많다는 것을. 그리고 먼 나라로 떠난 제국의 공주를 그리워하는 병에 걸려 이렇게 그 날들을 비밀처럼 간직하고 사는 거야. 하지만 난 알아. 우리에게 필요한 것이 무엇인지. 그리고 언젠가 진정한 해답을 안고 홀연히 그녀가 우리들 앞에 당당히 돌아와 계시를 전파할 것을…

그러니 우리 민족 같이 큰 뜻을 품는 사람들이 세상구석 어디에 있겠냐고. 홍익인

간. 기가 막히잖아? 널리 사람을 이롭게 한다는 우리들 정신 말이야. 미국이 국제

경찰을 하고 싶다면 힘쓰는 건 그놈들에게 맡기고 우리는 국제판사 같은 거 하면

어떨까?

님비*들의 성찬

그들은 언제나 옳은 소리하기를 즐겨 했다. 언제부터라고 딱 꼬집어 말할 수는 없지만 우리는 자연스러운 만남을 가지곤 했다. 지금도 오늘이라는 단서를 아무도 달지 않았지만 우리는 항상 만나는 자리에서 맥주잔을 기울이고 있었다. 나는 습관처럼 입구를 주시하고 있었는데 오늘 강습에 빠진 전 사장이 느지막이 우리 자리를 찾아 나타났다.

— 어이구 이제야 오시나?

그저 소호사업을 한다고 하는 강성만이 환대인지 비아냥인지 모를 어투로 인사를 던진다. 그는 단지 강습에 빠지지 않는다는 한 가지 이유만으로 우리 모임의 대표처럼 행동했다. 사람 좋기로 정평이 난 갈빗집 사장 전현식은 뒷머리를 매만지며 멋쩍은 듯 자리

---

* 님비 : not in my back yard의 머리글자로 직역하면 내 뒷마당에는 안 된다는 뜻으로 혐오시설에 대한 집단이기주의를 뜻하는 말.

를 찾아 앉는다. 나는 강습에도 빠진 그가 늦게 나타날 필요가 없음에도 자리에 빠지지 않는 게 밉살스럽다. 이렇게까지 해서 나올 자리가 아니라는 생각에서이다. 우리는 세 달째 수영강습을 받아 이제 접영 과정을 배우고 있는 중이다.

— 그래도 한 세 달 다니니까 사람이 걸러지네요.

서른을 넘긴 이미리가 이 모임이 남다르다는 듯 한마디 한다. 그녀는 나이보다 앳된 외모와 잘 다듬어진 몸매로 늘 우리의 총애를 받지만 어딘지 얄미운 구석이 있는 여자다.

— 그건 그나마 여유가 있다는 반증이지.

저녁시간에 시간을 지키며 꾸준히 운동한다는 것이 삶의 여유가 아니냐며 입버릇처럼 말하던 내과 전문의인 김양섭이 한마디 거든다. 그러나 나는 그것이 여유롭다기보다는 할일이 없거나 딱히 만날 사람이 없는 이들이 남았다는 생각뿐이다. 그렇게 따지고 보면 나 역시 걸러졌다는 이들과 다를 바가 없다. 서울에서의 내 집 마련이 여의치 않자 이곳 신도시로 아파트를 분양받아 온 것과 하는 일이 그렇게 팍팍하지 않다는 것. 그리고 어느 정도 먹고살 만한 여지가 있어 재테크를 고민할 수 있다는 것들이 그렇다는 말이다. 물론 나 같은 경우 재테크는 내 몫이 아니라 전적으로 아내의 몫이지만.

— 김원장님은 차라리 골프를 치시는 게 어울리지 않으세요?

YWCA 회원이자 예지원에서 정식으로 여사과정을 수료했다는 박인예는 곰상스러운 표정으로 아양을 떨 듯 말한다. 떠도는 말에 가진 집이 다섯 채는 족히 된다는 알부자이지만 겉으로는 전혀 그런 티를 내지 않는다. 유난히 짙은 색이 감도는 안경이 그녀의 눈빛을 읽기 어렵게 만든다. 맞은편에는 말수가 적은 보습학원원장인 유채영이 앉아 있으며, 모텔 사장인 신영식이 연신 맥주를 마시고 있다. 그러다 잠시 말이 끊긴 듯하더니 이내 시선이 TV 모니터로 향해 있었다. 9시 뉴스가 진행 중이었다.

― 참, 별거 아닌 일이 외교문제까지 번지네.

요 며칠 새 영국에서 번진 괴질 전염병에 대한 뉴스였다. 그 질환은 처음 웨일즈 지역에서 시작되었는데 아직까지 그 원인과 병원체에 대한 진상이 규명되지 않아 그것은 세간에 끊임없이 이야깃거리가 되었다. 아직 병명조차 정해지지 않은 그 괴질의 증상은 그리 대단한 것이 아니다. 증상이라야 고열과 두통, 그리고 약간의 정신착란을 일으키는 정도나 생명에는 지장이 없고 며칠 고생하면 완쾌된다는 정도이다. 하지만 유럽에서는 그 원인이 밝혀지지 않았다는 이유만으로도 공포에 휩싸여 있다는 것이다.

― 사실 요즘은 변종의 바이러스들이 워낙 많아서….

김양섭이 상체를 약간 숙이며 운을 떼자 사람들은 약속이나 한 듯이 그와 같은 모션을 취하며 귀를 기울였다.

― 아마 파라믹소 바이러스가 아닐까 추측이 들기도 하지만, 이 바이러스는 홍역, 볼거리, 유사 인플루엔자, 호흡기 합성체 바이러스처럼 다양한 바이러스 가족을 말하는 거죠. 이들의 특징은 공기를 통해 쉽게 감염될 수 있어 대화를 나누거나 식사를 하는 중 전염될 수도 있다는 겁니다. 물론 잘들 아시겠지만 현대의학이라는 것이 아직은 규명하지 못한 게 많지요. 전염병이라는 것도 처음엔 사람끼리 옮는 건 별로 없었습니다. 대개는 동물을 사육하면서 시작되었다는 게 정설이지요.

— 그러니까 사람들이 수간을 하다가 성병이 시작되었다는 뭐 그런 얘긴가요?

평소에도 눈치가 없어 핀잔을 자주 듣는 신영식이 아무 생각 없이 불쑥 말을 뱉는다. 그러자 박인예가 매사 모든 문제를 성적인 코드로 끌고 가는 그를 향해 불쾌한 듯 눈을 흘긴다.

— 아, 그건 좀 별개의 이야기이고⋯. 지금은 그저 음식물이나 간단한 접촉으로 옮기 쉬운 일종 전염병에 대한 이야기죠.

조금은 당혹스런 표정으로 애써 격이 떨어지지 않게 말을 덧붙였다.

— 제가 보기에 그건 오래 묵은 유럽국가간의 이기주의겠죠.

나는 내가 나설 차례가 아님을 알면서도 무심결에 한마디 던졌다. 본질에 어긋나는 것을 못 참아 하는 버릇이라고나 할까.

— 외교문제, 그거를 짚으시는군요. 역시 김 선생은 통찰력이 뛰어나시단 말이에요.

하는 게 워낙 다양해서 마당발처럼 안 끼는 구석이 없는 강성만은 자신도 뭔가 맥을 잡았다는 듯이 나를 치켜세운다. 근간에 그는 내게 공연한 라이벌 의식을 종종 드러내곤 했다.

— 유럽에서의 전염병문제는 주로 영국에서 말썽을 많이 일으키지 않습니까? 구제역도 그렇고 요 몇 년 전의 O-157도 그렇고⋯.

— 그건 주로 가축들의 전염병인데 이번엔 사람이군요. 그런데 그게 외교문제라니?

— 프랑스가 영국 외교사절에게 비자발급을 거부한 것을 말하는 건데, 그건 역사적으로 두 나라 사이가 앙숙이라 그렇다는 거겠죠.

하긴 이번 문제는 그 발단보다 조치가 더 가관이었다. 영국은 처음 그 사실을 쉬쉬하다 결국 뒤늦게 밝혔고 그것을 빌미 삼아 유럽연합이 영국을 따돌리기 시작한 것이다. 각국은 즉각 영국산 제품의 수입 규제에 나섰고 여행객에 대한 입국도 엄격하게 다스렸다. 이에 영국은 심한 유감을 표명하였다. 그러자 프랑스는 즉각 유럽연합의 생존을 위해 영국인을 격리 조치해야 한다고 흥분하였고, 독일은 사태의 수습을 위해 보다 과학적인 방법을 모색해야 한다는 보도가 나온다.

— 이거 미국은 유엔 안보리에 이 문제를 상정하여 비상사태로 규정하고 병원체와의 전쟁을 선포하자고 호들갑을 떨겠네.

— 중국은 만만디라 그러지 않을 걸. 유럽 내에서의 일은 유럽 내에서 처리할 것을 요구하며 그 결과에 따르겠다고 느긋하게 처신하겠지.

— 러시아는 어떨까? 너무 빠른 전파속도에 겁을 먹고 늦장 대응한 영국과는 단교할 것을 검토 중이라는 외신이 있는데 정말 그럴까?

저마다 그 나라의 특성을 생각해 한 마디씩 일리 있는 이야기를 던진다. 아무튼 세계보건기구는 조만간 이 괴질의 병명을 정하고 다국적으로 이에 대처할 것을 호소하고 나섰다는 뉴스다. 김양섭과 강성만은 서로 말을 주고받다가 자연스럽게 내게 시선을 주었다. 당연히 내가 토를 달아야 할 순서였다. 하지만 이제 뻔하게 드러낸 것을 되씹어 말하는 것에 흥이 나질 않았다.

— 물론 유럽인들은 전염병에 대한 공포가 큰 편입니다. 페스트나 천연두처럼 유럽 전역을 휩쓴 경우처럼 그 역사는 뿌리가 깊은 편이죠. 그리고 잦은 전쟁과 식민지 쟁탈을 통해 철저한 이기주의

에 빠질 수밖에 없었습니다. 그런 성향이 이번 괴질을 통해 겉으로 드러난다고 보는 거죠.

— 김 선생님은 모르시는 게 없나봐요. 이번엔 어디에 기고하셨나요?

마흔 줄에 이르러 제법 잘 나가는 학원을 운영하는 유채영이 관심어린 말투로 동조한다. 하지만 이런 질문이 간혹 나를 곤혹스럽게 만든다는 걸 그녀는 알 턱이 없다. 책 좀 보겠다고 고시원이다 도서관이다 처박혀 지낸 세월이 너무 길었다. 뒤늦게 세상 험한 걸 깨닫고 글품을 팔다보니 얻은 칼럼니스트라는 직업이 그럴싸하게 보여도 나 자신에겐 실속이 없으니까. 더구나 요즘처럼 불경기를 핑계로 회사들이 사보를 내지 않으면 개점 휴업도 아닌, 말 그대로 백수신세와 다를 게 없다. 그저 유능한 아내를 만나 건사하게 지내는 꼴이다.

— 그런데 참 개들 너무한 거 아닌가? 거 선진국이다, 인본주의다, 인권이 어떻다 입바른 소리 하는 것들이 사람 죽는 병도 아닌 걸 가지고 그렇게 치사하게 굴 수 있단 말이야?

— 아웃 브레이크라 그런 거죠.

— 거, 더스틴 호프만이 나온 영화 말씀인가요?

— 아니, 그게 아니라 전염병에 대한 통제불능상태를 의미하는 말입니다. 1918년 독감의 경우는 4천만명이나 희생된 경우도 있죠.

신영식의 난데없는 말에 한심하다는 듯 김양섭이 보충설명을 했다. 그러자 이미리가 못 참겠다는 듯 입을 뗐다.

— 그럴수록 서로가 단합해서 대처해야 하는 거 아닌가요? 지금

까지 인류가 이루어놓은 문명이라는 게 있잖아요? 사실 잘 산다는 나라들이 왜 그 모양인지 몰라요.

— 맞는 말입니다. 지들은 침략전쟁을 통해 자본을 축척하고 그걸로 세계의 질서를 잡겠다는 것이 웃기는 말이지 않고 뭡니까?

— 할 줄 아는 게 전쟁밖에 더 있었겠나? 귀족사회에서 유한계급이 생겨나 철학이니 뭐니 떠들긴 하지만 진정한 인류애가 뭔지나 아는지 몰라.

— 국가니 민족이니 뭐니 해도 사람이 제일이지, 국가가 뭡니까? 국경이라는 선 하나 그어놓고 한쪽이야 죽든 말든 자기네만 도모하면 그만이라는 발상. 그게 세계화도 아니고 지구가족도 아닌 거지.

이미리가 단순히 감상적인 말을 던졌음에도 사람들은 너나할 것 없이 유럽의 국가 패권주의에 시비를 걸고 나섰다. 저마다 틀린 말이 없음에도 나는 그들이 흥분하는 바를 이해하기 힘들었다. 하긴 우리 같은 약소국 사람들 입에서야 얼마든 터질 수 있는 분통이 아닌가.

— 그러니 우리 민족 같이 큰 뜻을 품는 사람들이 세상구석 어디에 있겠냐고. 홍익인간. 기가 막히잖아? 널리 사람을 이롭게 한다는 우리들 정신 말이야. 미국이 국제경찰을 하고 싶다면 힘쓰는 건 그놈들에게 맡기고 우리는 국제판사 같은 거 하면 어떨까?

강성만이 거드름을 피우며 익살을 부리자 다들 폭소를 터트렸다. 하지만 우리가 국경을 맞대고 있다면 어떨까? 그래도 이렇게 여유롭게 인간성 타령이나 하며 그들을 비꼴 수 있을까.

— 우린 강 건너 불구경인 셈이죠.

나는 괜한 부아가 치밀어 한마디 안 할 수 없었다. 그러나 이제 그들의 독설이 아웃 브레이크 상황이 된 듯싶다.

— 치명적인 게 아니라고 하지 않습니까? 그런데도 서로를 씹어 제끼는 건 그들의 바탕이 천박하기 때문이죠. 그들의 기조는 약육강식, 즉 힘은 강한 자에게서 나온다는 논리를 숭배하고 권력을 위해서는 수단과 방법을 가리지 않아도 된다는 마키아벨리즘에서 그 합리성을 찾는 족속들이라구요. 그러니 약자나 소외된 자에 대한 배려 따위는 안중에 없을 수밖에….

— 제 생각도 그래요. 어쩌면 바이러스에 대한 대책이라는 건 겉으로 내놓는 명분일 뿐이겠죠. 최근 유럽연합을 결성하여 하나의 공동체가 되려니 뭔가 위기의식을 느끼는 게 분명합니다. 하나가 되려면 자신이 지배세력이 되어야 하는데 그게 쉽지 않을 테고, 서로 일등을 하려는데 일등 자리는 하나밖에 없고, 뭐 그러니 판을 깨려고 저러는 건지 알게 뭡니까.

— 따지고 보면 지들은 다 원수지간이지. 영국과 프랑스는 백년전쟁 이후 허구한 날 싸우고 독일과 프랑스도 알자스 · 로렌 지방을 놓고 수세기를 걸쳐 으르렁거렸고, 독일과 영국은 1~2차 세계대전으로 박터지게 싸웠으니 좋은 감정이 있을 수 있겠냐 그말이지.

— 맞아요. 국민성도 엄청 다르잖아요. 무슨 급한 일로 뛰어가는데 영국인은 뛰어가면서 생각하고 독일인은 뛰기 전에 생각하고 뛰고 프랑스 사람은 다 뛰고 나서 생각한다는 말이 있지 않습니까?

불쑥 신영식이 자기도 뭔가 안다는 투로 대견한 표정을 지으며 말했다. 하지만 모두는 그가 지금의 주제와 전혀 상관도 없는 말을 했다는 점에서 기가 막힌 듯 말을 끊고 서로를 쳐다볼 뿐이었다. 물론 그들의 말엔 하나도 틀린 게 없다. 가끔 이 중에서 약간 덜 떨어진 듯한 신영식이 문제라면 문제지만 내게는 오히려 그의 말이 진솔하게 들렸다. 강자만 모여 있다면 문제가 끊이지 않을 것이다. 그리고 그 덕에 모두가 강자가 되어 살아남은 격이다. 그러니 우리나라가 차라리 유럽대륙의 *끄트머리*에라도 붙어 있었다면 어땠을까? 그랬다면 국가의 위상이 달라졌을까? 그러다 불현듯 나는 극성맞은 부모들이 왜 아이들을 강남의 8학군에 기를 쓰고 보내는지 알 것 같았다. 내가 이런 공연한 생각에 빠져 맥주를 홀짝이고 있자 이미리가 말을 걸어온다.

— 김 선생님은 무슨 생각을 그리 골똘히 하세요?

그녀는 마땅히 하는 일 없이 바쁜 여자다. 듣기로는 대학원까지 마친 재원이라 하지만 직장생활을 제대로 해본 일은 없다고 했다. 집안 배경은 든든한 모양인데 코스닥 열풍이 불 때 한몫 제대로 잡아 만든 밑천으로 주식이나 부동산, 기타 채권 등에 투자하여 재미를 봤다고 들었다. 그리고 성형이다 몸매다 하여 자기 몸에 투자한 돈도 허름한 집 한 채 값은 족히 간다는 말도 함께.

— 아직 그들의 탐욕이 끝나지 않았다는 생각이 드는군요. 가진 자가 더 뭔가를 가지려는 하나의 무서운 관성. 미국이 이라크를 침공한 건 명백한 신식민주의 전쟁이 아닌가 하는 생각. 우리가 그들보다 더 강한 나라가 되었을 때는 어떻게 처신할까 뭐 그린 부질없는 생각을 해봤습니다.

가급적이면 낮은 어투로 말했지만 사람들은 어느새 내 말에 귀

기울이는 듯했다. 그러나 즉답은 없다. 사실 나 자신도 성실하게 한 답변이 아니니까. 어색한 침묵이 흘렀고 그제야 흐르던 음악이 'We are the world'라는 걸 알았다.

— 이거 오늘의 주제는 너무 범세계적이군요. 그런 의미에서 건배 한 번 합시다.

전현식이 식당사장답게 잔을 들어 건배를 제의하자 비로소 분위기가 화기애애해진다.

— 저는 정말 이제 세상이 서로를 위한 배려를 생각해야 한다고 봐요.

— 그럼요. 우리나라만 해도 이제 소득 2만불 시대 아닙니까. 우리 국민의 민도도 많이 높아졌구요.

— 하지만 파렴치한 사람들이 너무 많잖아? 능력도 안 되는 사람들이 신용카드나 긁고 다니고, 빚내서 고액과외나 시키고, 집 담보로 대출받아 주식하다 망하고…. 그게 다 우리 같은 사람들에게 민폐 끼치는 거지 뭐야.

강성만은 신도시 외곽에 작은 사무실을 차려놓고 여러 가지 일을 맡아 한다고 했다. 대개가 일본에서 3년간 유학생활을 하며 사귄 인맥을 통해 중개알선업을 하거나 국내의 전주를 끼고 고가품 수입업을 한다고 했다. 최근에는 팜유를 화학 처리하여 디젤을 추출하는 벤처기업에 스톡옵션으로 사업에 관여한다는데 수입이 어떤지 전망이 어떤지는 아무도 모른다.

— 그러지 말고 이번에 우리도 인간방패 한번 만듭시다.

— 인간방패?

— 가끔 반전운동하는 애들이 하는 거 말입니다.여기서 탁상공

론만 하지 말고 행동을 보이자 그겁니다. 거 벌벌 떠는 유럽에 가서 용감한 한국인이 기꺼이 괴질에 걸려주자라는 거죠.

— 그러니까 우리가 직접 그 병에 걸려서 멀쩡하게 나아 주자 그 말이네.

— 그렇지! 거 멋진 생각이네요. 가서 매스컴도 타고 유럽관광도 하고, 정말 멋진 얘기네요.

— 아니 여태껏 유럽여행도 안 다녀온 사람처럼 왜 그래요? 촌스럽게.

신영식이 아이처럼 들뜬 목소리로 생색을 내자 박인예가 핀잔을 준다. 그녀는 지금껏 해외여행을 관광으로 다녀온 적이 없다고 말했지만 문화탐방이다 뭐다 하여 갖은 명목으로 한 해에도 대 여섯 차례 외국에 나다닌 것으로 알고 있다. 아마 자신이 쌓아놓은 마일리지 보너스라면 유럽 정도는 그냥 다녀올 수 있다는 자랑을 못해 입이 간질거리겠지.

— 그럼 내친 김에 계획이나 짜 볼까요?

— 됐습니다. 말이 그렇다는 거 아니겠어요? 아직 후유증이나 잠복기나 기타 다른 문제가 드러나지 않았으니 이쯤에서 그만 하죠. 난 병원을 오래 닫을 수도 없으니….

내내 말이 없던 김양섭이 후유증이야기를 꺼내자 인간방패 이야기는 쏙 들어갔다.

— 그래요. 뭘 오버하자는 건 아닐 테니까. 저는 그저 안타까운 생각이 드네요. 단지 불편하고 불쾌하다는 이유로 시로 빈목히는 거 말이에요.

— 세상은 그대로인데 인구는 폭발하고…. 거 그럴수록 서로를

배려하지 않는다면 살아가기가 힘들어 질 수밖에 없겠죠. 민주 시민사회라는 것은 개인의 자유와 개성도 중요하지만 더불어 살아가는 사회를 만드는 게 소중한 것이죠.

— 그렇습니다. 소위 선진사회를 만들어 간다는 나라들이 환경규제나 무역장벽을 해소하는 일에는 엄하게 하면서 그런 작은 불이익에 말려들기를 싫어한다는 건 우스운 이야기겠죠.

— 거 노브레스 오블레주라고. 남보다 더 가진 자가 뭔가를 베풀어야 한다는 사고 말이야. 그런 걸 녀석들이 실천해야 하는데 말이야.

다들 잔잔한 어투로 말을 주고받는 걸 보니 조만간 파장할 분위기이다. 하긴 그런 세상이라면 얼마나 마음 편할 것인가. 조금 능력이 떨어지거나 좀 모자라거나 못생겼다 하더라도 큰 근심 없이 살아갈 수 있을 것이다. 이들이 그런 세상을 만들 수 있을까. 적어도 일조는 하겠지. 지난 대선 때 나눈 이야기나 이라크 전쟁 때에도 끝날 때의 분위기는 이랬던 것으로 기억난다. 나는 취기가 오르는 대로 오랜만에 실컷 술을 마셨다. 모두들 나 같은 마음일 게다. 서로 덕담을 주고받으며 모처럼 좋은 자리를 만든 듯싶다. 그들의 주장에서 나는 새로운 것을 느끼며 배우는 것 같다.

우리들은 입바른 소리 하기를 즐겨 한다. 지난 번 모임에서의 감회를 되살리며 나는 좀 늦었지만 다시 모임장소에 들어선다. 강습이 끝나서 전처럼 강습 뒤에 자연스럽게 만나는 일은 이제 없다. 지금은 전현식 사장이 모임일정을 잡고 전화를 주어 나온 것이다. 오늘은 또 어떤 주제를 두고 좋은 이야기를 나눌까 조금은 설렌다.

그런데 내가 들어섰음에도 사람들은 이미 어떤 토론에 빠져 열을 올리고 있다.

— 그러니까 우리 국민이 봉이라는 거지. 모든 게 행정편의주의적 발상이나 권위주의적 통치수단으로 일을 집행하는 버릇이 있다는 거야.

강성만이 다소 흥분한 목소리로 열을 올린다. 그가 우리 중 가장 연장자이기는 하지만 오늘은 그의 반말 투가 귀에 거슬렸다. 나는 슬그머니 한쪽 구석에 자리를 잡고 앉는다. 서로 눈인사를 나눌 뿐 내게 늦은 사유를 묻거나 인사를 던지는 이는 없다.

— 처음부터 계획적인 겁니다. 사실 우리 지역구의 성채득 의원이 원래 힘이 없는 양반 아닙니까? 그저 보궐 때 운 좋게 당선된 거지. 아무래도 수상한 구석이 있어요.

— 그래도 그렇지. 다른 후보지에 대한 최종검토가 이미 일년 전에 끝났다는 말이나 그 야대지에 손바닥만 한 안내판을 붙여놨다고 아무런 잘못이 없다는 게 말이 되느냐는 거죠.

그제서야 나는 오늘의 토론 주제가 얼마 후 착공할 장애인 복지시설에 대한 것을 알았다. 그 문제는 이삼 년 전에 발표되어 한 바탕 법석을 떤 다음 다른 후보지를 검토한다는 발표로 일단락 되었다가 지난 번 대선 때 슬그머니 확정되었던 사안이었다. 기실 따지고 보면 당국에서는 타 후보지 검토는 사탕발림이었고 처음부터 지금 거론되는 자리에 건립하겠다는 방침에는 변화가 없었던 것 같다.

— 그 문제는 사실 법적으로 별 하자가 없는 걸로 압니다. 이미 사회복지시설에 관한 법률을 통해 시장이 제출한 계획안을 도지사

의 승인을 받아 집행하는 걸로 알고 있습니다만.

나는 그게 이제와 무슨 논란거리가 되느냐는 식으로 가볍게 한 마디를 던졌다. 그러자 사람들은 무슨 뚱딴지 같은 소리냐는 눈빛으로 일제히 나를 쏘아본다.

— 이 나라에서 법대로 하는 일이 얼마나 있다고 그러십니까? 거 국민 정서법이라는 것도 몰라요? 아무리 법적하자가 없다 하더라도 국민의 정서와 일치되지 않으면 집행해도 소용없다는 거죠.

— 국민 정서법은 처음 듣는데 저도 좀 봐야겠군요.

— 하하, 그런 법은 없어요. 위법을 즐기는 자들이 만들어낸 말에 불과한 거죠.

김양섭이 의외로 거칠게 말하자 신영식이 멋도 모르고 끼어든다. 나는 실소를 던지며 약간 빈정거리는 투로 말을 받았다.

— 그래도 그런 특수한 시설을 지을 때는 사전에 지역시민의 민의를 존중해야 하는 거 아닌가요? 우리는 뭐 바지저고린가? 모두 이 나라의 주인이 아니냔 말이에요.

박인예가 볼멘소리를 던진다. 나는 꾹꾹 눌러 논 오기가 발동하는 것을 느낀다.

— 지나친 민주주의는 오히려 자유를 해친다는 말이 있습니다. 최근에 '자유의 미래'를 쓴 패리드 자카리아라는 미국 저널리스트의 말이지요. 참여시대를 열어간다는 요즘에는 너무 이익집단이나 압력단체의 목소리가 커서 우려되는 상황 아닙니까. 그들은 목소리만 크지 책임지는 집단이 아니니까 말입니다.

— 거 김 선생 말에도 일리는 있지만 그건 원론적인 말이고…. 사실 국가가 우선이기는 하지만 우리 같은 소수 약자가 보호받아

야 할 부분도 무시될 수 는 없는 일이니까….

강성만이 격앙되려는 분위기를 가라앉히려는 양 차분한 어투로 끼어들었다. 하지만 어딘지 자신이 없는 말투이기도 했다. 그러나 나는 이들이 소수인 것은 인정하지만 스스로 약자라고 엄살떠는데 기가 막혔다.

— 아무래도 처음부터 어떤 음해나 농간이 있었던 게 분명합니다. 뚝 까놓고 말해서 말이 장애인 복지시설이지 그게 집 앞에 있으면 좋아할 사람이 어디 있겠습니까? 이건 해당 공무원들이 다른 지역과의 헤게모니 싸움에 밀렸거나 모종의 거래를 통해 이곳으로 결정한 게 분명하니까 이를 규명하기 전까지는 승복할 수 없다 이거에요.

이번에는 전현식 사장이 흥분하며 나섰다. 나는 왜 이 사람이 나서서 전화를 걸었는지 알 만했다. 하지만 음해나 농간이나 모종의 거래라는 표현은 전혀 어울리지 않는 것이다. 단지 억지라고나 할까.

— 그건 그럴 소지가 있는 일이죠. 저는 만약 법에 하자가 없다면 헌법소원도 불사할 생각이에요. 헌법에 보장된 행복추구권이 침해된 것이라 생각합니다. 그런 시설이 일반 주거지역에 있다는 것이 문제 아닌가요? 마땅히 격리, 운영되어야 할 시설임에도 정부가 일방적으로 결정한 사안이다 이거죠.

— 맞아요. 거 헌법소원이라는 것도 있지…. 도대체 숙박업소를 왜 제한합니까? 우리만 봉이냐 이거죠. 아무리 러브호텔이다 퇴폐업소다 해도 우리 집에 오는 사람들은 다 행복해 합니다. 이걸 규제하는 거야말로 행복추구권을 침해하는 거 아니냐 이겁니다.

이미리의 엉뚱한 의견에 썰렁한 개그라 해도 맥 빠질 이야기를 신영식은 짐짓 진지하게 말한다. 그의 그런 의도와는 다르게 모두 실소를 터뜨렸고 경직되려는 분위기가 약간 풀린다. 그는 어리병병하게 보이지만 사업 수완은 뛰어나다. 처음에는 하청 인테리어업자로 갖은 고생을 하다가 사람들의 불륜풍조로 인해 러브호텔이 수익이 높다는 걸 알고 이제는 지역 전주를 끼고 모텔을 지어 몇 달 영업을 돌린 뒤 수억의 권리금을 받고 팔아치우는 쪽으로 사업방향을 전환하여 아마 우리 중에 현금을 가장 많이 갖고 있을 것이다.

— 아휴, 도대체 왜 하필 그 자리야….

다시 술판이 돌아가며 서로의 말투가 부드러워지자 내내 말이 없던 유채영 원장이 늘어지듯 한숨을 쉰다.

— 그러게요. 그 부지가 유 원장네 학원 건너편이잖아요.

— 누가 뭐래요. 이럴 줄 알았으면 작년에 누가 인수한다고 할 때 넘길 걸 그랬어요.

— 그게 큰 문제가 되겠어요.

— 사실 학원 앞에 장애인 복지시설이 있으면 보기 좋지는 않죠.

박인예가 위로조로 말을 던지자 유채영은 체념한 어투다. 학생보다 학부모들이 더 극성이라는 부언을 함께 한다. 그게 그렇단 말인가. 무슨 전염병도 아니고 우범성이 있는 것도 아닌데 뭐가 불안해서 극성인가 말이다.

— 아이들 정서에 문제가 있다고 벌써 상담선생들하고 신경전이래요. 어떻게 키운 학원인데, 누구 망하는 꼴을 보겠다고.

유채영은 잘 마시지도 못하는 맥주를 거푸 들이킨다. 그녀가 대학을 마치자마자 학원강사를 전전하며 20년간 모은 돈과 갖은 재산을 모두 담보로 은행에서 대출받아 오픈한 학원이란다. 하지만 지난 3년간 잘 굴러간다며 여간 호사를 부린 게 아니다. 세금조차 제대로 내기 싫어 학원강사들을 개인사업자로 등록시키고 도급 계약자로 부려먹었다. 뭐 그런 처지에 이 정도 일로 저렇게 낙담하다니.

— 도대체 지역주민의 재산권이 달린 문제를 이런 식으로 해서 됩니까? 이거 집값 떨어질 게 뻔한데 뭐라도 보상이 있어야 하는 거 아닙니까?

전현식이 노골적으로 불만을 토로한다. 그는 그 인근에 있지도 않는데 호들갑이다. 그러나 그가 꽤 규모 있는 갈빗집을 운영하면서도 실제 매출은 80%나 누락시켜 부가가치세를 거의 내지 않는 것으로 알고 있다. 그런데 세금도 제대로 내지 않는 사람이 어떻게 정부에게 근거도 없는 것으로 보상을 바라는지 모르겠다. 나는 입이 근질거렸지만 그냥 맥주만 홀짝거린다.

— 말 잘하셨어요. 전 사장님은 그렇겠지만 전 집이 몇 채입니까? 아니 이게 저 혼자만의 문제겠어요? 지역주민 모두의 문제지. 강남에서는 반상회에서 담합해서 집값을 지키는데 우리는 그러기는커녕 혐오시설이 들어와 도려 헐값이 된다니 이게 말이 됩니까? 전부들 나서서 진정을 올려야 합니다.

박인예는 전현식의 말에 적극 동조하며 정부에 민원을 제기하자는 것이다. 자신의 권리는 자신이 시켜야 하며 권리 위에서 잠자는 자는 보호하지 않는다는 법 논리를 들먹이며 단체행동을 하잔다. 하지만 자신들이 많이 남긴 부동산 시세차익은 자신들의 행운이고 다시 떨어지는 손실은 감당할 수 없다는 억지라니.

— 그 당사자들이 불쌍한 건 알지만 그건 그들의 운명이라구요.

— 이거, 행동에 나서야겠구만. 얼티머 라시오 레검(ultima ratio regum), 전쟁이군.

— 얼티머 거시기라니요?

— 라틴어에서 유래된 말로 왕들의 최후논리를 일컫는 거지. 어쩔 수 없을 때 싸움은 정당하고 무기이외의 희망이 없을 때는 무기 또한 신성하다고 마키아벨리가 말했지. 전부 나서서 주민들에게 연판장을 돌리고 피켓 들고 구청 앞으로 갑시다. 실력행사를 하는 거지.

강성만이 짐짓 거드름을 피우며 사태의 수습방안을 혼자 결론 내린다. 나는 왜 이런 일로 피곤하게 사람들이 몰려다녀야 하는가가 이해되지 않는다. 더구나 나까지 끼라 하면 끔찍한 노릇이 아닌가.

— 잠깐, 말 좀 합시다. 설마 진짜 그러려는 건 아니겠죠. 맞아요. 혐오시설이라 칩시다. 그렇다고 죽을병이 옮는 것도 아니고. 아이들 문제만 해도 그렇죠. 오히려 그런 소외된 사람들이 곁에 있다는 걸 느껴야 정서순화에 더 좋은 거 아닙니까? 꼭 집어서 틀린 말은 없지만 그래도 그게….

— 김 선생님은 뭘 그렇게 모르세요.

유채영이 거의 변명처럼 구차스럽게 늘어놓던 나의 말을 끊으며 냉정하게 한마디를 던진다. 그 말이 순간 나의 뒤통수를 쳤다. 내가 알고 또 모르는 것. 이들이 더 선호하는 논리. 그리고 사회적 약자에 대한 배려는 어떻게 된 걸까?

— 아드님 때문에 사모님하고도 가끔 말씀을 나누지만, 사모님이 더 걱정인 거 잘 아시잖아요.

— 지금 그 얘기가 나올 때가 아니지 않습니까? 어차피 국가에 필요한 시설이고 누구나 예비 장애자 아닙니까. 그냥 우리들 운명이니 하고 수용하는 게 도리 아닌가요?

— 백 번 지당하신 말씀이죠. 글로 먹고사는 양반일 테니…. 하지만 사모님께서도 피해가 이만저만이 아닐 텐데, 그걸 모르시니 딱하군요.

— 참, 전에 그러셨잖아요. 사모님 덕분에 먹고산다고. 그때 저하고 끝까지 남아 술 마실 때 말입니다. 사모님 수완이 좋아 노후 걱정할 필요도 없다고.

강성만과 신영식이 빈정거린다. 나는 얼굴이 달아오르는 걸 느낀다.

— 아마, 김 선생님이 가장 앞장 스셔야겠네. 그 야대지 앞에 상가 분양도 사모님이 몇 개 잡았다고 했지.

— 어머, 그걸 어떻게 아세요?

— 일전에 공인중개사 시험 보고 떨어진 거 모르죠. 내가 이 지역 중개사들하고 잘 지내죠. 어차피 자격증 따면 나도 부동산이나 하려고 했으니까.

— 김 선생 사모님은 대단해. 일전에 조합아파트 부지 조성할 때 말이야. 중간에 허름한 집 한 채가 합의를 안해 시공사가 애 먹었잖아. 그게 김 선생 사모님이 사 둔 집이었다시. 결국 평당 800만 원에 합의보고 넘겼다니 엄청난 거 아닌가. 김선생님은 이 사실도 모르시겠죠.

나는 구구절절 아내의 재테크에 간섭하지 않았다. 모든 재산이 아내의 명의로 되어 있고 가장으로서의 경제력은 애초부터 없었으니까. 하지만 그렇게 번 돈으로 건사하게 살았다니 숨이 막혀 왔다. 아니 그 동안 먹은 걸 모두 토해내고 싶은 메스꺼움을 느낀다.

— 그러니 입바른 소리는 이제 그만하고 좀 심각하게 문제를 해결해 보자구요.

— 아직 때가 늦은 건 아니야. 떼법이라는 게 있잖아. 떼를 쓰면 법보다 더 무서운 거라구.

— 그래요. 이럴 때 지역주민의 담합된 힘을 보이자구요.

— 일단 인터넷을 이용하는 게 어때. 글을 잘 쓰는 김 선생이 몇 자 적으면…. 어어, 김 선생 어디 가? 화장실 가나?

나는 나 자신이 이 자리에 빠지지 않는 게 밉살스럽다. 이렇게까지 해서 나올 자리가 아니라는 생각뿐이다. 그들이 떠드는 소리가 어지럽다. 능력 있는 그들이 존경스럽다. 이제 그만 입을 닫고 유능한 아내 품에 안길 시간이다.

일단 군부대의 무기고에 가 봤다. 아무래도 군용소총이 그에게는 익숙했으니까. 오

랜만에 M16 소총을 분해하고 조립하며 기름칠을 하였다. 실탄을 챙긴 후 혼자

영점사격장에 가서 영점을 맞추었다. 아무도 없으니 아무 데나 쏴도 상관없겠군.

거리의 한복판에서 그는 총을 마구 쏴봤다.

한 사람

　백발이 성성한 머리칼을 쓸어 올리며 그는 자신이 갈아야 할 남은 밭이랑을 바라보았다. 얼굴에 주름이 깊고 옷은 추레했다. 얼마나 많은 나날 동안 땅을 일구며 살았던가? 깊은 한숨을 내쉬며 그는 문득 아들에 대한 생각을 했다.

　그는 이제야 자신이 혼자라는 걸 인정하지 않을 수 없게 되었다. 처음부터 믿을 수 없었고 아무것도 받아들일 수 없는 일이었지만. 아침마다 눈을 뜨면서 지독한 악몽에서 깨어나길 바라도 모두 허사였다. 주변을 돌아본다. 사방에 빈 깡통과 각종 포장지가 널 부러져 있고 어젯밤 만취된 상태에서 부숴 버린 티브이 모니터가 깨진 제 얼굴을 민망하게 느러내 보이고 있다. 다시 기치를 옮겨야 할 때인가 보다. 그는 세차게 머리를 흔들어 본다. 진한 숙취로 두개골 속의 뇌수가 출렁거린다고 생각한다.

발전의 원리. 디젤발전기의 구조와 이해. 대우 D330 발전기 매뉴얼. 발전기의 역사. 전기의 특성. 충전기의 개요. 충전과 방전…. 한 쪽에서 수년간 열심히 탐독해 온 책들이 뽀얀 먼지를 뒤집어쓴 채 자신을 노려보고 있다는 착각이 든다. 이제는 거의 전문가 수준이지. 속으로 중얼거리며 그는 이제 한물간 발전기의 세루모터를 힘차게 당겨본다. 털털거리다 멈춘다. 연료 게이지를 보니 눈금이 바닥이다. 어디서 기름을 채우나? 거처를 옮길 바엔 아예 다른 도시로 가볼까? 그는 평소처럼 빈 몸으로 방을 나선다. 그리고 닳아 빠진 다이어리를 펼쳐 빗금을 하나 긋는다. 어느덧 5년째. 혼자 살아가는 데 이력이 붙을 때도 되었다 싶지만 날짜를 꼽을 때면 사지에 힘이 빠지곤 하였다.

아버지는 시골에서 농사가 제일이라며 자신을 서울로 보내고 돌보지 않았다. 그는 그런 아버지가 한심하다고 생각했다. 어머니는 늘 겉돌기만 했다. 형제는 없었다.

그래서 그가 그토록 바라던 혼자 살기. 세상 사람들이 버거워 아무도 없기를 간절히 바라던 때. 그리고 지독한 저주를 사람들에게 던지고 잠들었던 5 년 전. 그 다음날부터 놀라운 일이 벌어졌다. 자신이 원했던 것처럼 세상 사람들이 깨끗이 사라져준 것이다. 물론 처음엔 당연히 꿈을 꾸고 있다고 생각하였다. 전기는 끊어졌고 전화도 불통이었고 자신의 오피스텔에서 나오자 사람의 그림자조차 찾아볼 수 없었다.

새벽녘에 사람이 사라진 건가? 길에는 드문드문 자동차가 서 있었지만 키만 꽂혀 있고 역시 운전자는 없었다. 꿈치고는 기막힌 꿈이군. 그는 이 꿈을 즐겨야 한다고 생각했다. 어릴 때부터 혼자 놀기를 좋아했으니 이제 내 멋대로 해보는 거다. 우선 편의점에 들어가 데우지 않고도 먹을 수 있는 것을 마음껏 먹고 마셨다. 쓰레기를 아무데나 버렸다. 나오면서 한쪽 진열대를 손으로 쓸어 물건들을 넘어뜨렸다. 그리고 깔깔댔다. 길에 나서자 키가 꽂혀 있는 차 중에서 가장 비싸 보이는 BMW에 올라타 시동을 걸고 마구 달렸다. 아무도 없다. 경찰도 말리는 사람도 싫어하는 놈들도. 멀리 서 있는 벤츠가 보였다. 갑자기 차의 성능이 궁금해진 그는 어차피 꿈이라고 생각하며 그 비싼 차를 들이받았다. 시속 120킬로미터. 에어백이 터지고 벨트에 충격이 왔다. 놀랍게도 그는 다치지 않았다. 역시 좋은 게 좋군. 그는 또 한 번 깔깔거렸지만 어쩐지 웃음에 힘이 빠졌다.

그런 식이었다. 하루 종일 아무 곳이나 꺼리지 않고 들어가 하고 싶은 짓을 다 해보았다. 옷가게에서는 옷을 바꿔 입고, 마음에 드는 물건을 가방에 챙기고, 먹고 싶은 것이 있으면 먹었다. 그러다 해가 지기 시작했다. 할 만한 짓은 다 했는데 꿈이 깨지 않았다. 깨기 위해선 잠들어야 하는 거야. 한여름의 무더위가 온통 그의 몸을 땀에 젖게 했다. 한 차례 시원한 소나기라도 내렸으면…. 그는 아무도 없는 거리에 어둠이 깔리기 시작하자 약간의 두려움이 들었다. 전기가 들어오지 않아 그는 손전등을 켜고 자신의 방에 돌아와 골라온 술들을 마시기 시작했다. 이제 잠들면 내일의 일상으로 돌아오겠지. 꿈은 이 정도면 충분하니까. 하지만 다음날도 그 다음날도 꿈은 계속되었다. 그렇게 5년이 흐른 것이다.

꿈이든 아니든 그는 생활을 해야 했다. 물론 처음엔 별로 걱정하지 않았다. 사람들이 아무도 없으니 먹을 것이나 입을 것이 넘쳐나서 죽을 때까지 충분하리라 여겼기 때문이다. 그러니 까짓 농사는 지어서 뭘 해? 백발이 성성하도록 나이보다 겉늙어 보이던 아버지의 추레한 모습. 그는 간간히 시골에 내려가 대면할 때마다 세상물정을 모르고 고집스레 농사만 짓던 아버지의 모습에 은근히 부아가 나곤 했다. 그러니까 내게 아무것도 물려 준 것이 없잖아….

그러나 당장 전기가 없으니 답답했다. 하루 이틀이 지나고 나니 모든 음식이 상하기 시작했다. 그는 긴장되었다. 이러다 잘못하면 통조림만 먹어야 할지 몰랐기 때문이다. 수도가 나오지 않으니 마시고 씻는 일도 문제였다. 당장 발전기가 필요했다. 하지만 사용할 줄을 모르잖아. 그래 책방에 가야겠군. 아니 아예 도서관이 좋겠어. 그래서 그는 발전에 필요한 책들을 골라 봐야 했다. 이제 공부는 끝난 줄 알았는데 나이 서른이 넘어서 다시 도서관엘 다녀야 한다니. 그것이 생존을 위한 공부의 시작이었다. 그리고 세운상가에 가서 만만한 발전기를 몇 대 실어 와야 했다. 그것은 노동의 시작이었다. 문명이 만들어 놓은 이기(利器)들을 유용하게 하기까지 만만치 않은 땀을 흘려야 했다. 그나마 전기를 쓸 수 있다는 게 어디야. 인터넷이 안 되고 티브이 프로를 볼 수는 없지만 게임을 하거나 비디오는 볼 수 있잖아.

그리고 자신의 영역을 만들기 시작했다. 아파트 한 동을 골라 필요한 것들을 갖다 놓고 한 집을 어질러 놓을 만큼 어질러 놓으면 옆집으로 옮겨가는 생활을 하는 것이다. 처음엔 발전기를 잘 다루기만 하면 별 문제가 없는 듯했다. 냉장고도 잘 돌아가고 세탁기도 마찬가지였다. 성능이 나쁘면 가게에서 실어다 새것을 쓰면 그만이니까. 하지만 그 짓도 5년이 지난 지금은 상황이 녹녹치 않았다. 당시의 새 제품들이 그대로 방치되어 조금씩 작동이 안 되는 것들이 생겨나니까. 그래서 어제 박살내 버린 티브이가 아쉽다는 생각이 든다. 이제 반경 30킬로미터 거리의 주유소엔 경유가 없다. 서울의 경유는 쓸 만큼 썼다. 한 달에 두어 번 여행 삼아 다른 도시에 가서 며칠씩 있곤 했지만 서울을 떠나는 것이 그리 내키지는 않았다. 하긴 아무도 없는데 서울이 무슨 소용이람. 그는 혼자 사는데 무슨 귀소본능이 있나 싶었다.

아침에 눈을 뜰 때면 아무리 생각을 지우려 해도 지난 5년간의 일을 한 번씩 들추게 된다. 하지만 이제 '왜'라는 고민을 털어 버린 지 오래다. 죽지 못해 그저 사는 거니까. 그래도 혼자라는 것이 별로 두려운 일은 아니다. 어릴 때부터 이골이 났다고나 할까. 쟤 벙어리 아니에요? 가끔 누군가 집에 오면 어린 그를 두고 어머니에게 귀엣말을 하는 것을 자주 듣곤 했다. 어머니는 그냥 웃으며 말없이 혼자 노는 걸 좋아한다고 가볍게 넘어가곤 했었다. 책벌레라는 별명이 붙을 정도로 그는 오랜 시간 책상 앞에 붙어 있곤 했다. 그림을 그리거나 글을 끄적거리는 것도 지루하지 않은 일상의 하나였다. 또 다른 취미가 있다면 프라모델을 조립하는 것이다. 여럿과 어울리는 것이 오히려 불편했다고나 할까? 그러니 이제 와서 혼자 이것저것을 만들고 고치는 것도 그리 나쁘진 않았다. 그저 혼자 해 나가는 것이다. 돈은 아무 필요가 없다. 물물교환도 불가능하다. 한 사람만 사는 사회라면 경제가 없다. 아니 정치도 없다. 예술도, 철학도. 그렇다면 종교는? 그래도 뭘 믿는 구석이 있어야 사는 거 아닌가?

그는 그럴 때면 그냥 생각을 접는다. 지난 시간 동안 혼자 즐길 수 있는 갖은 오락도구는 다 써 보았다. 꿈 깨는 걸 기다리는 것이

지겨워. 어차피 꿈은 깰 것이니까 시간만 때우면 되는, 뭐 그런 생활들을 살아온 것이다. 이제 현실이라는 것을 받아들여야 하지만 쉽지 않다. 뭐 이런 개 같은 경우가 있냐고. 때려 부술 것은 얼마든 있다. 부수고 망가뜨려도 혼자서 이 모든 것을 폐허로 만들기에는 역부족이다. 그러나 5년이 지나니 도시도 서서히 죽음의 그림자를 드리운다. 빌딩의 색이 바래고 아스팔트의 이곳저곳이 갈라지고, 모든 유리창이 반투명이 되었다. 빛을 발하는 눈동자가 어디에도 없다. 도시는 수많은 군중들의 땀으로 살아간다. 도시는 사람들의 헌신으로 빛을 발한다. 도시는 사람들이 개미처럼 움직여야 비로소 에너지를 얻는 것인데…. 그가 만드는 보잘것없는 전기, 그가 뿜어내는 보잘것없는 호흡, 그가 부지런히 움직이는 보잘것없는 손길. 도시는 그것에 흡족해 하지 않는다. 도시는 그것에 무기력으로 반응한다. 도시는 그래서 죽어가는 것이다. 도시가 죽으면? 그곳에 사는 그는 어떨까? 그는 더 이상 도시가 미덥지 못했다.

그는 자신에게 주어진 현실을 받아들이기로 했다. 그 모든 것을 인정하기엔 아직도 억하심정이 남아 있지만 어쩔 수 없었다. 살아나가기 위해 모든 대비책을 동원해야 했다. 거처를 나서니 유난히 푸르른 하늘이 그의 머리를 맑게 만든다. 우리나라의 전형적인 가을 하늘이다. 너무 아름다운 자연을 접하면 마음 한편이 뭉클해진다. 그러고 보니 말을 해본 지 너무 오래된 듯하다. 영화 '캐스트 어웨이'에서는 무인도에 혼자 살아남은 주인공이 배구공에 얼굴을 그린 '월리'라는 대상에게 끊임없이 말을 걸곤 했다. 그러나 그는 예전에도 워낙 말이 없는 편이어서 그런지 말을 해야 겠다는 생각을 가지질 않았다. 그는 문득 '아름답다'라는 말을 해본다. 말하는 것을 잊어 먹진 않았군. 그 말도 중얼거려 본다. 행여 자기같이 세상을 저주하다 혼자 남은 놈이 또 있을지 모르니 그는 말하는 것을 잊어선 안 된다는 생각을 한다.

벌써 10년이 지났군. 그는 별 의미가 없어진 빗금긋기를 잊고 나왔다. 처음엔 달력에 표시하다가 한 해가 지나면서 날짜를 세기 위해 다이어리에 그었던 것이 아침에 하는 중요한 일의 하나였다. 군대에서는 제대 날을 기점으로 오히려 날짜를 지웠다는 생각에 그는 쓴웃음을 짓는다. 한때 꿈에서 깨면 며칠이나 꿈속을 헤맸는지 알고 싶어 그랬지만 지금은 그마저 포기한 상태가 되어 가는가 보다.

대충 옷을 걸치고 그는 작업장으로 간다. 5년 전 이 작업장을 만든 것도 그가 인정한 삶의 방식 중 하나이다. 삼성 전자 A/S 교본. 대우 드럼세탁기 매뉴얼. 티브이 수상기의 원리. 감속모터의 특성과 수리. 조명기기 총론… 작업장 입구의 책장에는 그 외에도 다양한 제품들의 카다록과 수리용 교본이 가득 꽂힌 채 그의 손길을 기다리는 듯 했다. 그의 작업장이란 그가 마련한 각종 제품의 수리 공장을 말한다. 고장나기 시작한 물건들을 하나씩 고쳐 쓰는 장소다. 완성품은 오 육년이 지나면서 쇠붙이의 여기저기가 녹으로 들어붙거나 전자기판이 부식되어 작동이 안 되기 시작했다. 그래서 상태가 좋은 다양한 제품의 부품들을 여기 저기 뜯어놓고 관리하기 시작하여 부속들은 쓸 만한 것이 많다. 그는 이런 일들이 마치 프라모델을 조립하는 것 같은 성취감을 맛볼 수 있어 좋았다. 오늘은 어제 고치다가 만 오디오의 메인 보드를 손봐야 한다. 가전제품을 손보며 그는 어느덧 전자회로 이론에 대해서도 많은 공부를 했다.

한때 그는 IT 분야의 전문가가 되는 것이 꿈이었으니까. 농사일이나 공장일 같은 노동은 고리타분한 것으로 여겼었다. 깨끗한 사무실에서 고부가가치를 창출하는 것. 그런 목표로 공부도 꽤 많이 했다. 하지만 경쟁은 늘 치열했고 자신의 능력을 써먹을 만한 기회는 주어지지 않았다. 대학을 나오고 자격증을 따고 대학원을 마치고 유학을 다녀와도 마찬가지였고 덧없이 나이만 들어갔다. 각종 아르바이트와 과외로 모은 돈을 공부하는 데 다 썼지만 그 공부는 아무것도 그에게 준 것이 없었다.

작업장 깊숙한 벽면엔 몇 년 전부터 손대기 시작한 총기들이 걸려 있다. 통조림조차 상하기 시작하면서 그는 사냥을 해야 한다고 생각했다. 쌀은 그런 대로 통풍이 잘된 도정공장의 창고에서 갖다 먹을 수 있고 채소나 과일 등은 시골에 다니다보면 자연 상태에서 자란 것들을 골라 먹으면 별 문제가 없었다. 그러나 단백질을 공급받으려면 사냥과 낚시는 필수인 셈이다. 축사에 가두어 둔 소나 돼지는 벌써 다 죽고 없었다. 기껏해야 시골에 돌아다니는 닭을 잡아먹는 것이 고작이었다. 다른 신선한 고기를 먹을 수 있다면. 그래서 총이 필요했다. 일단 군부대의 무기고에 가 봤다. 아무래도 군용소총이 그에게는 익숙했으니까. 오랜만에 M16 소총을 분해하고 조립하며 기름칠을 하였다. 실탄을 챙긴 후 혼자 영점사격장에 가서 영점을 맞추었다. 아무도 없으니 아무 데나 쏴도 상관없겠군. 거리의 한복판에서 그는 총을 마구 쏴봤다. 유리창이 박살나고 콘크리트가 튕겨 나갔다. 귀와 손이 얼얼했으나 스트레스가 해소된 듯하여 그는 상쾌했다. 그리고 사냥에 나섰다. 하지만 사람만 쏘게 만든 군용소총으로 사냥하기에는 무리가 있었다. 꿩 같은 작은 짐승들은 정확히 맞추면 오히려 몸통이 날아가 먹을 만한 것이 남지 않았다. 결국 총포사에서 엽총과 라이플을 골라 연습하게 되었고 작업장에서 틈틈이 손을 보는 것이다.

오후에 그는 사냥에 나섰다. 간혹 거리에 야생동물들이 보이긴 하지만 역시 큰 짐승을 잡기 위해서 좀더 외곽지역으로 나가야 한다. 라이플에 망원스코프를 달고 여기저기를 겨누어 본다. 300미터 안의 표적은 거의 한발에 맞춘다. 차를 몰고 2시간 정도 달렸다. 산과 산사이의 고갯마루에 차를 세운다. 힘들게 산을 올라갈 필요도 없다. 그냥 차창을 열고 기다리기만 하면 한두 마리가 지나가곤 하니까. 서늘한 바람이 그의 뺨을 스쳐 지나간다. 낙엽이 지기 시작하여 작은 움직임도 놓치지 않고 볼 수 있다. 문득 헤어진 여자가 생각난다. 그나마 정을 붙인 몇 안 되는 사람 중의 하나였는데…. 그녀와 가끔 가을날 야외를 거닐었던 생각이 든다. 당신은 이해할 수 없는 구석이 있어요. 그런 말이 잦아지면서 그녀는 연락을 끊었다. 그리고 그도 사랑을 끊었다. 한 사람만 사는 사회라면 사랑이 있을 리 없다. 미움도 없다. 시기도, 질투도. 그렇다면 그리움은? 그래도 가슴 한 구석에서 밀려오는 그리움은 어쩔 수 없는 것이 아닌가?

'탕'. 한발의 총성이 울렸다. 한 생명의 맥이 끊겼다. 그로서 다른 생명이 더 건강하게 살아갈 것이다. 그는 별 감회 없이 사냥감을 향해 걸어간다. 어린놈이군. 노루였나. 검은 눈망울은 그대로 뜬 채 자신을 바라보고 있다. 사냥을 시작하면서 그나마 기르던 개도 풀어줘 버렸다. 어차피 혼자인 게 편하다. 정을 주면 줄수록 내가 힘들어지니까. 뒷발을 잡고 질질 끌고 내려왔다. 잡아온 노루의 털을 불에 그슬리게 태운다. 뜨거운 물에 한번 데치고 가죽을 벗긴다. 배를 갈라 내장을 꺼낸다. 장기들이 따뜻한 감촉으로 손에 잡힌다. 손톱에 기름기가 잔뜩 낀다. 작은 손도끼로 여러 토막으로 나누었다. 며칠은 잘 먹겠군.

작업장에 돌아와 그는 정성껏 총기를 손질한다. 가능한 한 많은 총포사에서 윈체스터 70 모델과 실탄을 모아왔다. 어쩌면 죽을 때까지 써야 할지 모르니까. 더 이상 이런 물건을 만들어낼 공장도 없거니와 실탄까지 자신이 직접 만들 수는 없기 때문에. 그래서 예전처럼 심심할 때 마구잡이로 총을 쏘는 일도 없어졌다. 군용 M16이라면 모를까…. 군용실탄이라면 아마 수백만 발 이상이 굴러다닐 테니까.

그에게는 낚시도 필수였다. 낚시도 전부 책으로 배워야 했다. 차라리 낚시가 취미 생활이었으면 손쉬웠을 텐데, 그조차 배워 나가지 않으면 안 되는 것이다. 주로 낚시 잡지를 찾아 뒤적이거나 비디오테이프가 손상되기 전에는 영상물을 보며 배워야 했다. 낚시 도구 역시 잘 챙겨야 할 것 중 하나이다. 처음엔 고기가 낚이지 않아 조바심을 많이 태우기도 했다. 하지만 지금은 릴낚시도 제법 할 줄 알게 되었고 회도 적당히 뜰 수 있을 만큼 익숙해졌다. 역시 먹고 살아갈 수밖에 없는 일은 빨리 익히는 법인가. 그나마 뭐든 방법을 찾아야 하는 그에게 도서관은 미더운 존재가 되었다.

이제 그는 외롭다는 것을 인정하지 않을 수 없었다. 15년이 지난 지금 도시에서는 더 이상 살아갈 수 없었다. 더욱 황폐해진 거리는 텅 빈 공허감을 안겨주었고 밤이면 유령의 무리들이 거리를 헤집고 다니는 것처럼 바람소리가 황망하게 들리기도 했다. 여름철 태풍 때 마다 깨진 유리창들과 잡풀들이 여기저기 비집고 나온 빌딩의 숲은 단지 폐허 이상 다른 의미를 갖지 못했다. 그는 도시를 버리기로 했다. 아니 이미 죽어버린 도시가 그를 버린 것일 수도 있다.

약수터가 있는 산기슭의 별장을 찾아 거처를 옮기고 텃밭을 일구기 시작했다. 이제는 청소도 하고 집을 보수하면서 한 곳에 머물기 시작한 지 5년이 넘는 것 같다. 그러니까 또 5년을 지낸 셈인가? 그는 한기를 느끼며 잠에서 깨어났다. 문밖을 나서니 첫 서리가 내린 것을 알게 되었다. 산장 뒤쪽에서 마른 장작을 집어와 벽난로에 넣고 불을 지핀다. 이제는 석유를 구하는 것도 만만치 않아 아예 시간이 남으면 나무를 베어다 장작을 패는 것이 더 편했다.

자동차의 원리와 구조, 엔진 기초 설계, 자동차 1급 정비의 이론과 실제, 원동기 이론, 빠른 경정비, 자동차 부품 매뉴얼…. 한편에는 표지와 모서리가 낡아 빠진 책들이 가지런히 책장에 꽂혀 있다. 생활에 편리한 가전제품은 이십여 년이 가까워지자 수리마저 쉽지 않았다. 그러나 그에게 이동수단 만큼은 절실했다. 어디서든 뭔가를 찾아 가져올 수 있어야 했기 때문이다. 그런 대로 자동차의 내구성은 가전제품보다 월등했기에 철저하게 정비를 하면서 손을 보면 아직 굴러갈 수 있었다.

하지만 갈 수 있는 곳은 한계가 있었다 삼면이 바다로 둘러싸여 있어 배를 타고 나가는 일은 엄두도 낼 수 없었고, 북쪽으로 휴전선을 넘어가자니 그곳은 갈수록 척박한 땅이었다. 그는 차라리 미국이나 유럽처럼 광활하면서도 문명의 이기가 넘치는 곳에서 이런 일을 당한다면 더 낫지 않을까 싶은 생각에 아쉬움이 많았다. 특히 유럽은 국경을 자동차로 통과할 수 있으니 색다른 문화를 맛보며 관광도 할 수 있는 곳이라 더욱 구미가 당겼다. 그러나 지금은 당장 이 땅에서 자유롭게 움직이는 것이 중요하다. 그래서 그는 자동차에 통달하게 되었다.

지난 5년은 그전의 세월과는 많이 달라 있었다. 식수는 더 이상 생수를 구해서 마실 수 없었다. 통조림도 유효기간이 다 되어 먹을 만한 것이 못되었다. 잘 보관된 쌀도 맛이 푸석하고 변질된 것이 많았다. 전에는 시골의 밭에서 자유롭게 뽑아먹던 채소도 잡풀에 뒤섞여 찾기 어려워 아예 텃밭에서 제대로 심고 손보지 않으면 안 되었다. 과일은 가끔씩 손을 봐주면 그런 대로 따먹을 수 있었다. 음식은 그렇다 치고 옷조차 좀이 슬고 옷감이 상하여 가게나 공장에 있는 것을 그대로 입기가 곤란했다. 상태가 좋은 것들을 골라 가위로 자르고 바늘로 꿰매서 짜깁기한 옷을 만들어 입어야 했다.

그는 거처에서 가까운 곳으로 작업장을 옮겨놓고 그 곁에 보관 창고를 하나 더 만들었다. 꼭 필요한 가전제품의 부품들, 자동차 용품, 옷가지들, 쌀과 여러 가지 씨앗들, 의약품같이 반드시 있어야 할 것들을 늘 상태가 좋게 보존하는 것이다. 그러고 보니 인간에게 유용한 모든 인공물은 다 손이 가야 살아나는 것들이다. 그 와중에 정말 필요 없는 것도 있었다. 돈, 열쇠, 그리고 핸드폰 같은 통신수단이었다. 혼자 살기에 가치가 바뀌는 것들이다. 서로 주고받을 것도 없고 남에게서 나를 지킬 필요가 없고 소통할 일이 없다. 그런데 새삼 그런 것들이 외로움을 주곤 한다.

집밖을 나서자 간간이 눈발이 날린다. 학창시절 그에게는 변변한 친구가 없었다. 반에서는 늘 왕따 수준으로 따돌림을 당했고 그는 그것이 썩 나쁘지는 않았다. 친구들이 그를 피한 것보다 그가 친구들을 피한 경우이므로. 오늘처럼 이렇게 눈발이 내리거나 가랑비가 내리는 날이면 그는 홀로 교정을 거닐곤 했다. 그런 날씨라면 다른 친구들에게 방해받지 않고 자신만의 시간을 충분히 즐길 수 있었기 때문이다. 나름대로의 사색에 빠지다가 미래를 생각하면 아버지가 떠오르곤 했다. 그때도 시골에서 겨울나기에 힘겨웠을 아버지. 그러나 그때 아버지에 대한 생각은 늘 원망과 아쉬움이었던 것 같다. 자신이 첨단의 내일을 꿈꾸며 학구열에 빠져 있을 때 당신은 농사일밖에 모르셨으니.

눈발이 제법 굵어진다. 올해에도 월동준비를 하느라 지난 가을엔 제법 바쁘게 보냈지. 시간이 날 때마다 나무를 베어 장작을 패서 겨울 내내 쓸 땔감을 만들었고 사방을 돌아다니며 경유와 석유, 그리고 휘발유를 통에 담아 보관창고에 갖다 두었다. 집은 잘 지어진 별장이었으나 조금씩 망가진 곳들을 손봐야 했다. 석유 보일러를 쓸 수가 없기에 거실의 벽난로만 가지고는 난방에도 문제가 있어 부엌과 침실에도 장작난로를 놓고 연통을 뽑아야 했다.

혼자 산다는 것만큼 손이 많이 가는 삶도 없다. 여럿이라면 서로 맡은 일을 나누어 하면 더 편할 거니까. 눈을 뜨고 잠자리에 들 시간 동안 그는 부지런히 움직여야 했고 또한 모르는 것들을 공부해야 했다. 그중 까다로운 것은 외학에 관한 것이었다. 그의 생활 중 가장 조심해야 할 일은 병들거나 다치지 말아야 한다는 것이다. 수년 전 사냥을 하다가 넘어지면서 다리가 크게 찢어져서 10바늘 정도 꿰매야 할 상처가 났다. 그는 난감했다. 다리를 묶어 지혈은 시켰지만 다음엔 어떻게 해야 할지 몰랐다. 기다시피 산에서 내려와 차를 몰고 큰 병원으로 달려갔다. 중간 중간 다리에 괴사가 오지 않을 만큼 묶은 곳을 풀어줘야 했고 그때마다 피가 흘렀다. 병원에서 그는 한참이나 헤맨 끝에 소독을 하고 의료용 실과 바늘을 찾아 혼자 상처를 꿰맸다. 그때 처음으로 눈물이 흘렀다. 상처의 통증보다는 이러다 죽는다는 현실이 비참했던 것이다. 아주 사소한 상처. 예를 들어 녹슨 못에 찔려도 방심하면 파상풍으로 죽을 수 있다. 물론 그 이전에 감기나 몸살을 앓지 않은 것은 아니다. 혹 몸 어딘가에 암세포를 키우고 있을지 알 수 없는 일이다. 그러나 그보다 무서운 것은 다리가 부러진다든가 이빨이 썩어 어쩌지 못하는 경우일 수 있다. 그래서 그 일이 있고 나서 그는 상비약을 가지고 다녔으며 기초적인 의학상식과 약품에 대한 공부를 해야 했다.

보관창고에 이르는 동안 눈이 꽤 쌓였다. 환기를 위해 몇 몇의 창문을 열어야 했지만 눈이 오기에 그만두었다. 일주일에 두 번 그는 보관창고의 모든 물건들을 확인했다. 뒤집을 것은 뒤집고 내어 햇볕에 말릴 것은 말리고 하는 식이다. 오늘이 그날이었으므로 그는 하나하나를 눈여겨보며 상태가 어떤지 확인했다. 창고를 나오자 쌓인 눈이 발목에 찼다. 이 정도라면 제설작업을 해야겠군. 그는 창고에서 자신의 집까지 이르는 길이 얼지 않게 빗자루를 가지고 눈을 치웠다. 눈을 치우면서 그는 군대생활이 떠올랐다. 지겹도록 눈을 치우던 그 언짢은 기억을 떨치기 위해 그는 고개를 크게 저었다. 자동차만 아니라면 치우지 않아도 그만일 눈이었다. 그리고 요 몇 년 겨울 들어 눈 내리는 날이 잦아진다는 생각이 든다. 여기만 아니라 지구인구의 전부가 사라졌나? 그는 겨울이 갈수록 더 추워진다는 생각에 지구 온난화가 끝났다는 확신이 들었다. 사람들이 사라져 화학연료의 사용도 줄고 더 이상 이산화탄소를 발생시키지 않겠구나 싶어서이다. 이제 지구상에도 자신뿐이라는 생각. 그는 보관창고를 흘깃 쳐다보았다. 믿을 수 있는 것은 저 창고밖에 없다.

그가 인정해야 할 것들. 이제 그런 것들이 별로 없다. 어차피 받아들일 것들은 다 받아들였으니까. 다만 살아야 한다는 한 가지 생각만이 그를 지배할 뿐이다. 창밖에서 새들의 지저귐 소리에 잠에서 깨며 그는 오늘따라 늦잠을 잤구나 생각했다. 완연한 봄기운이 밀려오는 듯 햇볕이 들어온 자리가 포근하다. 나른한 몸을 일깨우며 그는 창을 열었다. 봄바람이 밀려 들어왔다. 멀리 계곡 곳곳에 파릇한 기운이 엿보인다. 왜 그동안 자살할 생각을 한 번도 안 했을까. 문득 생명이 움트는 중요로운 계절에 그는 자신의 삶이 너무도 단순했음에, 한 번도 생각해 본 적이 없는 자살을 떠올렸다. 혼자 자신의 생명을 부지하는 것이 무슨 의미가 있다고 그렇게 매달렸는지. 여자가 없으니 자식을 못 낳을 테고 그러니 종족보존의 본능도 소용없는 것인데….

자식에 대한 생각을 안 해 본 것은 아니다. 아들이 꼭 한명쯤 있었으면 싶을 때가 더러 있었다. 그것은 자신의 취업이 안 되고 세상이 자신을 홀대한나는 생각에 빠져 사람들을 저주하기 이전에는 없었던 생각이다. 오히려 혼자 삶의 터전을 만들어 가면서 느끼는 아쉬움이었다. 그런 상상만으로도 산다는 목적의식을 유지해온 것은 아닐까. 얼마 전 새로 바꾼 다이어리에 새 빗금을 그었다. 그날부터 오늘이 꼭 40년 지난 날이다. 거울을 본다. 백발이 성성한 머리에 수염마저 멋대로 자라 있다. 숫돌로 면도칼도 갈아 썼지만 몇 년전부터는 면도조차 귀찮아 졌다. 만날 사람도 없었는데 참 열심히 면도를 하고 가위로 머리칼을 잘라왔었다. 얼굴에는 깊은 주름이 가득하여 자신이 보기에도 몰골이 한심해 보였다. 자신의 나이 벌써 73세. 로빈슨 크로스를 떠올리며 무인도가 아닌 도시에 버려진 자신이 그와 다를 것이 없다는 생각을 했다.

24절기로 하는 논농사. 탈곡과 도정. 농업 편람. 우수 품종과 그 개량…. 이제는 아무렇게나 던져진 책들이 그 소임을 다했다는 듯 한쪽 구석에 조용히 처박혀있다. 25년 전부터 그는 본격적으로 벼 농사를 짓기 시작했다. 그가 얻을 수 있는 모든 쌀이 변질되었기 때문이다. 그러자 해야 할일들이 많아졌고 대신 공부할 일은 적어졌다. 문명의 이기라고 할 수 있는 것들도 다 망가지고 못 쓰게 되었다. 자동차도 조만간 주저앉을 판이고 발전기도 경유를 구할 수 없어 못쓰게 된 지 오래다. 그는 어차피 자신이 혼자 남을 판이라면 아프리카나 남미의 정글에서 태어나는 것이 낫다는 생각을 자주 한다. 그랬다면 그렇게 많은 공부를 하느라 시간을 허비할 일도 없었을 것이고 그곳에서 혼자 남는 일이 생겼다면 복잡한 생각 없이 그냥 자연에 잘 적응하면서 살았을 테니 말이다. 모든 것은 결국 변하고 소멸한다. 생각해보면 꼭 필요한 것이 쉽게 변하고 별로 쓸모없는 것은 잘 변하지 않았다. 음식은 며칠이면 버려야 하지만 술은 아직도 마실 수 있으니 우스울 뿐이다. 변하고 소멸되는 것을 변하지 않게 하고 사라지지 않게 하려던 세월들. 그에게 혼자된 이

114

후의 삶은 그런 것이었다. 그의 거처와 작업장, 그리고 보관창고. 그것들을 돌보며 살았던 세월이지만 자신이 숨을 거두면 아무것도 아닌, 마치 자신이 버리고 떠난 도시와 다를 바 없는 하찮은 것인지 몰랐다. 겨울이 물러나고 봄이 오면 모든 생명이 분주해지는 법이다. 하지만 요즘은 자주 몸이 늘어지고 정신은 혼곤해 진다. 파종을 위해 법씨들을 준비해야 하고 논과 밭을 갈아야 한다.

그는 한낮이 되도록 농기구들을 손보다가 보관창고의 소파에서 잠시 잠에 빠졌다. 깨어나니 해거름 녘이었다. 그런데 보관창고가 아니었다. 기억에도 가물가물한 자신의 침대였다. 구운몽인가? 드디어 40여년의 꿈에서 깬 것인가? 자리에서 일어나 창가로 다가갔다. 몸이 가뿐했다. 창밖은 네온사인이 하나둘 불을 밝히고 귀가를 서두르는 사람들의 발길이 분주히 보였다. 생동감 있는 도시를 오랜만에 바라본다. 그는 자신의 오피스텔에서 나와 거리를 걸어본다. 마주치는 사람들에게 인사를 건네고 싶다. 안녕하세요. 반갑습니다. 고맙습니다. 미안합니다. 큰소리를 치고 싶지만 왠지 민망하다. 사람들이 자신을 미친놈으로 볼까 두려워진다. 그래도 말하는 걸 잊어버리지 않아서 다행이야. 어떤 사람이든지 손을 맞잡고 싶다. 지갑을 열어 본다. 있는 돈을 다 털어서라도 오늘은 여자와 자야겠다. 걸음을 빨리 한다. 더 빨리, 좀 더 열심이 걸어보자. 그러면 더 많은 사람을 볼 수 있겠지….

그러다 그는 전신주인지 벽이지 모를 장애물에 부딪쳤다. 불똥이 번쩍인다. 눈을 뗐다. 보관창고의 소파에서 자다가 떨어졌나보다. 꿈이었다. 온몸이 식은땀으로 젖어 있었다. 정신이 혼미하다. 차라리 꾸지 말아야 할 꿈이었군. 그는 땀에 젖은 머리칼을 쓸어 올리며 다시 소파에 올라앉았다. 40년 만에 꾸어보는 아주 생생한 꿈이었다. 진정으로 바란 것은 지금의 악몽에서 깨어나는 것인데…. 불현듯 장자가 나비가 된 꿈을 꾸었느냐, 나비가 장자가 된 꿈을 꾸는 것이냐는 이야기가 머리를 맴돈다. 돌아보면 숨 막히듯 살았던 그 이전의 삶과 그 이후의 삶을 비교해 볼 때 딱히 어느 쪽이 더 좋았는지 이제는 모를 성싶다. 맥이 풀린 몸을 추슬러 그는 쟁기를 들고 밭으로 나갔다. 어제까지 얼추 반 정도는 갈아놓은 것 같다. 해가 남았을 때 좀더 일을 할까, 아니면 오늘은 쉬고 내일 하는 것이 더 좋을까? 작년부터 기력이 자꾸 떨어지는데 얼마나 더 버틸 수 있을까? 아버지는 얼마나 더 농사를 지을 수 있으셨을까? 자꾸만 판단이 흐려지고 의구심은 늘어만 간다. 그에게 아들이 있었다면, 그래서 단 둘이라도 된다면 아들을 위해서라도 오래도록 농사일을 해야 할 듯싶었다. 하지만 아무도 없다. 지나간 40년 동안 남을 위해 한 일이 하나도 없다는 것이 이토록 허망한 일일 줄은 정말 몰랐던 것이다.

  그는 백발이 성성한 머리칼을 쓸어 올리며 자신이 갈아야 할 남은 밭이랑을 바라보았다. 얼굴엔 깊은 주름이 잡히고 옷은 추레했다. 기억을 더듬으니 자신의 모습이 마지막에 시골에서 보았던 아버지의 모습 그대로인 것을 알았다. 얼마나 많은 나날 동안 땅을 일구며 살았던가? 깊은 한숨을 내쉬며 그는 아버지와 아들에 대한 생각을 다시 했다. 희망이 없더라도 살아야 해. 아직 이 땅이 있지 않는가. 믿을 것이 있다면 그것이라 되새기며 그는 쟁기를 들어 밭이랑을 힘차게 일구기 시작했다.

116

그래, 상큼한 너의 모습은 언제나 나를 흥분하게 했다. 머릿결에서 풍기는 산뜻한

샴푸의 향기, 깔끔한 옷차림새, 늘씬하고 가녀린 몸매……. 강의가 끝날 때 활짝

기지개를 펴면 너의 보디라인이 선명하게 드러나곤 했지.

로리타, 안녕?

안녕, 로리타. 난 너를 이렇게 부를 수밖에 없다. 그리고 너의 실체는, 네 이름과 함께 가루가 되어 허공에 흩날리는 환영으로만 보인다. 나도 실체가 없다. 나의 삶은 그저 허접한 것들로만 가득 차 있을 뿐이다. 또각거리는 판서(板書) 소리. 너는 나를 응시한다. 아니 칠판에 분필이 맞닿는 부분을 보는 것이다. 글자만 남긴 채 분필은, 나머지를 너의 허망한 존재처럼 가루로 떨구며 닳아져 간다. 분필이 존재하는 이유는 잠시 씌어졌다가 지워질 글자를 남기며 사라지는데 있다. 나는 짐짓 목소리가 떨리지 않나 의식하며 한 단원을 마친다. 관심 없는 원생들의 권태가 다음 진도에 제동을 건다. 흘러내린 안경을 곧추세우며 흐트러지는 마음을 가다듬는다. 끝 종이 친다. 원생들은 이미 준비가 된 듯 깅의실을 또르르 빠져나간다. 그만큼의 내 에너지가, 한 시간어치의 생명도 내게서 스르르 사그라져 간다.

형, 강의하는 거 어때? 학교 동기가 원장이거든. 처음 제안을 받았을 때는 인사치레로 그러려니 했다. 형은 아는 것도 많잖아. 요즘 논술이 뜨는 데 마땅한 강사가 없네. 아는 것이 많다는 놈이 이렇게 망가졌을까. 하지만 나는 솔깃했다. 테세우스가 가느다란 실을 따라 크레타의 미궁에서 빠져 나오듯이, 나는 논술 강사라는 실을 잡고 혼미한 삶의 미로에서 헤어 나올 것 같았다. 하지만 찬란한 해를 다시 보려나 싶은 기대를 미처 채우기 전에 그 입구에는 아리아드네 공주가 아닌 로리타, 네가 있었다. 처음부터 그 실낱은 나의 희망이 아니었다. 그것은 또 다른 혼란을 내게 주었을 뿐이다. 기껏해야 중학생 애들이야. 페이는 많지 않겠지만 부담 없잖아. 그래 고맙다. 네가 나를 구해준 거지. 그리고 학원 강사가 되는 데 성공했다. 이제 난 편안하다. 그리고 로리타 너.

단아한 너의 모습은 언제나 나를 차분하게 한다. 늘 맨 앞자리에 다소곳이 앉아 진지하게 교재를 보는 너의 눈망울. 교탁에 올려놓은 교재를 볼 때면 가까이에서 너의 얼굴을 대각선으로 내려다볼 수 있다. 난 그 때가 행복하다. 천진한 표정으로 책을 들여다보며 내 강의에 따라 밑줄을 그어 가는 너의 모습. 그리고 종알거리는 너의 입술. 때로 눈길이 마주칠 때, 내가 흠칫 놀라는 걸 원생들에게 들키지 않으려 나는 얼마나 긴장하는지. 넌 내 지척에 있지만 아주 먼 거리에 떨어져 있는, 빛으로 달려가도 몇 년이 걸릴 광년(光年)의 단위 저 편에 있다. 어떨 때는 너를 바라보는 것만으로도 지칠 때가 있다는 걸 너는 아는지.

너는 헬로 키티의 캐릭터를 좋아하나 보다. 필통과 가방, 자잘한 액세서리 등에 그 문양이 박혀 있고 옷조차도 분홍색으로 맞추어

입길 좋아했다. 너는 핑크를 좋아한다. 나도 핑크를 좋아한다. 너는 캔디를 좋아한다. 나도 캔디를 좋아한다. 너는 폴라티를 좋아한다. 나도 폴라티를 좋아한다…. 아니다. 나는 너로 하여 그 모든 것들이 좋아지기 시작했을 뿐이다. 난 그 이전에 뭘 좋아했는지 잊어버렸다.

기억의 단층(斷層). 나의 기억들은 각 개의 지판(地板)을 만들어 떠돌아다닌다. 멀리 흘러 가버린 것들은 기억해 내기가 힘들다. 가까이 있는 것들도 연결고리가 없어 나의 기억인지 다른 기억의 재연(再演)인지 알 수 없다. 생각은 나는데 잡히지 않는 것. 나를 미치게 하는 것은 가족들에 대한 기억이다. 3년만 채우고 돌아올게요. 두 아이를 데리고 떠나는 기러기 엄마는 남은 기러기 아빠에게 애절한 다짐을 남겼다. 그건 기억나지. 그런데 어떻게 5년이 흘렀어도 돌아오지 않을까. 아니 5년 전이라는 것도 나의 착각일까? 기산점(起算點)조차 달력에서 흘러 다니는 걸까?

퇴직금에 집을 판 돈을 함께 챙겨 보냈으니 그때 떠난 건 분명하다. 그 돈은 삼 년간의 유학비와 생활비를 계산한 돈이었다. 다녀올 때까지 다시 집을 마련해 볼게. 나의 막연한 다짐에, 그런 곳에서 어떻게 지내냐며 떨리던 목소리로 걱정하던 아내. 그녀는 2년이 채 지나가기도 전에 똑같은 목소리로 국제전화를 걸어왔다. 거처가 마땅치 않아 좀 넓은 곳으로 옮기느라, 그리고 막상 와보니 씀씀이가 장난이 아니에요. 돈이 좀 있어야겠네요.

선생님, 지 왔어요. 교무실에서 헛된 상념에 잠기면 나는 히가 찔린 사람처럼 화들짝 놀란다. 원생들 중에서도 유난히 나를 따르는 녀석이다. 왜 그렇게 놀라세요? 벌써 몇 달째 말벗을 하더니 나에 대한 눈치가 제법이다. 국어나 영어, 사회 교과는 우수한데 수학과 과학이 안 받쳐지는 아이다. 저 잘하면 특반(特班)할 수 있을 것 같아요. 그 때는 선생님 수업 들어야지. 내가 별 말이 없어도 이 녀석은 저 하고픈 말을 아끼지 않는다. 하지만 때로는 내 심중을 놀랠 만큼 읽어내기도 한다. 난 이 녀석이 두렵다. 논술 수업은 상위 10% 성적 이내에 들어가는 학생으로 구성된 특반만 들어간다. 그새 수학과 과학을 많이 따라 잡았다는 뜻이겠지.

로리타는 특반이다. 영특해 보이는 눈빛. 단정하게 빗어 넘긴 긴 머리. 발그레한 얼굴빛으로 어색한 인사를 던지던 너. 너는 학원의 예비 중학교 과정에 들어오며 나를 만났다. 아직은 초등학생이지만 얼핏 보면 그런 티가 전혀 나지 않는다. 훤칠한 키에 단정한 옷차림. 말없이 잔잔한 미소를 짓고 있으면 어른스러운 성숙함이 엿보인다. 처음엔 너를 살로메라고 불렀다. 로테라고 부르기도 했다. 콘수엘로라고도 불러보았다. 그러다 로리타라고 부른다. 님페트, 꼭 로리타 콤플렉스를 들먹이지 않아도, 대략 눈치 챈 사람이 있겠지. 소녀와 중년의 남자. 그것만으로도 충분하다. 그리고 혹시나 널 잊더라도 기억의 단서를 남기고 싶으니까. 로리타라는 이름이 예쁘니까. 그래서 그냥 로리타라고 부른다.

로리콤 말하는 건가? 내가 나도 모르게 이면지에 끄적거려 놓은 네 이름을 보고 녀석이 한마디 불쑥 던진다. 나는 얼굴이 발개진다. 다행히 녀석은 내 의자 뒤편에 있어 내 얼굴을 바로 보지 못한다. 나는 이 녀석이 나이에 비해 박식하다는 걸 인정한다. 이런 단서를 통해 나 자신이 벌거벗고 싶은 마음은 없다. 심기가 틀어진다. 또 다시 가슴 깊은 곳에서 스멀거리는 무엇이 올라오기 시작한다. 다시 그 증상이, 요즘 들어 심해지는 기침 증상이 음험한 예고를 던지고 있다. 곧 격렬한 기침이 목안의 깊은 곳에서 폭발하겠지. 그러면 나는 가슴을 부여잡고 자지러질 듯 고통에 사로잡힐 것이다. 두렵다. 기침의 증상에서 오는 통증이 아니라, 이것이 잦아지면 강사직에서 밀려날지 모르기에. 나는 입을 틀어막고 화장실로 내달린다. 세면기를 붙잡고 한 바탕 몸부림을 친다. 거울을 보니 안경 너머로 눈이 벌겋게 충혈 되었다. 선생님 괜찮으세요? 녀석이 어느새 따라와 걱정스러운 눈빛을 보낸다. 그 눈빛이 차라리 로리타 너였으면……. 나는 멀거니 그 녀석을 바라보다 씨익 웃어주고 다시 교무실로 향한다.

　김도연, 이주영, 김초현, 주영모, 이인선, 그리고 이 학생 이름이 뭐더라? 나는 지나치는 아이들의 이름을 되뇌며 기억하려 애쓴다. 300명이 넘는 아이들의 이름. 내 고객이며 그러기에 기억해야 하는 정보의 단편들. 간혹 강의 중에 아이들의 이름을 잘못 불렀다가 그 애가 실망한 모습을 보이면 나는 곤혹함을 느낀다. 같은 이름에 성만 다르다든가, 모음 하나만 틀린 경우. 그리고 동명이인. 로리타, 너의 본명도 요즘 흔하게 지어지는 이름 중 하나이다. 그래서 별칭(別稱)을 부르기로 했지. 헷갈리지 않고 신비스러운 맛도 있기에. 하지만 정작 나는 블라디미르 나보코프의 원작소설을 읽어보지 못해 그 작품에서 작중인물인 로리타가 어떻게 묘사되었는지 모른다. 그리고 그것은 내게 조금도 중요치 않다. 내게 있어 중요한 것은 한 번이라도 너를 너 보는 것이다. 자리로 돌아오는 길에 일부러 네가 있는 강의실을 지나가며 힐끗 네 모습을 바라본다.

　우아한 너의 모습은 언제나 나를 공허하게 만든다. 한 손은 이

마를 짚고 한 손으로 머리칼을 쓸어 올리는 네 모습. 아직은 새 학기가 시작하지 않아 사복차림이지만 네가 교복을 입는다면 참으로 정결한 인상을 줄 것이다. 나는 그 모습이 기대된다. 너의 수업이 있는 날이면 나는 옷차림에 신경을 쓰게 되고 거울을 한 번 더 보게 된다. 모처럼 스스로를 돌아보게 되는 시간. 그래서 네가 소중한 것이다. 강의시간표에 따라 내가 활력을 받는 날과 의기소침해지는 날이 결정된다. 어쩌다 월정고사를 보게 되어 너의 수업이 취소되면 나는 기운이 빠진다. 때로 결석이라도 하면 나는 화가 난다. 그 대상없는 분노, 근원 없는 조바심과 쉬 달래지지 않는 불안을 가누기가 힘들다. 그러다 내 몸 어딘가에서 맥이 빠져나가는 것을 느낀다. 그리곤 허망해진다. 누군가를 위해 무언가를 준비하는 일. 그것이 내게는 희소한 의례가 되었다.

선생님은 왠지 편안해요. 녀석이 처음 나를 쫓아다니며 했던 말이다. 뭐가? 그냥 제가 아는 사람과 닮아서 그런가…. 계면쩍게 말을 얼버무리고 말았던 녀석. 나를 편하게 대하는 사람은 그리 많지 않다. 가족조차도 나를 겉돌며 살았다는 게 더 어울리는 것 같다. 대게 우리 또래의 경우가 그렇듯 아버지와의 추억은 아예 없는 편이다. 아버지가 늘 우리를 버거워했다는 어렴풋한 기억만 있을 뿐. 그래서 그런지 나는 의식적으로 내 자식에게는 잘해주었는지 모른다. 그런 까닭에 내가 녀석에게 느끼는 감정이 그리 나쁘지는 않았다. 그럼에도 녀석이 마음 깊이 와 닿지 않는 것은 다만 로리타 때문일까? 녀석이 내게 때로 거울과 같은 기능을 한다면 로리타는 투명한 유리창이다. 녀석에게 작은 배려가 큰 관심으로 반사된다면 로리타를 향한 나의 마음은 그저 투과되어 아득히 사라져갈 뿐

이다. 아니 내가 그 아이에게 있어 투명한 존재일지 모른다. 나에
대한 로리타의 시선은 내가 칠판에 적어 놓은 지식, 이상일 수 없
으며 나와 그것들은 결국 지우개로 지워버리면 사라지는, 분필처
럼 허망한 운명과 같은 존재이다.

  7시 30분에 1부 수업이 끝나면 귀가하는 아이들과 2부 수업을
위해 등원하는 아이들이 엉켜 학원은 북새통을 이룬다. 신기한 것
은 그 와중에도 나는 너의 뒷모습을 찾아내고 나의 눈길이 너를 쫓
는다는 것이다. 멀어져 가는 너를 향해 내 초점을 모으면 너는 원
근의 점으로 아득히 멀어진다. 현기증이 밀려오면 깊이 가라앉아
있던 기침이 올라오고 나는 주체하기 힘든 한바탕의 고통을 감내
해야 한다. 기관지의 모든 섬모들이 격렬하게 움직이며 나를 자학
의 굴레에 가두어버린다. 그래도 너의 우아한 자태에는 흐트러짐
이 없다. 나는 절망을 되씹는다.

  그때 조기 유학을 보내지 말았어야 했다. 한때 내게도 존재했을
단란한 가정을 스스로 밀쳐낸 지난날의 선택. 가지 않은 길을 그리
워하면서 가지 말아야 할 길을 가고 있는 지금의 현실. 목돈을 만
들기 위하여 멀쩡한 직장을 그만두고, 퇴직금과 집을 팔아 만든 돈
으로 나는 고독과 파멸을 사는 데 써버린 셈이다. 아내가 요구해
오는 송금을 감당하지 못하자 아내는 연락을 끊었다. 아이들마저
도 나는 어디에서 뭘 하고 지내는지 알 길이 없었다. 정말 내가 잘
못 판단한 것일까? 그들이 떠난 그 시각 이후 지금까지, 나는 뒤돌
아보며 사느라 얼마나 발길이 재이고 비틀거려야 했는지…. 퇴직
을 할 때 미리 계획하며 옮긴 회사가 어이없이 도산하면서 나의 이
직은 시작되었다. 직급과 급여를 낮춰 가며 전전했지만 마땅히 자

리를 차고앉을 직장이 없었다. 한번 작아진 그릇은 작아지기만 할 뿐 커지는 법이 없었으며, 결국 내 경력과 전혀 관계가 없는 낯선 세계를 선택하면서 나의 유랑은 끝났다.

강의가 모두 끝나면 밤 11시가 된다. 강사들끼리 한잔하자는 제안을 받았지만 나는 다른 핑계를 대고 서둘러 학원을 나선다. 나는 강사들과 어울리는 것이 서툴다. 다른 업종에서 쌓은 경력은 아무 의미가 없다. 나이만 많을 뿐 학원에서는 신입강사에 가깝다. 그리고 학원이라는 문화가 아직 낯설다. 강사들은 쉬 바뀐다. 페이와 조건, 원생과의 갈등, 그리고 원장과의 대립은 늘상 그들을 붙박이로 남지 못하게 하나보다. 여기 와서도 일 년 새 네 명이나 바뀌었고 한결같이 그들은 떠나는 그 날까지 자신이 그만 두는 것을 동료 강사에게 밝히지 않았다. 나도 떠날 때는 그렇게 하고 싶다. 남겨지기 보다는 먼저 떠나는 게 홀가분하다는 것을 알기에.

버스 정거장으로 향하는 길에 녀석을 만난다. 날이 그리 차갑지 않아 그런지 녀석이 나를 기다린 눈치다. 함께 걸으며 학교생활과 성적에 대한 이야기를 나눈다. 난 녀석의 나이 때에 어땠을까? 내가 따르던 어른이 따로 있기나 했을까 기억이 가물하다. 그런데 선생님, 혹시 그 아이 알아요? 어떤 여학생에 대해 관심이 있다는 말이다. 껄끄러운 예감이 밀려든다. 누구냐는 나의 질문에 녀석이 답한 인상착의는 다름 아닌 로리타였다. 로리타 너에게는 어떤 영혼이든 그 눈길을 붙잡아두는 매력이 있다. 빠져들지 않으려면 애당초 보지 말아야 한다. 나는 더 이상 녀석의 카운슬링을 포기한다. 녀석이 나와 같은 감정에 빠지는 것이 부담스럽기 때문이다. 녀석이 중학교 3학년이라 나는 그 애의 나이가 어리니까 신경 끄라고 무덤덤하게 말했다. 그러나 정작 신경을 꺼야 할 사람은 바로 나였다.

오늘따라 방으로 돌아가는 길이 낯설다. 어디서 길을 건너고, 길을 가다 본 것이 무엇인지 모르는 채, 몸에 익힌 귀소본능에 따라 반 지하의 원룸에 도착했다. 보증금 300만원에 월세 25만원이 내게 주는 권리. 자물쇠를 따고 문을 열면 종일 나를 기다리던 눅눅한 공기가 뿜어 나오며 나를 맞는다. 6평의 공간. 벽면은 책들이 빼곡히 차있다. 살림살이를 줄이며 가능한 모든 것을 버렸다. 그럼에도 나를 따라 다니는 것들. 마저 놓을 수 없는 것들이 책이다. 내 손때를 탄, 내가 밑줄을 그어가며 읽은 것들이 분신처럼 나를 놓아주지 않는다. 그래서 간이옷장을 빼면 내 가구는 책장만 있는 셈이다. 책장 위에도 책이 켜켜이 쌓여 있고 책장 앞에도 제단처럼 쌓여 있는 책들. 이사를 다닐 때에는 너무도 무거워 애물단지로 느껴져 그저 나무토막처럼 보이기도 했다. 그러나 난 책들로 둘러싸이는 게 포근하다.

그리고 작은 욕실 겸 세면실이 있고 간이 싱크대가 놓여 취사가 가능한 공간. 가운데는 늘 펼쳐놓은 이부자리. 작은 교자상 등이 내 알량한 살림살이들이다. 잠시라도 고요를 허용하면 그것은 나를 자괴감으로 옭아 놓기에 나는 그런 감정에 빠져들지 않기 위하여 티브이를 켠다. 가능한 한 신경을 티브이에 집중하며 냄비에 물을 붓고 가스레인지에 올린다. 라면을 끓이면서 추리닝으로 옷을 갈아입고 씻는다. 라면을 교자상에 놓고 12시 뉴스라인을 보며 소주를 한 병 마신다.

술을 마시면 그때까지 불온하던 나의 기관지는 얌전해진다. 술기운이 퍼지면 하루 내내 시달렸던 번거로운 감상에서 나는 서서히 벗어난다. 나를 갉아먹는 헛된 그리움, 서글픔, 늘 되씹는 같은 종류의 후회. 알코올이 그들을 하나씩 하나씩 죽여 나간다. 아니, 사실은 그러한 감각을 잠시 마비시키는 것뿐이다. 그 시간에 나의 간세포들도 그만큼씩 죽어 나간다. 만성 B형 간염 보균자. 현대의학으로도 고칠 수 없는 불치병이다. 의사는 금주하라고 경고한다. 만성 감염은 활동성 감염이 되고 더 악화되면 간경변이 되고, 그리고 간암으로 가는 시나리오. 나는 그 시나리오에 충실하다. 감염 바이러스 역시 자신이 맡은 배역에 충실할 것이다. 다만 나는 로리타, 너에 대한 환영을 지우고 감정을 잠재우면 그만이다. 너에게서 벗어나기 위한 유일한 약물치료를 나는 즐긴다. 결국 오늘은 어제의 재방송이며 내일도 같은 프로그램이 재연될 것이다. 그리고 상을 밀어놓고 잠든다.

꿈은 없는 게 좋다. 간혹 너는 꿈에 나타난다. 늘 같은 모습이며, 늘 흐트러짐이 없다. 영특해 보이는 눈빛. 단정하게 빗어 넘긴 긴 머리. 발그레한 얼굴빛으로 어색한 인사를 던지던 너. 그런데 너는 아주 어린 모습이다. 이제 갓 초등학생이 된 듯, 얼굴에 볼살이 두툼하고 하얀 솜털이 드러나 보이는 모습. 그리고 알아보기 힘든 옅은 미소. 나는 그 미소의 끄트머리에서 또 다른 느낌을 받는다. 그러나 언제나 그 느낌에 다가가기 전에 나의 의식은 카오스의 늪으로 빠져든다.

내게 아침은 없다. 오전 10시쯤 일어나 설거지를 하고, 샤워를 하면서 양말과 속옷을 빨고, 방을 치우고 나면 12시가 훌쩍 넘어간다. 그렇게 어둑한 방에서 채비를 마치고 문을 나서면 이미 해는 꼭대기에 올라가 있기 때문이다. 길 건너 백반집에서 끼니를 해결하고 남은 시간은 시립도서관에서 보낸다. 1층 로비에서 신문을 읽고 정기 간행물 실에서 각종 월간지를 뒤적인다. 논술에 관한 기사나 글을 한두 편 발췌하다 보면 어느새 출근 시간에 임박한다.

중등학원 종합반은 출근 시간이 3시이다. 수업준비를 하다가 아이들이 학교를 마치는 즈음에 수업은 시작된다. 종소리에 따라 수업이 있는 강사들은 교무실을 나선다. 교재, 프린트 물, 분필 그리고 체벌용 막대기를 챙겨 저마다의 무장(武裝)을 갖추고 강의실로 향한다. 학원은 시간표에 따라 한 치의 흐트러짐 없이 움직인다. 우리 중 하나라도 이탈하면 가동이 중단되는 생산라인과 같다. 강의를 펑크 내는 것은 용납될 수 없는 일이다. 나는 그렇게 빈틈없이 돌아가는 학원생활이 고맙다. 낮에는 강의로 사고의 여지가 없고 밤에는 술이 나의 사고를 잠재워주는 생활. 아마 이것이 나를 살게 하는지 모른다. 생각이 용납되지 않는 뇌사상태로 생체적 신진대사를 유지하고, 본능과 규정에 따른 의식만 허용하는 삶.

그 애는 무뇌아(無腦兒)야. 도대체 생각이 없어. 때려도 먹히는 게 있어야지. 그 애 부모는 뭐하는 사람인지 몰라. 교무실 한 편에서 강사들이 수다를 떤다. 사춘기라서 그런지 자의식이 발달하지 못한 녀석들이 있으면 강사들은 그들을 자주 입에 올리며 스트레스를 풀곤 한다. 나는 때로 고객이기도 한 아이들을 그렇게 무시하면 마음이 편하지 않다. 그래, 나도 무뇌인(無腦人)이다. 그게 좋다. 자의식이 사신을 인정하지 못하게 하는 상황이라면 뇌를 들어내서 포르말린 용액에 담가 놓고 다니는 것이 더 나을 것이다. 그러다 삶에 의욕을 느낄 때, 다시 꺼내서 두개골에 집어넣을 수 있다면.

너 미친 거 아니니? 그 따위로 해서 뭘 어쩌자는 건데? 이번엔 학생을 직접 불러놓고 야단을 친다. 자기가 무뇌아라고 규정한 아이에게 미쳤냐고 묻는 모순. 미치는 것도 정상적인 생각이 있어야 가능하다. 아무 생각 없이 사는 나 같은 경우는 그나마 내가 미친 놈이 될 가능성이 없어서 다행이다. 어느덧 나는 논술강사답게 모든 일을 논리적으로 따지는 것에 익숙해져 있음을 깨닫는다. 그렇다면 나의 사고력은 정상이다 못해 지극히 뛰어난 두뇌활동을 하는 것이 아닌가? 그러다 문득 나는 아픈 것은 머리가 아니라 마음이라는 걸 알게 되었다.

공강(空講) 시간에 강사들은 수업준비나 강의연구에 몰두한다. 논술 교재는 별도의 참고서를 쓰기보다 직접 만들어 쓰는 경우가 많다. 여러 교재에서 좋은 것들을 발췌해서 짜깁기하기에, 나는 복사기를 많이 이용한다. 뚜껑을 연 채 책장을 넘기며 작업하다 보면 평판 스캐너를 지나가는 섬광이 눈을 자극한다. 눈을 감아도 발광체는 나의 망막에 궤적을 남긴다. 지나가고 또 지나가며 그것을 보지 않으려는 나의 시신경을 놓아주지 않는다. 처음에는 노랗고 환한, 그러다 붉게 타오르는 듯한, 그러다 검붉은 모세혈관이 그 사이를 비집고 동심원처럼 사방에서 퍼져나가는 아릿한 영상이 망막 여기저기에 맺히고, 견딜 수 없게 신경이 지쳐갈 때면 작업이 끝난다. 눈을 떠도 안경에 김이 서렸다는 착각이 들 정도로 허연 환영이 그대로 남아 희뿌연 거리는 무엇인가가 눈앞에 떠다닌다.

그러면 나는 그 허상에 로리타, 너의 얼굴과 윤기 나는 머릿결을 그려 넣고 날씬한 너의 몸매를 새겨 넣는다. 그러는 너는 웃고 있다. 그런 너는 찡그린다. 어딘가를 응시하기도 한다. 그런데 너의 우는 모습을 그려 넣을 수 없다. 네가 우는 모습을 본 적이 없기 때문이다. 그러면 나는 그냥 나의 가슴속으로 운다.

편집이 어느 정도 되면 자동으로 걸어 놓고 잠시 쉰다. 복사기의 작동음이 심장의 박동처럼 규칙적으로 들린다. 나는 휴게실 의자에 앉아 눈을 감고 그 규칙적인 반복음에 나의 호흡을 맞춰본다. 그 소리가 일정해야 내 마음이 편안하다. 가끔 복사기가 과열되어 트러블 잼이 발생하면 작업은 중단되고, 그것은 나의 강의에 차질을 준다는 뜻이기 때문이다.

선생님, 이거. 잠시 졸았던 것일까? 코끝에 커피향이 걸리는 걸 느끼면서 살포시 눈을 뜬다. 녀석이다. 자판기에서 커피를 뽑아온 것이다. 나는 문득 가슴이 뭉클해지는 걸 느낀다. 이 녀석이 아니라면 누가 내게 관심을 가져줄 것인가. 커피를 건네받으며 녀석의 어깨를 가볍게 두드려 주었다. 녀석은 수업이 시작되었다며 씁쓸한 웃음을 남기고 강의실로 향한다. 오늘따라 힘들어 보이는 녀석의 뒷모습을 바라보며 아버지가 어떤 사람일지 궁금했다. 나이도 나와 비슷할 것 같은데. 내가 녀석의 집안에 호기심을 느끼기 시작할 때 복사기가 멈췄다.

복사가 완료된 프린트 물을 집어 들면 따끈한 열기가 손으로 전달된다. 인후가 약한 나는 차가운 음료를 싫어한다. 체질적으로 추위를 잘 견디지 못한다. 그런 내게는 따뜻한 것보다 좋은 게 없다. 열기를 간직한 프린트 물은 그래서 좋나. 그것들을 단원별로 정리하기 위해 책상에 펼쳐 놓는다. 그러면 종이 사이사이에 숨어 있던 온기가 다시 따뜻한 감촉으로 전해진다. 매끄러운 종이의 감촉이 온기와 함께 느껴지면 때로 이런 온기가 체온이기를, 누군가의 손길이기를 간절히 바란다. 그러다 나는 화들짝 놀란다. 나도 모르게 종이에 베인 것이다. 새 종이는 조심해야 한다. 아직은 덜 죽었기에. 울창한 산림에서 베어져 펄프로 뭉개져도, 끝내 자신이 복수를 위해 품은 마지막 비수를 던지는 것이다. 그것이 무뎌지도록 길들이지 않으면 나무는 종이가 되어도 굴종하지 않는다. 하지만 나는 아무 것도 휘둘러보지 못하고 그냥 길들어졌을 뿐이다.

어머, 피 나요! 언제 왔는지 내 곁에서 로리타, 네가 외마디를 던진다. 종이에 베인 상처에서는 선홍색 핏방울이 탐스럽게 맺혀 올라온다. 나는 얼굴이 발개지며 심장이 고동치는 걸 느낀다. 네가 바로 곁에서 나를 걱정하고 있다. 네 숨결이 느껴지는 순간이다. 너는 얼떨결에 다친 내 손을 잡고 나를 쳐다본다. 로리타, 이러지 말았으면, 난 견디기 어렵다. 기침이 다시 깊은 폐부에서 내게 경계신호를 보낸다. 복사기의 섬광이 내 시야를 허옇게 흐렸듯이 너의 얼굴, 너의 눈빛이 스크린에서 화이트 아웃되어 가듯 희미해진다.

그래, 상큼한 너의 모습은 언제나 나를 흥분하게 했다. 머릿결에서 풍기는 산뜻한 샴푸의 향기, 깔끔한 옷차림새, 늘씬하고 가녀린 몸매……. 강의가 끝날 때 활짝 기지개를 펴면 너의 보디라인이 선명하게 드러나곤 했지. 여자라고 하기엔 너무 작은 가슴. 나는 네가 옷을 갈아입는 상상을 하려다 스스로 섬뜩함을 느끼며 생각을 멈추곤 했다. 그저 아이일 뿐이야. 로리타에겐 내가 흔한 강사의 한 사람일 뿐이지. 그런데 이 감정은 그 애가 나를 놓아주지 않는 것일까? 아니면.

나는 그 아이가 잡은 손을 가볍게 뿌리치고 손으로 입을 틀어막았다. 손가락 사이로 거센 기침이 튀어나왔다. 연이은 기침에 다리가 풀리며 주저앉고 말았다. 김 선생님! 괜찮으세요? 교무실의 강사들이 일순 나를 에워쌌다. 기침은 쉬 멈추지 않았다. 나는 바닥에 애벌레처럼 웅크리고 입김이 서린 안경 너머로 너를 쳐다본다. 사람들이 둘러친 장막 뒤로 로리타, 너는 퇴장하고 있다. 걱정스러운, 그보다는 나를 이해할 수 없다는 눈빛에 가까운, 내가 가진 마음가짐을 결코 이해할 수 없다는 표정으로, 너는 뒷걸음치며 서서히, 아주 서서히 내 시야에서 사라져 갔다.

김 선생, 병원에 좀 다니세요. 핀잔인지 걱정인지 모를 말투로 원장은 나를 불러 한마디 했다. 기침이 잦아져 강의가 중간 중간 끊기는 일이 빈번해지자 애들이 집에 가서 얘기를 한 모양이다. 컴플레인이 들어왔다는 것이다. 원장실을 나오며 나는 그 시간 동안 간신히 참은 기침을 화장실에서 실컷 해댔다. 강사질도 이제 그만이란 말인가? 아니면 나도 말없이 학원을 옮겨야 할 때인지 모른다.

교무실로 돌아오자 옆자리의 수학선생이 넌지시 말을 건넨다. 거 논술 선생님이 잘 따르던 애 있죠. 갑자기 그만둔다고 하는데 무슨 일 있었나요? 아빠 없이도 잘 다니던 놈인데……. 나는 의아한 표정으로 그를 바라보았다. 그 애 아빠가 몇 년 전 사라졌다죠, 아마. 그런 사정을 이제야 알다니. 녀석이 내게 그런 말을 하지 않을 것을 이해할 만하다. 그래도 내게 아무 언질 없이 그만둔 것이 괘씸하고도 서운했다. 아니, 내가 무심했다. 아버지 없이 편모

슬하에서 자란 아이. 갑자기 나의 모든 처사가 괘씸하고 서운해진다. 왜 그랬을까? 경제적인 이유에서일까? 아니면 어젯밤에 우리가 나눈 대화에서 녀석이 뭔가 눈치 챈 것은 아닐까. 로리타가 나를 향해 돌아섰으면 싶을 때, 녀석도 똑같은 것을 내게 원했던 것은 아닐까. 행여 그 커피는 내게 주는 마지막 성의였는지 모른다. 그리고 닮았다고 했던 그 누군가는 녀석의 아버지가 아니었을까? 녀석과의 나날을 반추하며 기억을 더듬어 보았지만 이내 아무 소용이 없는 짓임을 알고 그만두었다. 나는 머리를 세차게 흔들었다. 이제 녀석마저 떠난 것이다.

그러다 허리춤에 찼던 핸드폰이 진동했다. 형! 지금 어디야? 급하게 전해줄 편지가 있어. 내가 갈게. 전에 살던 집에서 가까이 사는 동생은 우편물을 모아 내게 전해주곤 했다. 필요 없다고 해도 내가 사는 모습이 안쓰러워서인지 시키지 않은 허드렛일을 도맡아 해주었다. 급하게 전해줄 편지? 나는 동생이 올 때까지 내가 한 동안 받아보지 못했던, 급하게 받아야 할 소식이 무엇인지 속으로 수없이 되뇌고 있었다. 전과 다른 동생의 말투 때문인지 조바심이 나고 기다려졌다.

형, 이거. 강의가 끝나기를 기다렸던 동생은 볼일이 늦었다며 의미심장한 눈빛과 함께 편지만 주고 가버렸다. 김예빈. 나는 떨리는 손으로 겉봉을 뜯고 편지를 펼쳤다.

보고 싶은 아빠……. 뭉클한 격정이 밀려와 시야가 흐려졌다. 예전과 다르게 이제 중학생이 되니 아빠 생각이 더 나네요. 많이 견디려고 했지만 미국생활이 너무 힘들었어요. 그래, 내 딸 예빈이가 있었다. '아빠!' 귓가에 그 아이가 나를 부르는 환청이 들렸다.

네가 떠난 게 초등학교 1학년 때였으니까 여덟 살이었지. 볼살이 도톰하고 하얀 솜털이 햇살에 빛나던 너의 얼굴이 떠오른다. 이제 중학생이 된 내 딸이 있었다는 엄연한 사실. 내가 잊었던 것. 내 기억의 단층 밑에서 딴딴하게 버티고 있었던 것. 떠돌아다닌 것이 아니라 내 머릿속 어딘가에. 아니 내 가슴속에서 나를 하염없이 아프게 했던 나의 딸. 예빈.

나는 복받치는 울음을 참지 못하고 하염없이 울기 시작했다. 눈물이 끊임없이 쏟아져 나와 멈추게 할 수 없을 것 같았다. 잊고 싶었던 헛된 그리움, 서글픔, 늘 되씹는 같은 종류의 후회들처럼, 망각하고픈 기억의 응어리가 뇌수로 녹아내려 눈으로 흘러나온다. 내 가슴에 쐐기처럼 박혀 나를 아프게 했던 껄끄러운 감정들이 눈물이 되어 흘러나온다. 로리타, 너도, 너의 영상도, 너에 대한 생각과 감정, 모두가 눈물이 되어 흘러나간다.

아빠, 나 혼자 돌아왔어요. 어떻게 연락해야 할지 몰라 예전 주소로 편지를 쓰는 거예요. 한국이 좋아요. 다시는 외국에 나가지 않을래요. 이 편지 보시면 겉에 쓴 주소로 찾아와 주세요. 우리 함께 살아요…….

아직 강의는 남아 있었다. 그러나 강의 시간표는 더 이상 나를 붙잡지 못했다. 눈물을 훔치며 학원입구로 나섰다. 고개를 들어 하늘을 보았다. 하늘은 언제나 그 자리에 있었다. 내가 아침 해를 잃어버린 이후, 태양은 늘 하늘에 있었지만 오늘따라 생소했다. 쏟아지는 태양광에 눈을 감았다. 시신경은 편안하게 태양의 정점을 인식했다. 그래. 너는 헬로 키티를 좋아했지. 너는 잔잔한 미소가 잘 어울렸다. 너는 영특했다. 너는 항상 아빠를 좋아했다……. 더 이상 기침은 나오지 않았다. 눈물이 멈췄다.

나는 천천히 눈을 뜨고 겉봉의 주소를 읽었다. 여기서 불과 40분 남짓 떨어진 곳이다. 조금만, 조금만 기다려다오. 남은 강의를 무시하고 나는 학원을 나섰다. 눈앞에 마지막 보았던 예빈의 얼굴이 선명하게 떠올렸다.

로리타, 안녕.
안녕! 로리타.

늘 입버릇처럼 신념이 있어야 사랑할 수 있다고, 누구나 아무렇게나 사랑할 수 있는

것은 아니라고 그녀는 말했습니다. 손을 잡아도, 어깨를 감싸도, 입을 맞추어도,

섹스를 하여도, 그리고 결국 서로의 수정란을 맺는 데 성공했다 하여두 사랑한다고

할 수 없는 건, 때로 그것이 '거짓 사랑'일 수 있기 때문이라고 그녀는 말했습니다.

증 발

그는 소파에 앉아 있습니다. 소매가 없는 하얀 런닝셔츠에 파란 줄무늬가 있는 반바지 차림입니다. 한 손에는 티브이 리모컨이 들려 있습니다. 다른 한 손에는 발렌타인 17년산 위스키를 언더록으로 담은 글라스가 있습니다. 그는 위성방송을 봅니다. 홍콩 스타 티브이에서 보내는 브이채널에선 뮤직비디오가 방영되고 있습니다. 얼터너티브 록이 음산히 퍼져 나옵니다. 유니섹스 차림의 미소년이 핑크로 물들인 머리를 흔들며 잔뜩 인상을 찌푸립니다. 그도 같이 인상을 씁니다. 그의 눈은 벌겋게 충혈되어 있습니다. 얼굴은 까맣고 갸름합니다. 그는 티브이에서 눈을 떼지 않고 술잔을 비웁니다. 얼음에 희석된 위스키는 달콤하게 넘어갑니다. 거실에 불은 꺼져 있습니다. 티브이 위에 걸린 괘종시계는 유난히 크고 눈에 잘 들어옵니다. 아마도 그는 시계를 보고 있는 것인지 모르겠습니다. 거실 안은 티브이의 조명을 받는 방향만이 현란한 빛을 받아 번들거립니다. 그의 하얀 런닝셔츠 위에서도 오색의 빛이 춤을 춥니다. 그의 배는 툭 불거져 나왔습니다. 허리가 구부정해서 더욱 흉하게 보입니다.

그 말고는 집에 아무도 없습니다. 아내와 아이들은 이미 삼십 일 전에 집을 나가 버렸습니다. 가족이 사라져 버린 뒤 그의 생활은 엉망이 되었습니다. 밥은 거의 해먹지 않았습니다. 빨래는 세탁소에 맡겼습니다. 청소는 전혀 하지 않고 삽니다. 그처럼 그는 지금 자포자기 상태입니다. 카드가 수개월째 연체되어 득달같은 전화가 매일처럼 걸려오고, 자동차 할부가 체납되어 압류한다는 통지가 날아오고, 큰 돈은 아니지만 친구의 대출보증을 서준 것이 잘못되어 그의 집에 저당권을 설정하겠다는 통보를 은행에서 받아야 했습니다. 그의 재정상태는 최악입니다. 그러한 문제로 잦은 충돌이 있자 결국 아내와 별거상태가 된 것입니다. 그러나 그를 궁지에 몰아넣은 것은 그것만이 전부는 아닐 것입니다.

그는 후덥지근한 날씨 탓에 땀을 흘립니다. 엘니뇨가 수온을 상승시켜서인지, 이산화탄소에 의한 지구온난화현상 때문인지, 날 때부터 더위를 많이 타는 체질 탓인지, 항상 긴장의 연속이라 땀이 배는지, 지구 저 편에 꺼지지 않는다는 산불 탓인지, 정변이 일어난 나라의 폭도가 질러놓은 불 때문인지, 아무튼 그는 땀을 뚝뚝 흘립니다. 그는 구부정한 자세로 티브이에서 시선을 떼지 않은 채 술잔에다 술을 따릅니다. 앞에는 이십구인치 티브이가 있고 커다란 괘종시계가 있고 유난히 큰 초침이 천천히 움직이고 있습니다. 처음부터 그는 시계의 초침을 보고 있는 것인지 모르겠습니다.

아내는 그를 경멸합니다. 아니 증오의 단계를 넘어 무시하고 있습니다. 그러니까 그는 남편이면서 남편이 아니고 남자면서 남자가 아니고 살아 있으면서 살아 있는 게 아닌 것입니다. 적어도 아내에게는 그렇습니다. 그는 아내 앞에만 서면 무기력해집니다. 때리기도 했고 상소리도 해보았지만 시간이 흐를수록 아내 앞에서는 그 모든 게 힘을 못 씁니다. 십오 년을 살았는데 이제야 서로를 미워하는 데 성공했다고, 그는 그의 친구들과 함께 하는 술자리에서 호기롭게 떠들곤 했습니다.

그럼, 서로가 사랑했던 날들은 없었나요? 그게 기억이 나질 않습니다. 그에겐 좋은 일들만 잊어버리는 이상한 기억상실증이 있나 봅니다. 그 외에도 그가 앓고 있는 만성적인 질환이 많이 있습니다. 그에게는 협심증이, 우울증이, 불면증이 있습니다. 그러나 아무도 그의 증세에 관심을 갖지 않습니다. 그가 다른 사람들에게 이런 증세를 호소할 때면 대개의 사람이 다 그런 걸 그게 무슨 병이냐고 핀잔만 줍니다. 그래서 그는 병원에 가면 의사가 웃을까 봐 아직 정신과에 가서 진찰조차 받지 않았습니다. 그리고 남을 믿지 못하는 병, 약속시간을 절대 어기지 않는 병, 남이 자신을 사랑하지 않을 것이라고 믿는 병에 걸려 있습니다.

그는 다시 술잔을 비웁니다. 리모컨의 버튼을 눌러 채널을 바꿉니다. 화면에는 곱상한 여자 주인공이 울고 있습니다. 그는 몸을 앞으로 숙여 자세히 봅니다. 그때 괘종시계의 종소리가 울립니다. 거실의 공간을 때리는 소리에 그는 놀랍니다. 그리고 고개를 세차게 흔듭니다. 잊으면 안 될 약속이라도 있는 것처럼. 그는 자신의 앞에서 울던 아내를 떠올립니다. 아내는 웃는 날보다 우는 날이 더 많았던 것 같습니다. 그는 자기를 못된 놈이라고, 남자 구실도 못하는 팔푼이라고 생각합니다. 사실 그동안 아내는 많이 참은 편입니다. 어느 날 집에 와보니 그녀는 아무런 메모도 남기지 않고 아이들과 사라지고 없었습니다. 한참 뒤에야 아내가 친정에 가 있는 걸 알았지만 그는 찾아가진 않았습니다. 그는 회사에서 유능한 사람으로 보이려 발버둥치면서 가족에게 야박하게만 굴던 자신이 한심하다고 생각합니다.

그리고 내일 새벽, 그는 중요한 회사 일을 앞두고 있습니다. 그 시간을 기다리며 그는 초조함을 달래고 있는지도 모릅니다. 앞에는 이십구인치 티브이가 있고 그 위에 괘종시계가 있고 그 괘종시계 안에 초침이 있고 그 초침은 천천히, 그러나 유난히 큰 모션으로 움직이고 있습니다. 그는 애초부터 초침이 만들어내는 공간의 크기를 보고 있는 것인지 모르겠습니다.

티브이 드라마의 여자 주인공이 흐느낌을 멈추고 고개를 들었습니다. 그는 여자 주인공이 그녀와 너무나 닮았다는 생각에 놀랍니다. 그녀는 아름다웠습니다. 그리고 나이가 어렸습니다. 적어도 그와 15년의 나이가 차이나니까 젊었다기보다는 어리다고 해야겠지요. 그녀는 똑똑했고 당찬 구석이 있었습니다. 늘 입버릇처럼 신념이 있어야 사랑할 수 있다고, 누구나 아무렇게나 사랑할 수 있는 것은 아니라고 그녀는 말했습니다. 손을 잡아도, 어깨를 감싸도, 입을 맞추어도, 섹스를 하여도, 그리고 결국 서로의 수정란을 맺는 데 성공했다 하여도 사랑한다고 할 수 없는 건, 때로 그것이 '거짓 사랑'일 수 있기 때문이라고 그녀는 말했습니다. 그 역시 그녀를 사랑했지만 그녀가 말하는 그러한 사랑은 아닐 것입니다. 그렇다고 '거짓 사랑'이라고 생각하지는 않습니다. 그렇다면 뭐라 할

까? '그냥 사랑'이라고 말하는 것도 나쁘지 않겠군요. 아무튼 그녀
는 떠났습니다. 사랑이 끝났다고, 더 이상 그에게 줄 것이 없다고
말하면서 헤어지자고 하였습니다. 그는 슬펐고 가슴이 아팠지만
무엇보다도 아쉬운 게 있었다면 그녀와의 섹슈얼 리레이션(sexual
relation)이었습니다. 그녀는 달콤했고 부드러웠으며 뜨거웠으니
까. 어쩌면 그것이 그녀를 만나는 이유의 전부였는지 모릅니다.

　그가 처음 민속연구회를 찾아간 건 회사의 요구 때문이었습니
다. 수출상품의 기획을 위해 보다 경쟁력이 있는 토속적인 아이디
어가 필요했던 것이지 그가 민족주의자이거나 국수주의자였기 때
문은 결코 아니었습니다. 하지만 의도야 어떻든 나이에 걸맞지 않
는 그가 젊은 사람들 사이에서 기웃거리자 그 모임의 선배격인 그
녀는 그를 친절히 이끌어 주었습니다. 그러니 처음부터 눈이 맞아
뜨거운 사랑에 빠진 건 아니었지요. 하지만 그는 모임이 끝나고 뒤
풀이 자리에 가서 술을 마실 때마다 연장자로서 호기에 들떠 마음
에도 없이 많이 떠벌렸고 그런 그에게 그녀는 많은 관심을 갖게 된
것입니다. 그때부터 사실 그는 그녀의 마음과 사상보다는 얼굴과
몸매에 눈이 갔습니다. 그리고 때로 그녀를 범하는 상상에 빠질 때
자신을 질책하기도 했지만 시간이 갈수록 그에게는 그녀를 만나는
것이 하나의 낙이 되고 말았습니다.

　그날도 그랬지요. 비가 내렸고, 늘 실적과 신용장 개설에 잔뜩
스트레스를 받았던 그는 그녀가 보고 싶어졌습니다. 마침 그 모임
에서 주관했던 강좌도 다 끝나 가고 그녀를 자연스럽게 만나기가
어려워질 것이라는 생각에 그는 그녀를 불러냈습니다. 둘은 여느
날처럼 술을 마셨고, 많이 떠벌렸고, 지나간 슬픈 이야기를 주절

거렸고, 그러다 만취한 그를 그녀가 집까지 바래다주게 되었습니다. 그런데 그날따라 집엔 아무도 없었습니다. 아내가 아이들을 데리고 친정에 가 있었으니까. 그날 그의 가족이 집에 있었다면 그와 그녀가 벌인 애정행각이 3년이나 아무도 몰래 지속되는 일은 없었을 것입니다. 그를 부축한 그녀가 방에 들어서자 그는 취중에 그가 상상했던 일을 했습니다. 강한 상상은 사건을 낳는다고 세네카가 말했지요. 결국 그녀의 가냘픈 체구는 그의 묵직한 체중에 눌려 버렸습니다. 그녀는 반항했지만 그가 사랑한다고 말한 순간, 무기력해졌고 스무 해 넘게 지켜 온 순결을 그에게 주고 말았습니다.

이야기는 그렇게 아주 통속적으로 시작됐습니다. 그러나 그녀는 그가 사랑한다는 말에 신념을 가지고 그를 사랑할 수밖에 없었습니다. 처음엔 잊혀 가는 민족주의자로, 조금 뒤에는 수출전쟁에서 지쳐 가는 전사(戰士)로, 그러다 실망을 느낄 땐 이 시대에 보기 드문 센티멘털리스트로 믿으며 그를 안아주었습니다. 그가 원하는 대로 여관으로, 러브텔로, 심야에 그의 빈 사무실로 그녀는 달려갔습니다. 그러다 두 사람은 어느덧 말로 대화를 하는 게 아니라 몸으로 대화를 한다는 걸 깨달았습니다. 어느덧 그녀 자신도 섹스를 깊이 탐닉하게 된 것입니다. 그녀는 슬펐고 거짓 사랑인 걸 깨달았고 그리고 모든 걸 잃었다는 생각에 홀연히 그를 떠났습니다. 결국 그녀는 사랑의 신념을 지키는 데 실패한 것이며 그냥 그 앞에서 사라진 것입니다.

하지만 그는 헛되다는 생각뿐입니다. 오히려 그는 그녀에게 모든 걸 주었다고 믿었으니까요. 그녀로 인해 그는 더욱 우울해지고 불안해지고 그녀를 만나지 않는 날은 더욱 잠을 이루지 못했으니까. 그리고 실적은 떨어지고 업무가 꼬이기 시작했습니다. 그 동안 그는 많은 돈을 그녀에게 썼고 많은 선물을 주었습니다. 어느새 그녀로 인해 그만의 병이 깊어졌고 그것은 그녀가 없으면 치유할 수 없는 치명적인 질환이 되었습니다. 그렇게 서로에게 아픔을 준 것입니다. 그러면 사람들은 아픔을 주고받기 위해 사랑을 시작하는 걸까요? 그녀를 보낸 지는 일주일 밖에 되지 않았지만 그에겐 아내를 보낸 것보다 그 일이 더욱 견디기 어려운 일이었습니다.

그는 다시 술을 마십니다. 그새 드라마가 끝났는지 브라운관에는 화려한 CF만이 무성합니다. 그는 양주를 따르려 병을 들었다가 무게가 가벼워진 걸 느끼고 병을 봅니다. 양주는 반 이상이 비었습니다. 그는 안주도 없이 위스키를 마시고 있었습니다. 그제야 취기가 그의 몸을 휘감습니다. 이번 오더가 반드시 성사되어야 한다는 각성이 그를 흔들어 깨웁니다. 그러나 그는 제 정신으로 그 일을 감당하기가 어렵다는 걸 압니다. 이번 거래에 모든 게 달려 있기 때문에, 자신의 인생과 회사의 사운이 걸린 일이기 때문에 그는 마음이 무겁고 견딜 수 없는 것입니다. 이 일 때문에 그는 근 보름 이상을 밤을 새워 서류를 꾸몄고, 샘플을 구해 바이어에게 발송했고, 무려 삼백 페이지에 달하는 관련 영문 매뉴얼을 읽어야 했으며, 노린내 나는 백인들을 접대하려고 어린 여자애들을 골라 함께 재워야 했습니다. 그리고 물건을 조달할 지방의 공장으로 수천 킬로에 달하는 길을 달렸던 것입니다. 이번만큼은 늙고 교활한 사장이 자신의 두 손을 꼭 쥐고 부탁한다며 간절히 매달리기까지 하였으니 그로서는 오히려 숨이 막힐 일이었습니다.

사실 그녀와 헤어진 건 이번 일 때문이었지요. 여자는 자주 안아

줄수록 가깝다는 말을 그는 실천하지 못했던 겁니다. 그러나 그 공백이 생긴 사이에 그녀는 심경의 변화를 일으킨 것이고 그는 그것이 원망스러웠지만 이제는 어쩔 수 없게 되었습니다. 이제는 이 일이 성사되어야 합니다. 이 일이 성사되면 회사는 회생하게 되고 그는 이사가 될 수 있을 것입니다. 보너스가 주어질 것이고 월급이 오르면 아마 아내가 돌아올지도 모릅니다. 협심증이 사라지고 명랑해질 것이며 밤에는 잠이 잘 올 것입니다. 그리고 잘하면 그녀가 다시 돌아올지도 모르겠습니다. 그렇게 모든 게 정상으로 돌아오는 것입니다.

하지만 거래에 대한 회신이 오지 않는다면? 그때를 생각하니 그는 두려워집니다. 그는 병째로 나발을 붑니다. 스트레이트로 마시는 위스키는 그의 식도에 불을 붙입니다. 그리고 몸이 후끈 달아오르는 걸 느낍니다. 그의 눈앞에는 구형 이십구인치 티브이가 있고, 그 위에는 을씨년스러운 괘종시계가 있고, 날카로운 초침이 있고, 그 초침은 그를 다그치듯 째깍하고 있고, 그 바늘에 누군가가 쫓기고 있습니다. 그는 그 쫓기는 자가 누구인가를 보고 있는 것인지 모르겠습니다.

지금 그는 그 동안의 일을 마치고 깊은 피로를 느낍니다. 탈진한 것처럼 온몸에 힘이 없지만 극도의 긴장을 풀기 위해 술을 마시는 것입니다. 이제 할일은 다 했습니다. 진인사 대천명(盡人事 待天命). 그리고 내일 새벽이 되어야 바이어 측에서 회사로 팩스를 보내 올 것입니다. 그는 그 오더장에 사인을 해야 합니다. 그래서 그 거래에 응하겠다는 의사를 분명히, 그리고 때를 놓치지 않게 회답을 보내야 합니다. 그때까지는 적어도 5시간 이상을 기다려야 하는데 그는 조바심을 지울 수가 없었습니다. 적당히 술을 마시면 잠이 올 것이라고 믿었지만 술을 마실수록 정신이 말짱해지는 게 얄미울 뿐입니다. 자명종 맞추어 놓은 것을 수도 없이 확인하였고 한 시간에 한 번 꼴로 거실을 오락가락하고 있었습니다. 그는 다시 티브이를 봅니다. '미스터 발렌베르크'라는 평범한 제목의 영화가 시작되고 있었습니다. 그러나 내용은 남달랐습니다. 그건 쉽게 말해 스웨덴의 '쉰들러'에 관한 실화를 바탕으로 만든 영화였습니다.

제2차세계대전 당시의 이야기입니다. 헝가리 부다페스트역에서 발렌베르크는 우연히 객차에서 버려지는 유태인의 시체를 목도하게 됩니다. 나무토막처럼 내던져진 시체 중에는 어린 소년의 것도 있었습니다. 울부짖으며 차에서 뛰어내려 어린 자식의 주검을 안는 아버지. 그 뒤 한마디 경고 없이 총성이 울리고, 분노와 연민의 강렬한 눈빛으로 허공을 응시하며 쓰러지는 유태인의 모습. 발렌베르크는 정말 원하지 않게 그 광경을 보고 만 것입니다.

영화의 도입부를 보면서 그는 그 동안 마구잡이로 돌리던 채널이 고정되고 있음을 알고 쓴웃음을 지었습니다. 아주 사소한 순간에 인생이 바뀌는 법이지. 그는 혼잣말처럼 중얼거리며 술을 또 따릅니다.

주인공 발렌베르크는 당시 중립국이던 스웨덴의 부유한 식량 수입업자였습니다. 전쟁이 일어나자 스웨덴 정부는 비공식적으로 헝가리 내의 유태인을 구하기 위해 적임자를 찾고 있었습니다. 그러던 중 우연한 자리에서 발렌베르크의 사정으로 그는 그 일을 맡아 부다페스트로 가게 됩니다. 정식 외교관 신분은 아니었지만 그는 교묘히 위조여권을 만들어 10만명의 유태인을 구출했으며 마지막에 부다페스트가 소련군에게 함락될 때 유태인 집단 수용소인 게토에 있던 20만명의 유태인을 구했습니다. 책임자인 독일 장군을 집요하게 설득한 결과입니다. 그런 그에게 본국에서는 위기가 닥칠 때마다 탈출할 것을 종용하지만 그는 그를 믿고 따르는 유태인들과 독일의 만행을 보며 숱한 고뇌를 안고 끝까지 남았습니다.

그는 영화를 보며 발렌베르크가 바보라는 생각을 했습니다. 엄연히 처자식이 있는 놈이 왜 저 지랄이야? 그리고 공연히 부아가 치밀기도 했습니다. 저건 위선이야, 저건 자기과시야, 저런 건 자가당착이라고 하지, 저건 본질이 호도된 행동일 뿐! 저건 또 뭐야…. 그는 그렇게 빈정대며, 자신을 정당화시키고 합리화시키며, 헛기침을 해대며 그 영화에 빠졌습니다. 그러면서 아직은 감동받은 게 아니라고 자신을 억압하였습니다.

그러나 그건 지극히 인위적인 행동이었으며, 부당한 왜곡이었으며, 의식적인 거부일 뿐이었습니다. 왜냐하면 그는 이미 감동받고 있었기 때문입니다. 그는 그 당시 그토록 인권이 짓밟히고 생명이 가볍게 여겨지는 시대에, 전쟁이라는 이름이라면 얼마든지 위법을 자행할 수 있는 시기에, 오도된 신념이라면 어떠한 행동도 용인되던 때에도 미련하리만큼 신념을 지키는 주인공을 보면서 자신이 초라하게 느껴졌으니까. 전쟁이 끝나고 발렌베르크는 점령된 부다페스트에서 소련군의 소환을 받습니다. 함께 고락을 나누던 유태인 친구들은 공산당의 야비함을 익히 알고 있어 그를 만류합니다. 하지만 발렌베르크는 무슨 일이 있겠느냐고, 그 험한 독일군도 자신을 어쩌지 못했다고 하면서 소련군을 따라 나섭니다. 그것이 그의 마지막 모습이었습니다. 그는 모스크바로 압송되어 스파이 혐의로 갖은 고문을 당하다가 2년 뒤 옥사한 것으로 추측될 뿐 정확한 행적은 아직도 밝혀지지 않았습니다. 당시 중립국이던 스웨덴 정부에서는 외교상의 이유로 그를 방치하고 만 것입니다. 수없이 가스실로 사라져 갈 뻔했던 유태인을 30만명이나 구하고 정작 자신은 어디론가 사라져 버린 사람.

이렇게 영화가 끝나자 그는 허망함을 느낍니다. 우리가 잘 아는 영화 '쉰들러 리스트'보다 먼저 영화화되었지만 흥행에 성공하지 못해 알려지지 않은 실존인물. 그는 비로소 그 영화의 끝을 보면서 웁니다. 무엇에 감화되었는지 모르지만, 자기가 비참하게 느껴져서 그런 것인지 모르지만, 그 후 주인공의 처자가 어떻게 비극을 이겼는지 알 수 없지만 그는 그냥 울었습니다. 이때껏 참았던 눈물입니다. 누구 앞에서도 설혹 자기 혼자서라도 울어선 안 되었던 세월들. 어릴 적 슬픈 동화를 읽고 마음껏 울던 때나 어머니에게 야단을 맞고 울던 때가 언제인지, 언제부터 울면 안 되었던 것인지, 자신에게서 눈물을 빼앗아갔던 게 누구였는지 새삼 생각해 보았습니다. 만약 이때 자신의 딸아이가 곁에서 "아빠 울어?" 하고 물었다면 그는 당연히 눈물을 감추며 그냥 하품이 나와서 그런 거라고 둘러댔을 것입니다. 누가 우리에게서 눈물을 훔쳐간 걸까요? 그들의 세대에서 그것을 남자들이 지켜야 할 불문율로 만든 건 누구였을까요?

하지만 요즘은 누구나 웁니다. 직장을 잃어도 울고, 부인이 가출하여도 울고, 어음이 부도나면 울고, 뭐 그런 식이지요. 아니 죽기도 합니다. 직장을 잃었다고 자살하고, 부인이 가출하였다고 자살하고, 회사가 망했다고 자살하고, 보험 들어 자살하면 남은 식구들

안 굶긴다고 죽어 나자빠지는 세상이 아닙니까? 그러니 그가 우는 건 대수로운 게 아닙니다.

그러나 그는 참으로 오랜만에 흐르는 눈물을 닦지 않았습니다. 그는 후련함을 느꼈습니다. 하지만 그의 머리는 복잡합니다. 스스로에게 결코 해서는 안 될 질문이 떠오르기 때문입니다. 이렇게 사는 게 다 뭐야, 난 가족을 사랑했나, 회사에서는 한 마리 충실한 개일 뿐이지, 그녀를 탐닉하고 농락한 거야, 난 도대체 어떻게 되먹은 놈이야? 그의 앞에는 영화가 끝나 다음 방송안내를 보여주는 티브이가 있고, 그 위에는 쓸데없이 크기만 한 괘종시계가 있고, 없는 듯 가느다란 초침이 있고, 중풍이 들어 건들거리듯한 움직임이 있고, 그 움직임에 막다른 길로 몰리는 누군가 있고, 그리고 하얗게 동그란 허공이 있습니다. 그렇다면 그는 처음부터 그 허공을 응시하고 있었는지도 모르겠습니다.

그는 답답하여 현관으로 나섭니다. 그는 15층 아파트의 13층에 삽니다. 그는 옥상에 올라가 담배를 피울 생각을 합니다. 그는 엘리베이터가 아닌 계단으로 걸어 올라갑니다. 그는 옥상에 나왔습니다. 시원한 바람이 붑니다. 그가 사는 곳은 일산의 신도시입니다. 전쟁이 나면 요새화하기 위하여 지었다고 했다가 혼쭐이 난 어느 국방장관의 말을 떠올리고 그는 웃습니다. 그리고 이젠 정말 별 볼 일 없다고 느껴지는 자신. 그는 슬픈 표정을 지어봅니다. 그건 그가 살아온 일생을 반추하며 짓는 표정은 아니었습니다. 단지 지금 자신의 처신을 표현하는 것뿐이라고나 할까.

그는 이번 여름에 왜 이렇게 비가 많이 내렸는지 의아해 합니다. 습기를 가득 머금은 바람이 그의 땀방울을 이미 씻겨내었고 좀전에 내린 소나기로 주변의 풍경은 번들거립니다. 자신이 뿜어낸 담배연기는 바람의 모습을 알리듯 한 쪽으로 추상적인 그림을 그리며 흩어져 나갑니다. 그는 연기가 사라지는 쪽을 응시하고 있습니다. 그곳엔 좀더 높은 엘리베이터의 기계실이 솟아 있었고 피뢰침이 하늘을 향해 뻗어 있었습니다. 그는 그쪽으로 걸어갑니다. 그곳엔 계단이 없고 철제 사다리가 박혀 있습니다. 주위엔 아무도 없습니다. 갑자기 더 높은 곳에서 아래를 내려다보고 싶다는 충동에 빠집니다. 그는 주저 없이 오릅니다. 그 위는 경사진 지붕이고 난간이 없어 사뭇 위태로워 보입니다. 그는 물기가 묻은 지붕을 밟고 망설입니다. 저 끄트머리까지 가야하는데 가능할까? 끝에는 피뢰침이 서 있어 그걸 잡으면 아래를 내려다볼 수 있을 것 같았습니다. 그는 조심스럽게 걸어 나갑니다. 지금까지 자학하던 마음이 가시고 머리가 쭈뼛해지는 무서움을 느낍니다. 그는 마침내 피뢰침을 잡았습니다. 그리고 밑을 내려다봅니다.

술기운이 남아서 그런지 어지러움과 현기증을 동시에 느낍니다. 내려다본 세상은 그리 좋아 보이지 않았습니다. 그냥 범속한 인간들이 사는 세상일 뿐이라는 가소로운 생각만 들었을 뿐. 하지만 반드시 이번 일을 성취해야 한다는 생각에 그는 마음을 다 잡아 봅니다. 그러다 이번에 그는 손을 놓고 내려다봅니다. 아슬아슬한 기분이 더욱 그의 가슴을 옥죄입니다. 아파트의 맨바닥이 클로즈업되듯이 그의 눈앞에 다가섭니다. 그는 무척이나 놀랐습니다. 시야가 하얗게 변했습니다.

그는 소파에 앉아 있습니다. 어느새 검은 정장으로 갈아입고 있습니다. 시간이 다 되었기 때문입니다. 이제는 회사에 나가 봐야 합니다. 새벽녘이라 시간은 충분할 것입니다. 회사와 집까지의 거리는 50㎞ 정도입니다. 그는 강변도로로 달릴 생각이며 그렇다면 시속 100㎞로 달려 30분이면 충분할 것입니다. 일이 제대로만 된다면 일주일간의 휴가가 약속되어 있었습니다. 그는 지하 주차장으로 내려갑니다. 그의 차는 검은 색 소나타Ⅱ입니다. 그는 운전석에 앉아 거리 미터를 영으로 맞춥니다. 그건 그의 버릇이죠. 그 차의 주행거리는 56,220㎞입니다. 그가 돌아온다면 56,320㎞로 바뀌어 있을 것입니다. 그는 아직 어두운 거리로 나섭니다. 자유로에는 차가 거의 없습니다. 숙취 때문에 그의 머리는 어지럽습니다. 차들이 자신처럼 피곤한 몸짓을 남기며 간간이 지나갑니다.

그는 속도를 내 봅니다. 그리고 자신이 한계에 와 있다는 생각, 벼랑의 끄트머리에 서 있다는 생각을 합니다. 요즘 들어 회사에서는 하나 둘 사라지는 사람이 생깁니다. 요즘 유행어로 말하면 퇴출되는 사람들이죠. 자신의 의지와는 무관하게 없어질 수밖에 없는 존재들. 그리고 언제 그의 순번이 돌아올지 그에게는 그것조차 숨 막히는 일입니다. 정말 그간 하는 만큼 했는데 그럼에도 위기의식은 가시지 않습니다. 그래서 이번 오더가 그에게 절실할 수밖에 없습니다. 아무튼 여기까지는 어떻게든 해왔지만 더 이상은 어렵지 않겠느냐가 그의 결론인 것입니다.

물론 누구에게나 한계는 있는 법이죠. 하지만 그에게는 한계가 의미하는 것이 종말을 의미하는 것인지 모릅니다. 이미 그의 가정은 파괴되었고 그는 애인을 잃었습니다. 그리고 끝내 팩스가 도착하지 않는다면 직장도 재산도, 아울러 모든 걸 잃게 될 것입니다. 돌이켜보면 자신의 삶이 다른 이들처럼 거품이었는지도 모를 일입니다. 애당초 집을 줄일 수 없어 일산까지 서서히 밀려나 수도권의 끄트머리에 있는 것이며, 가정을 꾸릴 능력도 안 되는데 결혼하여 아이를 둘이나 낳은 것이며, 감당하지 못한 애인을 사귀어 그녀를 불행하게 만든 것이며, 이번의 엄청난 오더를 수주하겠다는 것 모두가 그에게는 능력 이상, 아니 허상이었는지도 모르는 일입니다. 그러나 그는 그저 남들처럼 했다고, 그냥 따라한 것뿐이라고, 남들도 이만큼은 벌려놓고 산다고 생각했을 뿐입니다.

물론 그러한 분별없는 풍토가 대한민국을 총체적인 난국으로 몰아간 것은 불문가지의 일이지만 말입니다.

지금 시간은 새벽 5시입니다. 그는 동쪽을 향해 달려가니까 잘하면 일출을 보게 될 것입니다. 한적한 도로를 쾌속으로 달리는 것은 즐거운 일입니다. 밤을 새웠는데도 그는 피로를 전혀 느끼지 않습니다. 회사에 당도하니 건물에는 아무도 없습니다. 관리실 앞을 지나니 관리인이 의자에 기댄 채 잠들어 있는 모습이 보입니다. 그는 일부러 헛기침을 해봅니다. 그러나 관리인은 깨지 않습니다. 다시 더 큰소리로 해보았지만 반응이 없습니다. 그는 어깨를 으쓱거리곤 사무실로 올라갔습니다.

사무실 문을 여는 그의 손은 사뭇 떨립니다. 만약 팩스가 도착해 있지 않다면? 그러면 어디론가 도망가 버릴 생각도 합니다. 차라리 그녀와 헤어지지 않았다면 사랑을 들먹이며 함께 아무도 모르는 도시로 가서 살림이라도 차릴 수 있을 텐데. 그는 그런 부질없는 생각에 혼자 씨익 웃어 봅니다. 그새 그는 사무실에 들어있고 팩스 앞으로 가고 있었습니다. 그리고 한 장의 팩스용지에 시선을 모았습니다. 오더를 확정하겠다는 의사가 쓰여 있었고 바로 사인을 하여 다시 팩스를 보내달라는 내용이었습니다. 그렇게 되면 무려 삼백만 달러에 달하는 오더가 승인되는 것입니다. 그는 심호흡을 하고 떨리는 손으로 사인을 하였습니다. 사장에게 전화할까? 아니 지금이 월요일 새벽이니 그냥 책상 위에 놓아두고 놀라게 해주는 것도 나쁘지 않다고 생각합니다. 그는 팩스로 서류를 보내고 원본을 사장 책상 위에 놓아두었습니다. 팩스용지 위에 찍힌 수신 시간은 5시 26분이었습니다.

그는 홀가분한 마음으로 사무실을 나왔습니다. 관리인은 여전히 잠들어 있습니다. 이제 집에서 조금 쉬고 사무실로 전화를 걸어 휴가를 얻으면 그만입니다. 그는 차에 오르며 휴가계획을 짤 것입니다. 아내에게 당당하게 전화를 걸어 모두 돌아오라고 할 것입니다. 새로 양복을 맞추어 입을 것이고 그 동안 가고 싶었던 발리섬으로 갈 것입니다. 친구들을 불러내어 밤새 술을 질탕으로 마실 것입니다. 하지만 그녀에게는 연락할 수가 없습니다. 그녀는 이사를 갔고 어디론가 사라져 버렸으니까요. 그는 그것이 가장 아쉬웠습니다. 그녀와의 밀회를 생각하니 아쉬움은 더욱 커집니다. 그러나 이젠 어쩔 도리가 없습니다. 그는 자신이 해낸 성과에 흐뭇해하며 강변 도로를 달렸습니다. 여명이 밝아 오니 한강이 아름답게 드러나 보입니다. 차들이 조금씩 늘어났습니다.

그는 그렇게 꿈결 같은 길을 달려 집으로 왔습니다. 차를 같은 자리에 주차시키고 집으로 올라갔습니다. 그는 소파에 앉으며 넥타이를 조금 풀어봅니다. 그리고 지나간 나날을 반추해 봅니다. 아내와는 늘 별것도 아닌 걸 가지고 다투었습니다. 생각해보니 아내가 잘못한 것은 별로 없습니다. 다 자신의 이기심에 의해 빈번한

154

부부싸움이 있었던 것이며 가정보다는 회사의 일에만 몰두한 것이 참으로 미안했습니다. 그리고 오랜만에 아내가 그리워졌습니다.

이제 회사의 이사(理事)가 된다면 잘 해줘야겠다는 생각, 가사일도 조금씩 도와주고 아이들과 함께 주말에 여행이라도 다녀야겠다는 생각, 일주일에 한 번 정도는 부부생활을 제대로 해야겠다는 생각, 가끔 장미라도 한 다발 사서 놀라게 해주거나 조금 비싼 선물을 해야겠다는 생각, 그건 그녀와 헤어져 돈 쓸 일이 줄어 지금이라도 가능한 일이었습니다. 그에게는 그렇게 복잡한 생각이 머리를 스쳐 지나갔습니다.

자신이 여기까지 몰린 것. 때로 자신의 인생이 어쩔 수 없는 한길로 내몰린 건 언제였을까? 한참 감수성이 예민할 사춘기 적에 홀연히 사라져 버린 어머니. 그의 어머니는 여리고 가녀린 여인이었습니다. 그래서 그런지 어릴 적에는 한동안 여자아이처럼 자신을 키우기도 하였고 늘 그를 걱정하며 다독여 주던 어머니였습니다. 그런 어머니가 사라졌을 때 그는 충격을 받았고 한때 자폐증세를 보이기도 했습니다.

아버지는 이런저런 설명없이 곧 재혼하였고, 그때부터 그는 자신의 인생을 내던지다시피 하며 살았던 것입니다. 왜 그 동안 그는 그의 어머니를 찾지 않았을까요. 그런 생각에 그는 불현듯 눈물을 떨굽니다. 지금이라도 찾을 수만 있다면 정말 잘해 드릴 수 있을 텐데…. 그리고 아이들. 아버지라고 놀이동산 한 번을 손잡고 간 일이 없으니 이제 와 생각하면 미안하기 짝이 없는 노릇입니다. 지금은 초등학교 사학년이고 이학년인 녀석들은 저들끼리도 잘 놉니다. 오늘이라도 한숨 늘어지게 자고 나면 아이들이 좋아하는 프라모델이라도 같이 만들어 줘야겠다는 생각을 해 봅니다.

그는 그렇게 눈을 감고 달콤한 생각에 빠져 있습니다. 이제야 모든 것이 온전히 돌아왔고 자기도 가장으로서의 역할을 다할 수 있다는 것이 이렇게 기쁜 일인 줄은 미처 몰랐던 것입니다. 그런데 창밖에서 사람들이 두런거리는 소리가 들리더니 그 소리는 점점 커졌습니다. 사이렌 소리가 울리는 것을 보니 밖에서 무슨 큰일이 벌어진 것 같습니다. 그는 조금은 귀찮고 따분한 생각에, 그리고 강한 호기심을 느껴 창밖을 내다봅니다. 한 사나이가 쓰러져 있고, 주위에 사람들이 둥글게 몰려 있고, 경찰이 사람들을 제지하고 있는 모습이 보였습니다. 자세히 보니 쓰러진 사람의 머리 주위에 피 같은 빨간빛이 보입니다.

그 사람은 하얀 러닝셔츠 차림에 파란 줄무늬가 있는 반바지를 입고 있었습니다. 그 사람은 높은 곳에서 떨어져 죽은 것이 분명했습니다. 그는 자신의 심장이 뛰는 소리가 들릴 만큼 흥분하기 시작했습니다. 그는 머리가 쭈뼛해지는 것을 느꼈습니다. 그는 의아한 생각이 들어 무서워졌습니다. 그는 그 사람을 자세히 봐야겠다고 생각했습니다. 그러자 놀랍게도 그는 그 사람이 있는 바로 곁에서 그를 볼 수 있는 위치에 가있는 것입니다. 그 사람의 얼굴이 똑똑히 보였습니다. 바로 자신의 얼굴. 그렇습니다. 그 사람은 바로 자기 자신이었습니다. 그렇다면 그는 이미 죽어 있는 걸까요? 그는 생각을 정리할 겨를도 없이 놀라고만 있었습니다.

그는 다시 거실로 와 있습니다. 소파에 털썩 주저앉았습니다. 그는 자정께 엘리베이터 기계실의 지붕에 올라갔던 것을 기억합니다. 그리고 야릇했던 기분, 바닥이 클로즈업되었던 장면, 시야가 하얗게 변한 것들이 기억납니다. 그것은 추락의 체험이었습니다. 그런데 어떻게…. 그에게는 반드시 하지 않으면 안 될 일이 있었습니다. 그렇다고 이런 일이 일어난다는 건 믿을 수 없는 일입니다. 그는 자신이 허공에 뜨는 기분을 느낍니다. 자신의 주검을 보았으니 다음은? 그는 떨리는 손으로 담배를 잡습니다. 그러나 담뱃갑이 잡히지 않습니다. 아내에게 전화라도 해야 하는데 수화기를 잡아도 잡히지를 않습니다. 그는 지금까지 자신이 한 일이 착각이라는 두려운 생각에 빠집니다. 하지만 자동차의 주행거리는 분명히 56,320㎞입니다. 사장의 책상 위에는 5시 26분으로 수신 시간이 인쇄된 팩스가 그의 사인과 함께 놓여 있습니다.

그는 이제 소파에 없습니다.

그는 증발되었습니다.

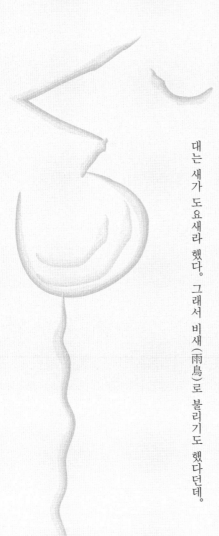

도요새. 그게 맞는 비유야. 준섭은 늘 자신을 신천옹이라 불러주었던 동생에게 언제부턴가 도요새라고 불러주고 싶었다. 밖은 여전히 비가 흩뿌리고 있었다. 하얀 인테리어로 꾸며진 실내가 차갑게 느껴졌다. 장차 비가 올 것 같으면 가장 민감하게 울어대는 새가 도요새라 했다. 그래서 비새(雨鳥)로 불리기도 했다던데.

신 천 옹*

형에게 알맞은 별명이 있다면 알바트로스라고 생각해. 있잖아. 신천옹. 내셔널 지오그래픽에서 봤지. 날개를 펴면 길이가 4미터나 된다는 거대한 새 말이야. 기억나지? 슬로우 모션으로 TV 모니터를 가득 채우고 비상하는 장면. 그때부터 난 형이 알바트로스라고 생각했어.

차창을 때리던 빗발이 약해졌다. 주위가 어두워지는 걸 보니 시간이 꽤 흐른 것 같다. 얼마나 더 버틸 수 있을까? 준섭은 반쯤 걸쳐 있던 카세트테이프를 밀어 넣었다. 팬 플루트의 묵직한 저음이 실내에 그윽이 울려 퍼진다. Once upon a time in America의 주제곡이다. 그는 무거운 머리에 한 손을 얹고 운전석에 몸을 깊숙이 기댄다. 어서나 힘든 하루를 보내고 나면 그는 이곳 북한산 도선시

---

* 신천옹(信天翁): 알바트로스(short-tailed Albatross)라고도 하며 우리나라에서는 미조(迷鳥)라고도 한다. 태평양 북부 베링해에 서식하는 큰 새.

신 천 옹 · 161

주차장에서 한 숨을 돌리곤 했다. 망할 놈의 수금 같으니. 당연히 받을 돈인데도 제때에 매끄럽게 받아내기가 쉽난 말이다. 오늘도 도래하는 어음을 막으려 결국 사채업자와 실랑이를 해야 했다. 그리고 어쩌면 내일이 고비일 수 있다고 생각하니 아버지의 말이 절로 떠올랐다. 그래, 내가 뭐랬어. 쓸데없이 일 벌리지 말라고 했지. 자신감이 너무 앞섰던 것일까. 준섭은 사세를 확장하지 말고 실익만 챙기라던 당신의 말씀을 처음부터 무시했다. 10여 년간 아버지 밑에서 일하면서 그는 사세확장을 하지 않던 아버지를 심약한 사업가라고 비웃었으니까.

3년 전 간암으로 아버지가 떠나자 그는 무리하게 사업을 키웠고 사세는 3배 이상 신장했다. 하지만 차입한 자금이 너무 많다는 경리부장의 말도 무시했고 신규로 인수할 IT 사업이 관련 업종이 아니라는 전무의 말도 흘려들었다. 그저 재계의 기린아라는 번드르르한 신문의 찬사에 빠져 지낸 것이다. 그 대가일까? 경리부장은 은행에 원금은 고사하고 이자 갚기에도 급급하다고 호들갑이고 신동처럼 여겨지던 IT 쪽에서는 곶감 빼먹듯 개발자금을 써대니 매일 도래하는 어음을 막아야 하는 신세가 된 것이다.

준구 녀석이라면 어떨까? 여기는 한때 녀석이 제 집처럼 드나들던 곳이다. 요즘 들어 그는 간간이 동생 준구를 떠올리곤 했다. 잊을 만하면 전화를 걸어오거나 불쑥 찾아오던 녀석. 그에게 하나밖에 없는 동생이었지만 형제라고 하기엔 다른 점이 너무나 많았다. 넌 아버지를 닮아 강하지만 앤 날 닮아 여리잖니? 언제나 병색이 깊던 어머니는 그러면서 늘 준구를 챙기라는 주문을 잊지 않았다. 8살이나 차이가 나니 별 수 있나. 준섭에게는 둘이 함께 놀았던 기억이 거의 없다. 준구가 말을 시작할 때 준섭은 이미 중학생이었으니까 말이다.

전면 패널의 디지털시계가 7시를 지나고 있었다. 그녀와의 약속 시간이 다 되어 간다. 떠나기 전에 그는 잠시 차에서 내렸다. 부슬비로 바뀐 빗발을 그대로 맞으며 담배를 한 개비 피웠다. 어두운 숲 저편에서 소쩍새의 간헐적인 울음이 들려왔다. 처연하고 그리움이 가득 담긴 울음소리. 문득 준섭은 그것이 도요새의 울음이 아닌가 생각했다.

형, 나야. 전화를 받으면 그렇게 흔연스럽게 인사를 던지던 준구를 떠올리며, 준섭은 칵테일 바 하바나의 육중한 나무문을 밀고 들어갔다. 미연은 이미 스탠드의 한쪽을 차지하고 앉아 버번 콕을 마시고 있었다. 미국에서 가족을 대신해 준구의 사고를 수습하고 한때 준섭의 연인이기도 했던 여자. 5년이라는 시간이 흘렀음에도 전혀 변한 구석이 없어 보이자 그는 과거의 시간으로 돌아간 것 같은 착각에 빠졌다. 그간의 이야기는 전화상으로 이미 충분히 들었기에 가벼운 인사를 나누고 나서는 별 말 없이 술을 마시기 시작했다.

준구의 죽음이라…. 그건 새삼스러운 것이 아니었다. 자유롭고 자기고집대로 살던 녀석은 벌써 3번째 부음을 식구들에게 전한 셈이다. 준섭은 그 모두가 매사를 가볍게 처신하는 준구의 탓이리 생각하며, 언젠가는 제 명에 못 죽을 것이리고 입버릇처럼 중얼거리던 것을 기억하곤 쓸쓸하게 웃었다. 하지만 회사일을 핑계로 미국에 가지 못하고 모든 일을 미연에게 맡긴 것이 내내 마음에 걸렸다.

"지금도 저 문을 밀고 들어오며 쑥스럽게 웃어 보일 준구가 생각나네요."

미연은 사실 준구의 여자 친구이자 첫사랑이었다. 초등학교 때부터 같이 다니던 그들은 취향이 같아 무슨 일을 하던 함께했다고 한다. 그러나 친구라기보다는 야무지고 나이보다 성숙해 보이던 미연을 준구가 누나처럼 여기고 다녔다는 게 맞는 표현일 것이다. 그래서 그랬던 것일까. 사춘기가 되면서 가출을 일삼던 준구의 소식을 전하는 것도 늘 그녀의 몫이었다. 그러나 준구가 군대를 마치고 나서부터는 어딘지 소원한 거리가 생겼고 그 이후에는 일년에 서너 번 만나는 것이 고작이었다.

"그건 준섭 오빠 때문이에요."

언젠가 침대에서 담배를 꺼내 물며 등을 돌린 준섭에게 미연이 힘없이 던진 말이었다. 대학생이 되고 나서 미연은 곧잘 준구네 집에 놀러가는 일이 잦아졌다. 그날도 아무 기약 없이 찾아간 게 잘못이었을까. 내내 그녀를 눈여겨보던 준섭이 집에 아무도 없자 그녀를 범하고 말았던 것이다. 그러나 놀랍게도 그녀는 반항하지 않았다. 어릴 때부터 준섭을 따르던 미연은 결국 그를 남자로 받아들인 것이다. 그리고 그날 이후 두 사람은 묘한 관계를 계속 가져왔다. 그것에 대한 부담이었을까? 미연은 준구에게서 감정을 느낄 수 없게 되었다.

"역시 버번 콕은 잭 다니엘이 최고지."

준섭은 침묵이 오래 흐르자 얼음이 가득 찬 잔을 한차례 흔들며 말을 던졌다. 유리잔에 얼음이 부딪치는 소리가 애절하게 들렸다.

그래, 정말 녀석이 죽었단 말이지. 서른이 넘어 아버지 회사에서 준섭이 자리잡고 나자 준구는 때때로 전화를 걸어왔다. 그때는 그게 귀찮기만 했다. 그리고 준구가 군에 있을 때 어머니가 돌아가셨지만 준섭은 당부대로 그를 돌봐주지 못했다. 아버지와 준섭은 준구의 가출에 전혀 신경 쓰지 않았다. 하긴 다 큰 놈이 가출은 무슨 가출이란 말인가. 애당초 아버지는 준구에게 기대한 게 없지 않은가. 저런 녀석은 뒷바라지할 필요도 없다고, 제 밥그릇은 제 잘난 멋으로 챙겨먹는다고 말하면서 애써 준구 애기만 나오면 피하려 했다. 그럼에도 나중에 동생에게 궂은 일이 생기면 너나 잘 챙기라는 말로 준섭 앞에서 아비 된 도리를 다하려 했다. 하지만 그건 준섭에게도 마찬가지였다. 자기 갈 길도 바쁜데 빈둥거리는 동생을 신경 쓰기에는 할 일이 너무 많았다. 형, 나 신경 쓸 거 없어. 난 알아서 잘하잖아.

어릴 때부터 어머니가 준섭에게 동생 좀 챙기라고 핀잔을 주면 준구는 아무렇지 않게 그렇게 말하곤 하였다. 아버지의 사업을 정당하게 물려받고 싶었던 준섭은 그렇게 식구들일에는 늘 무심했고 뭐든지 일등을 하려 들었다. 그런 자신의 모습이 준구에게는 신천옹처럼 멋지게 보였던 것일까? 몸길이는 1미터도 안되지만 날개를 펴면 4미터나 되고 3개월이면 지구를 한 바퀴 돌 수 있다는 거대한 새. 눈부시게 하얀 날개를 펴고 웅대하게 날며 바다를 굽어보는 모습은 자못 이 세상의 지배자 같은 위엄이 보였다. 함께 TV에서 보고 난 뒤 형제는 각자 다른 생각을 하였다. 준섭은 그렇게 세상을 가지고 싶었고 준구는 그런 형을 통하여 출세에 대한 대리만족을 이미 다 느껴버린 것이다.

하지만 자신을 믿으며 모든 것을 맡기고 떠난 아버지의 당부를 준섭은 소홀히 하고 말았다. 간혹 창업동료였던 전무가 동생 몫이나 떼어주고 일하자고 할 때마다 알았다고 하면서도 사업을 핑계로 아직까지 준구에게 유산을 나누어주지 않았던 것이다. 그리고 그나마 미연마저 자신이 차지한 것이 준섭에게는 마음에 걸리지 않을 수 없었다. 형, 나 미연이하고 결혼하면 어떨까? 준구가 초등학교를 졸업할 때 수줍어하며 준섭에게 물었던 말이었다. 조그마한 게 벌써 그런 야한 생각만 하냐며 핀잔을 주었던 기억이 생생한데, 그런 미연의 손을 준구가 제대로 잡아보기도 전에 준섭의 욕정은 그것을 허락하지 않았다.

　"그래서 돈으로 때우는 거군요."

　언젠가 미연이 빈정거리는 어투로 그에게 던진 말이었다. 준구가 전화를 걸기만 하면 그는 준구의 의사와 관계없이 동생의 통장으로 돈을 넉넉히 부쳐주곤 했던 것이다. 그걸 알고 미연은 그 돈을 나눠가져야 한다고 술김에 준섭에게 앙탈을 부린 적이 있었다. 몸을 가누기 힘들 정도로 취한 미연이 그 돈에 자신의 화대도 포함된 것이라고 억지를 쓴 것이다.

　준섭은 자신도 상당히 취한 상태라 그날의 기억이 희미할 뿐이다. 아마 자신이 미연의 뺨을 후려쳤는지는 모르겠지만 미연에게 뺨을 얻어맞았으리라는 생각만 들 뿐. 그래, 맞을 만도 했지. 그게 준섭으로는 태어나 처음으로 얼굴을 맞는 것이었다. 그렇게 몸을 함께하며 보낸 3년이 미연에게는 애증이 함께한 세월이 되었다. 그리고 준섭이 다른 여자와 결혼하는 것으로 끝났다.

　"처음 준구가 죽었다고 했을 때 말이에요…."

미연이 힘없이 입을 열자 준섭은 애써 닫아둔 세월의 뚜껑이 열리는 것을 실감했다. 준구가 고2 때 수학여행을 갔다가 버스가 뒤집히면서 일어난 사고이니 자신은 미국에서 공부할 때였다. 사망자 명단이 TV를 통해 보도되자 집에서는 난리가 났었다. 심약한 어머니는 실신하였고 냉랭하기만 했던 아버지도 처음으로 목소리가 떨리기까지 하였다. 오밤중에 국제전화를 받은 준섭은 그때 졸업시험을 눈앞에 두고 있었기에 일순 짜증이 났었다. 하지만 그토록 애틋한 동생이 아니었어도 처음으로 가슴 한끝이 텅 비는 것을 느꼈다.

"그때 말이지. 가슴속이 드럼통처럼 텅텅거리더라고."

준섭은 남은 술을 스트레이트로 따랐다. 그가 어머니의 성화에 성급히 귀국하려 할 때 그의 기숙사로 다시 전화가 왔다. 형, 나야. 형은 별로 놀라지도 않았지. 방송사의 착오로 사망자 명단이 바뀌었을 뿐 준구는 멀쩡했던 것이다. 그 뒤로 준섭은 끈끈한 점액질처럼 늘 곁에서 떠나지 않고 머무는 준구를 느끼기 시작했다. 하지만 그걸로 그만이었다. 준구는 형이 비행기를 탈 때까지 전화하지 말걸 그랬다고 나중에 너스레를 떨었다. 형은 조종사가 되는 게 꿈이었잖아. 그럼 비행기를 한 번이라도 더 타는 게 좋은 거 아니야?

"하늘을 나는 게 꿈이라고 했어요."

녀석의 꿈도 그것이었지. 어느 날 그는 또 형, 나야 하고 전화를 걸어왔다. 패러글라이딩 동우회에 가입했다는 것이다. 동생이 부럽다는 생각이 처음으로 들었다. 꼼꼼히 챙기던 발주 명세서를 덮으며 준섭은 뭐가 필요하냐고 신경질적으로 되물었다. 그냥, 그냥 형에게 말해주고 싶어서. 하지만 준섭은 패러글라이딩 장비가 한

두 푼으로 장만되는 게 아니라는 생각에 삼백만원을 통장으로 부쳐주고 말았다. 그때 그는 필요이상으로 흥분했었고 패러글라이딩을 하는 준구의 모습이 보고 싶었다.

"도요새."

"네?"

준섭이 자신도 모르게 중얼거린 말에 미연은 그 단어를 기억하는 것이 신기해서 되묻지 않을 수 없었다. 도요새. 그게 맞는 비유야. 준섭은 늘 자신을 신천옹이라 불러주었던 동생에게 언제부턴가 도요새라고 불러주고 싶었다. 그건 미연이 말해주었던 것이다.

미연은 준구를 볼 때마다 보듬어 주고 싶은 느낌을 받았다고 했다. 미연이 준구를 그렇게 불렀던 것은 그가 철새처럼 정처 없이 헤매고 다녀서 그런 건 아니라 했다. 갠 나름대로 소박하고 아담한 세계를 가지고 있기 때문이죠. 기껏해야 몸길이가 30센티미터 안팎으로 한때 우리나라 어디서나 흔하게 볼 수 있었던 작은 새. 그런 도요새는 땅 위에서나 하늘에서 과시행동(誇示行動)을 하며 산다고 한다. 미연은 준구에게서 꼭 그런 모습이 보인다고 준섭에게 이따금 버릇처럼 말하곤 했다.

"사나운 철새는 주로 낮에 이동하고 도요새같이 나약한 철새는 밤에만 날다가 으레 밤 등대의 유리벽에 부딪쳐 죽기도 한데요."

그렇게 유랑을 거듭하다가 자신도 보지 못한 벽에 부딪쳐 죽어버린 준구. 그런 준구를 생각할 때마다 미연은 애틋한 감정이 든다고 했다. 처음엔 그저 흘려듣기만 했다. 그러나 사업이 어려워지면서 그 말이 생각날 때면 준섭은 한껏 자신의 날갯짓에만 정신이 없는 신천옹의 모습이 우습다는 상상을 하게 되었다.

"아버님 사업을 받으셨다구요. 늦었지만 축하해요."

비아냥거림이 가득한 어조로 미연은 인사를 잊지 않았다. 이 여자가 나를 사랑하기는 했던가. 자신의 몸을 탐닉한 남자에게 자포자기의 심정으로 사랑한다고 말해주었던 건 아니었을까? 지금의 아내도 결국 아버지가 물건을 사듯 자신에게 안겨준 꼴이었다. 잘나고 잘 배우고 배경도 나쁘지 않았기에 그는 망설일 이유가 없었다. 처음부터 너랑 결혼할 생각이 없었어. 그냥 여기서 끝내…. 그런 그에게 미연은 눈물 한 방울 보이지 않았다. 하지만 준섭은 그때만큼은 뺨이라도 한차례 맞고 싶었다. 네가 싫었던 건 아니야. 사업을 키우려니 집안 배경을 안 볼 수 없잖아.

그러나 아내와는 이제 각방을 쓰는 처지이다. 돈 때문에 얻은 아내는 돈 때문에 잃는 것인가. 자금이 달릴 때마다 처가에 손을 벌렸고 이제는 외면하게 되니 아내와는 자주 다툴 수밖에 없었다.

준섭은 또다시 머리 한 쪽이 지근거리는 걸 느낀다. 편두통이 재발하는 것이다. 사업. 그래, 내일은 대책이 없다고 아침에 경리부장이 난색을 보이지 않았던가. 더 이상 어음장 발행이 안 되고 여유자금은 한 푼도 없다. 그런 자신의 입장은 이제 신천옹과 같은 꼴이 아닌가. 바람을 이용하여 30미터 이상의 거리를 힘겹게 달려야 떠오르지만 바람이 없거나 장소가 마땅치 않으면 날 수 없는 새. 그 거대한 날개조차 때로는 짐이라는 건가? 더 이상 자신에게는 바람이 불어주지 않는다. 자신의 허황된 야심이 발목에 무거운 추를 매단 짓이다.

3천만 원만 있다면. 그렇다면 한 달의 여유를 벌 수 있다. 그 사이 가장 확실한 현양그룹으로부터 3억 정도를 현금으로 결제받으면 된다. 하지만 잘못하면 말 그대로 흑자도산 이다.

　모든 여신이 중지되는 순간 그는 경영권을 잃게 되는 것이다. 제가 그렇게 만류하지 않았습니까. 그토록 충실하던 전무조차 이제는 고개를 돌리고 말았다. 얼마나 쥐어짰으면 그만한 돈을 못 구한단 말인가? 어떡하든 구해보세요, 그러면 이삼 년 정도는 거뜬히 버틸 수 있을 테고, 지금이라도 IT 사업을 매각해서 사세를 줄이면 됩니다. 하지만 단기자금은 여전히 위험해요. 적어도 한 달 이상 갚지 않아도 되는 자금이 있어야 합니다. 누가 그걸 모르나? 경리부장이라고 기껏 그 정도 말밖에 못하다니. 그 갚지 않아도 될 3천만 원이라는 현금을 구하는 일이 현실적으로 불가능하단 말이야. 사채업자조차도 어디서 눈치를 챘는지 이자를 아무리 쳐준다고 해도 돈을 내주지 않아 그것마저 오늘 포기하지 않았던가. 이 위기를 넘기지 못하면 지금까지 자신이 구축해온 신용에 부도라는 낙인이 찍히며 그의 위신이 하루아침에 바닥으로 추락할 것이다.

　게다가 아직까지 유망하다고 평가받아온 IT 사업도 제값으로 발 아넘기지 못할 처지에 놓이게 된다. 이제는 이 사업이 자전거 타기가 되었다. 멈출 수는 없다. 무조건 앞으로 가야지 그렇지 않으면 쓰러지는 거다. 내일 서전의 결제가 있지만 지금 상황이라면 서전도 얼마든지 부도를 낼 수 있다. 결제만 떨어지면 간신히 위기를 넘기겠지만 그 어음이 휴지조각이 되는 순간, 자신의 인생도 폐지가 되리라는 생각에 그는 숨이 막혀 왔다. 지금은 서전이 결제를 막으리라 믿을 수밖에 없다. 그러자 형편없이 나약해진 자신을 느꼈다.

　"그놈의 사업이 사람을 환장하게 만드는 거지."

그는 자조적으로 말을 뱉으며 미연을 정면으로 바라보았다. 그런데 놀랍게도 미연은 연민의 눈빛으로 준섭을 바라보고 있었다.

"오빠가 이렇게 힘들어할 줄 몰랐어요. 준섭 오빠와 함께 한 건 준구한테 갈 수 없었기 때문이기도 했지만 언제나 든든해 보여서 그랬던 거예요. 이런 모습을 보려고 한 건 아니었단 말이에요."

미연은 지극히 후회스러운 어조로 말했다. 하지만 정말 그녀가 후회했던 건 준구가 두 번째로 죽었다는 연락을 받았을 때였을지 모른다. 대학생이 되면서 미연과 거리가 생기자 준구는 형과의 관계를 어렴풋이 아는 눈치였다. 그래서 그랬던 걸까? 산악반에 들면서 주말이면 금요일 밤부터 북한산에 가서 살았다. 형, 난 이제 세상을 달관하면서 살 꺼야. 바위에 오르면 신선이 되는 거 알아? 준구는 그렇게 허드레를 피우며 암벽등반에 몰두하기 시작했다. 마치 그것이 모든 걸 잊게 해주는 것처럼. 더구나 그는 팀에서도 꺼리는 인수봉의 거룡길이나 궁형 크랙 같이 떨어졌을 경우 위험이 수반되는 코스를 즐겨 했다. 여기선 추락하는 걸 난다고 하지. 한 마리 새처럼 허공을 가르면서 떨어지는 맛이 일품이래. 그는 곧잘 그런 말을 떠벌이고 다녔다. 결국 사고가 나자 오죽하면 선배들 사이에서도 언젠가 이런 꼴을 당할 것이라 수군대기까지 했을까.

준구는 화창한 토요일 하오에 궁형 크랙 상단 부분에서 20여 미터 아래도 떨어지면서 늑골이 부러지고 머리에 큰 골절상을 당했다. 병원의 응급실에서는 수련의가 고개를 내저으며 가망이 없다고 말했다. 그 말이 와전되어 식구들이나 미연에게는 준구가 죽었다고 전해진 것이다.

준섭을 만나 병원으로 달려가던 미연은 그때까지 준구가 여자와 자본 적이 없다는 걸 알았다. 우린 서로 사랑해도 될 만큼 컸는데 이렇게 죽어야 하는 거야? 왜, 우리가 그냥 사랑하게 내버려두지 않았어? 미연은 그게 그토록 후회스러웠는지 준섭의 가슴을 때리며 정신없이 울었다.

학교 다닐 때 말이야. 나, 준구랑 얼마나 밤을 새웠는지 알아? 뻑 하면 집을 나갔잖아. 수소문해서 간신히 찾아내면 집에 안 들어간다는 거야. 함께 버스정거장이나 아파트 공원에서 쪼그리고 앉아 그렇게 밤 샜어. 그때 준구가 몇 번이나 내 손을 잡으려 한 걸 내가 뿌리쳤어. 우린 아직 어리다구…. 그렇게 울먹거리며 준섭의 품안에서 그 모든 게 후회스럽다고 말했다.

병원으로 달려가는 동안 미연은 준섭의 여자가 된 게 억울하다고 중얼거렸다. 하지만 준구는 3일 동안 혼수상태에 있다가 깨어났다. 그리고 매일처럼 병원을 들락거리며 간병하던 미연에게 담담한 어투로 고맙다고만 말하고 아무 말도 하지 않았다.

"그 녀석은 차라리 그때 죽는 게 더 나았을 거야."

미연이 새삼스럽게 그때의 이야기를 늘어놓자 준섭은 맥없이 한마디를 던졌다. 그 말에 다시 한 번 뺨을 때리고 싶을 만큼 발끈할 만도 했으나 미연은 갑자기 그가 측은한지 그냥 시선을 떨구었다. 그때 병원복도에서 준섭은 처음으로 준구가 부럽다는 말을 한 게 기억났기 때문이다. 늘 제 멋대로 하고 다니는 놈은 믿을 게 못돼. 말로가 뻔하잖아. 그러면서도 준섭은 비로소 자신이 거대한 틀에 갇힌 것이 아닌가 하는 자각을 준구를 통해 하기 시작했다.

준구가 혼수상태에서 미처 깨어나지 못한 그 밤에도 미연을 품에 안은 준섭은 언젠가는 모든 걸 보상해주겠다고 몇 번을 되뇌었다. 하지만 겉으로 번드르르하게 성공한 이후에도 준섭은 미연에게 전화 한 통 하지 않았다.

"알잖아. 이 회사 반쪽이 처가에서 밀어준 거. 조금만 기다리면 돼."

준섭은 그때의 일들을 회상하며 묻지도 않은 말을 털어놓았다. 미연은 그 말의 의미를 아는지 모르는지 쓴웃음을 지었다.

기다림은 없어. 나도 내 인생을 선택했으니까. 미국인 영어강사를 만나 국제결혼을 하고 2년 만에 이혼하기까지, 이제는 그녀의 인생에서 더 기다릴 게 없다고 했다. 기다림이 있다면 얼마 전 준구가 자신을 찾아 미국으로 오겠다고 했을 때였을까. 바로 그것이 그녀의 삶에 있어서 마지막 기다림이었다고 미연은 나직이 말했다.

그러자 준섭은 미연에 대한 감정이 이제야 사랑이 아닌 집착이라는 것을 느꼈다. 그래, 그때는 그저 나만의 욕정을 채웠던 것에 불과했지. 한번 손에 쥔 보석을 영원히 놓을 수 없는 것처럼 한번 탐한 그녀를 그대로 놓아줄 수 없었으니까. 그는 후에 그것을 '미연중독'이라고 회상하며 진저리를 치기까지 했던 것을 생각했다.

준섭은 담배를 꺼내 물며 과연 내일 어음이 제대로 떨어질까 조바심이 들었다. 미연이 옆에서 불을 붙여주고 자신도 한 개비를 빼어 물었다. 그 모습에서 과거에 자신이 함께 연애하던 발랄한 여대생이 아닌 완숙한 여인의 모습이 보여 흠칫 놀랐다. 그리고 그제야 그녀가 준구의 죽음을 이야기해 주러 온 사람이라는 걸 깨달았다. 시간이 꽤 흘렀음에도 두 사람은 준구의 죽음에 대해서는 아직 입을 떼지 않았다. 아주 오랜만에 만나는 애인처럼 그렇게 담담하게 과거지사를 주고받을 뿐이었다.

밖은 여전히 비가 흩뿌리고 있었다. 하얀 인테리어로 꾸며진 실내가 차갑게 느껴졌다. 장차 비가 올 것 같으면 가장 민감하게 울어대는 새가 도요새라 했다. 그래서 비새(雨鳥)로 불리기도 했다던데. 준섭은 자꾸만 도요새의 모습과 준구의 모습이 겹쳐 안쓰러운 마음이 들었다. 비에 젖어 죽어 자빠진 새의 비참한 모습이 떠오르며 그것에 준구의 주검이 그려지기 때문이었다. 어디선가 도요새의 극성맞은 울음소리가 들리는 것 같았다.

"저, 아직도 그거 가지고 있어요. 준구가 만들어준 비행기."

그 마음을 아는지 모르는지 미연은 또다시 옛날이야기를 꺼냈다. 준구가 초등학교 4학년 때, 준섭은 틈틈이 프라모델 비행기를 같이 조립하곤 했는데 아마도 그것이 형제간의 유일한 유희였는지 모른다. 준섭 자신도 어릴 때 하고 싶었던 일이었지만 아버지의 눈치로 그렇게 하지 못했다. 하지만 준구는 세뱃돈이나 용돈을 모아 거리낌없이 프라모델 키트를 사와서 만들어 달라고 떼를 쓰곤 했다.

형, 기억나? 난 그때가 제일 행복했어. 그거 만들 때만큼 형이 다정할 때가 없었던 거 같아. 하지만 준섭은 자기도 그걸 만들고 싶어서 그런 것이었지 준구가 유달리 사랑스러워서 정성껏 만들어 준 것은 아니었다. 입시를 앞두고도 그걸 만드는 것은 준섭에게도 유일한 낙이었으니까. 그래서 자기 용돈을 주면서 자기가 만들고 싶어하는 비행기를 사오게 했었다. 준섭이 대학에 입학했던 날, 준구는 선물이라며 리버레이터 폭격기를 건네주었다. 형은 늘 이렇게 큰 비행기 만들기 좋아했잖아. 난 카멜 쌍엽기나 세스나기 같은

174

작은 비행기 만들기 좋아하고. 하지만 그 날 아버지는 술에 거나하게 취해서 준섭에게 축하한다고 하다가 그 비행기를 보더니 그만 방바닥에 던져 박살내 버리고 말았다. 이런 자잘한 것 집어치우고 니형 닮아 공부나 잘 하란 말이야. 그 일은 준섭에게도 지금껏 마음 아팠던 일로 앙금처럼 가슴에 남았으며 아버지를 피하게 된 동기가 되었다. 그것이 준구를 나그네새라 부르는 도요새로 만든 것은 아닐까.

"그거 아세요."

미연은 준섭에게 비밀을 털어놓는 사람처럼 속삭이듯 입을 열었다. 준섭의 집에서는 탁자 위나 TV 위에 아무도 간수하지 않은 잔돈이 며칠씩 그대로 있곤 했었다. 가끔 그 돈이 없어지곤 했는데 식구들은 아무도 신경 쓰지 않았다. 준섭에게도 그랬지만 준구가 어머니나 미연에게 비행기를 만들어 선물하는 것은 바로 그 돈을 모았다가 하는 것이라 했다. 그렇게 되도록 아버지는 준구에게 용돈을 박하게 주었다. 커가면서 자꾸만 밖으로 나도는 것이 다 어디가서 돈질이나 하는 것이라고 하면서 아버지는 돈이 없으면 준구가 집에 붙어 있겠거니 했던 것이다. 그러나 실제 아버지는 준구가 언제 들어왔는지 한 번도 살핀 적이 없었다. 자신조차 사업에 매달려 집에 제대로 들어오지 못하는 날이 태반이었기에.

중학교 3학년이 되자 준구는 방학이면 아예 집에서 사라지곤 했다. 그리고 어딘지 모르는 곳에서 전화를 걸어왔다. 형, 나야. 어머니 괜찮으시지. 여기 좋아. 금강을 따라 그냥 섣고 있어. 형이낸 여기를 참 좋아할 텐데. 다음에 한번 같이 왔음 좋겠어. 뭐라 타이르기도 전에 준구는 총알처럼 빠르게 제 할 말만 전하고 전화를 끊었다. 준섭은 그게 그토록 부러웠지만 지금껏 단 한 차례도 같이 여행을 한 적이 없었다. 여행을 다녀온 뒤 아버지에게 얻어맞는 일도 몇 차례 못 갔다. 결국 그렇게 끈질기게 돌아다니는 준구를 아버지는 포기한 것이다. 어머니는 객지에 나간 아들 걱정도 그렇거니와 그 적지 않을 여행경비를 어떻게 마련하는지 궁금하게 여겼다. 게다가 꼭 그 지역 특산물을 선물로 사오곤 했기에 집에서 주는 용돈이 부족할 건 뻔했기 때문이다. 식구들은 준섭은 어디서 도둑질이나 하지 않았으면 다행이다 싶었다.

학교 다닐 때 준구가 새벽에 집에 오는 일이 많다고 제게 물었던 적 있죠? 그때 준구의 몸에서 술 냄새나 담배 냄새가 난다고 나쁜 친구들과 어울리는 게 아니냐고 했던 적 있잖아요. 그땐 아무 말도 못했지만… 미연은 쑥스럽다는 듯이 말을 잠시 끊었다. 준섭은 그럴 때마다 새벽까지 닦달하며 훈계하곤 했었다. 하지만 준구는 그냥 걱정하지 말라는 말만 되풀이할 뿐 궂은 내색을 하지 않고 형의 말을 끝까지 듣곤 했었다.

"그때 준구는 호프집 아르바이트를 다녔어요."

준섭은 순간 아차 싶은 마음이 들었다. 녀석은 그렇게 해서라도 꼭 집을 떠나야 했는가? 자신은 그저 명문대에 목숨을 걸다시피 책밖에 모르던 시절을 동생은 자신이 갈구하는 일을 위해 궂은 일도 마다 않고 돈을 모았던 것이다.

"걘 그런 아이였어요. 연약해 보여도 자기가 하고 싶은 일은 야무지게 했으니까. 절 끔찍이 위하기도 했죠. 뭐든지 자상하게 잘 챙겨주곤 했으니까. 가끔 같이 여행을 가자고 했지만 저도 같이 떠나보진 못했어요."

우리나라 철새 가운데 가장 멀리 나는 새가 도요새라 했다. 제비는 기껏해야 말레이시아 반도까지밖에 못 가는데 도요새는 호주까지 날아간다고 했으니. 하지만 준구의 머나먼 여행길에는 아무도 동반자가 되어주지 못했다. 미연은 살면서 후회되는 일이 모두 준구에게서 비롯된 것이라며 눈시울을 붉혔다.

"우는 거야?"

준섭은 손수건을 건네며 자신의 눈에도 눈물이 핑 도는 걸 느꼈다. 그런 녀석이 어쩌다 이국땅에서 숨을 거두었는지 가슴이 답답해졌다. 스트레이트로 거푸 두 잔을 마시자 진정이 왔다. 겉으로 보기에는 지금까지 하나도 흠잡을 데 없이 살아온 인생이다. 재무 구조가 약한 것은 자신과 경리부장밖에 모르는 사실이다.

그처럼 신천옹도 그렇다. 1회 산란수는 기껏해야 1개. 한때 태평양 북부 베링해까지 번식했다지만 지금은 일본 도리시마(鳥島)에 한하여 50마리 미만이 생존한다고 한다. 겉으로는 멋있어 보여도 자생력이 없어 멸종위기에 처한 것이 꼭 자기 모습처럼 한심하지 않은가.

주변에서는 그를 탁월한 경영자로 알고 있으며 업계에서의 입지도 탄탄했다. 하지만 회사는 빈 깡통처럼 속이 비어가고 가끔 자신의 가슴이 드럼통처럼 텅텅 울리는 것은 준구 때문이었을까.

자신에게 어린 꼬맹이로만 기억되는 녀석. 그 삶이 하찮고 멋대로라고 생각하며 살아왔다. 하지만 그 아이에게 소중한 건 무엇이었을까? 노후에 대한 아무런 대책도, 생계에 대한 걱정도 없이 결혼조차 생각하지 않으며 바라던 것은 무엇이었을까? 3년 전 아버지가 돌아가실 때 준섭은 빈말이었지만 준구에게 이제 고아가 되었으니 서로 의지하며 살아야 한다고 했다. 그때 준구는 그랬다. 형, 나 슬프지 않아. 그냥 자유를 얻은 것 같아. 형도 이제 자유야. 허공을 바라보며 준구는 그렇게 허탈하게 읊조렸다. 준섭은 그런 준구가 밉기보다는 부럽다는 생각이 들었다.

"하지만 난 자유가 아니야."

준섭은 지금의 처지가 우습다는 생각이 들어 미연이 자신에게 던진 조소보다 더 쓴웃음을 지어 보았다. 그렇게 자유롭던 녀석이 죽다니. 지금이라도 핸드폰이 울리며 '형, 나야' 하고 다정하게 말을 붙여올 것 같은데.

준구는 여행사에 근무하면서 취업비자를 받아 지난 일 년 간 미국을 오갔다고 했다. 그 사이 미연을 만나며 뒤늦게 소소한 정을 나누기 시작했다는 것이다. 하지만 역마살이 끼었던 준구는 객지에서 허망하게 떠났다. 할렘가 입구의 슈퍼마켓에서 흑인 강도가 쏜 유탄에 맞아 그 자리에서 즉사했다는 것이다.

미연은 준섭과 상의하여 미국에서 장례를 치르고 유골은 대학교 산악부의 동기들에게 전달하여 얼마 전 준섭과 함께 북한산 영봉에 뿌렸다. 미연은 미국에서 미처 정리하지 못한 유품을 챙기느라 이제야 준섭과 만난 것이다. 죽기 전 준구는 자신의 미래를 예감하듯 밤새 미연과 차를 몰며 많은 이야기를 나누었다고 했다. 준섭은 이미 취기가 오를 대로 올라 있었고 유골을 뿌린 자신의 손을 들여다보았다. 거기에는 천진한 미소를 짓고 있는 동생의 얼굴이 떠올랐다.

"너무 취하신 것 같아요."

"미연, 미안해. 하지만 정말 날 싫어했던 건 아니지?"

미연은 아무 말 없이 고개를 끄떡였다. 싫어하다니. 늘 완벽에 가까운 모습에서 그녀는 안위를 느끼지 않았던가. 준구가 발랄하지만 늘 불안의 그늘을 걷을 수 없다고 준섭에게 말하던 것을 미연은 기억하고 있다. 그러나 준섭의 지금 모습은 준구보다 더 불안해 보였다.

"전해 드릴 물건이 있어요."

준구의 유품이란다. 준섭은 내키지 않았으나 마다할 순 없었다. 미연이 머무는 호텔까지 가는 동안 두 사람은 아무 말이 없었다. 준섭은 택시에서 머리를 미연의 어깨에 기대었다. 얼마만인가. 여자의 포근함이. 호텔 객실로 들어설 때는 이미 몸을 가누기 힘들 정도였다. 미연도 적당한 취기가 몰려왔는지 비틀거렸다. 두 사람의 긴장이 일순 풀렸다. 트렁크에서 물건을 꺼내려 하는데 뒤에서 준섭이 강하게 미연을 끌어안았다. 네가 필요해. 내일이면 끝장일지 몰라. 유품은 버리던지 당신이 갖도록 해. 거칠게 몸을 돌려 입을 맞추자 미연은 그를 안으며 눈을 감고 침대에 함께 누웠다.

서전이 부도를 냈다. 숙취가 채 깨지 않는 머리를 감싸고 억지로 출근하여 커피를 마저 마시지도 못했는데 경리부장은 굳은 얼굴로 사무적인 보고를 해왔다. 설마 했는데 이렇게 터지다니. 준섭은 아무 대책이 없었다. 오늘 도래하는 어음이 3천만 원이다. 지금이라도 뛰어다닌다면 급전을 못 구할까 싶었다. 그러나 준섭은 맥이 풀려 무력해지는 자신을 발견하고 모든 걸 그냥 포기하고 싶었나. 돈을 구해도 갚아야 할 단기자금이라면 아무 의미가 없다.

그저 노예처럼 살아간다는 인식이 그를 일깨우는 것 같았다. 형,

지금이라도 늦지 않아. 창밖에는 비가 내리고 어디선지 준구의 목소리가 환청처럼 들리는 것 같았다. 지금이라도 모든 걸 정리하고 미연과 새로 시작할 수 있다면…. 자신도 모르게 그는 중얼거려 보았다. 그리고 그녀의 만류에도 불과하고 아무 말 없이 호텔을 뛰쳐나온 것이 마음에 걸렸다. 하지만 취중이었기에 그녀에게 찾아갈 수도 연락을 해볼 수도 없었다. 답답했다. 그때 경리과에서 인터폰이 울렸다.

"4570만 원이 입금됐는데 어떡할까요. 사장님?"

사천오백만원이라고? 뭐가 잘못된 것이겠지. 착오가 있는 거야. 재차 확인했지만 돈이 입금된 건 확실했다. 누군가 계좌번호를 묻고 돈을 송금했다는 것이다. 입금자는 미연이었다. 그녀에게 돈 이야기는 하나도 안 했는데. 그리고 그녀에게 그렇게 많은 돈이 있을 리 없었다. 그때 전화가 왔다.

"오빠, 나에요. 그냥 듣기만 하세요. 돈은 제가 부쳤어요. 어제 준구의 유품이 있다고 했죠? 통장과 도장이었어요. 왜 그냥 가셨어요? 전 아무렇지도 않아요. 그 돈, 오빠가 준구에게 줬던 돈이에요. 준구는 돈이 필요해서 전화한 게 아니었다구요. 오빠가 보고 싶어서, 자신에게도 마음을 기댈 가족이 필요해서 전화했던 거라구요. 그래서 한 푼도 쓰지 않고 그대로 모았대요. 언젠간 형에게 돌려 줄 거라고…. 이제 제 할 일은 다 했어요. 곧 LA발 비행기가 떠나요. 잘 지내시고 사업 번창하세요."

다분히 절제된 어투로 마치 준구가 하던 말투처럼 말할 엄두조차 주지 않고 미연은 전화를 끊었다. 준섭은 이제 머리가 드럼통이 되어 텅텅거리는 것을 느꼈다. 녀석이 그렇게 나를 원했던가. 나는 그게 귀찮아 돈으로 그저 쉽게 때우려 했던 것을….

　준섭은 일어나 창가를 서성이며 어떡해야 할지 마음의 갈피를 잡을 수 없었다. 이번에도 거짓이라면, 죽었다는 이야기가 예전처럼 번복될 수 있다면, 그러면 다시 녀석의 손을 잡고 그가 좋아할 아주 작은 비행기를 같이 만들어 볼 텐데….

　그때 습기 찬 방안에 정적을 깨며 전화벨이 울렸다. 창밖에는 여전히 비가 청승맞게 내리고 있었다. 벨은 연거푸 준섭의 가슴을 때리며 울렸다. 받으면 형, 나야하고 준구가 흔연스럽게 말할 것만 같았다. 하얀 벽으로 이루어진 사무실이 차갑게 느껴졌다. 빗발이 거칠게 창을 때리기 시작했다. 벨은 멈출 줄 모르고 어디선가 도요새의 울음소리가 들려오는 것 같았다. 하지만 준섭은 끝내 수화기를 들지 못했다.

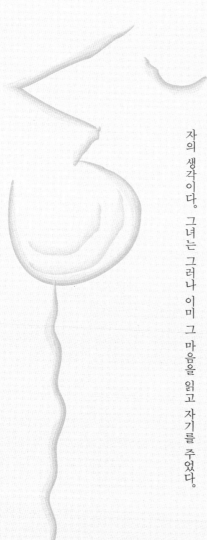

우리는 어느덧 잘 알려지지 않은 바이러스에 의해 분해되고 있어. 사랑한다고 생각하는 순간 감염되는 것이다. 난 널 사랑하지 않았어. 널 탐한 것뿐이야. 그것이 남자의 생각이다. 그녀는 그러나 이미 그 마음을 읽고 자기를 주었다.

호모 루덴스* vs 호모 사피엔스

내가 정작 두려워했던 건 내 진실이 너에게 잘못 전달될지도 모른다는 것이 아니라 내가 진실이라고 믿었던 것 자체가 거짓이 아니었나 싶었던 거야.

너에게 얼마나 많은 것을 주어야 하니. 이제 내게 남은 것도 없는걸. 아주 피곤한 목소리로 말하고 있어. 그러나 너무나 상투적이야. 결국 사랑도 이합집산을 통해 즐기는 것뿐이라고 생각해. 그럼에도 인간은 허식을 더 좋아한다. 그가 그렇게 생각한 것은 당연한 논리의 귀추이지만 그녀는 때로 그것을 용인하지 않는다.

브라운 톤의 인테리어 장식이 포근한 분위기를 연출한다. 그는 굵은 체크무늬가 있는 갈색 블레이저를 걸치고 순백색 셔츠에 노

---

* 호모 루덴스: 네덜란드의 역사학자 요한 호이징하가 1938년 인간에 대해 규정한 용어로 '유희할 줄 아는 인간'이라는 개념.

랑, 검정의 레지멘탈 타이를 맸다. 짙은 브라운 색의 바지가 안정감을 준다. 그는 음악에 심취한 듯 감은 눈꺼풀 안으로 눈동자가 움직이는 게 보인다. '현을 위한 아다지오'. 영화 '플래툰'에서 엘리어스 상사로 분장한 윌리엄 데포가 추격하는 월맹군의 총격을 받아 하늘을 향해 두 손을 뻗치는 대목인 듯하다. 윌리엄 데포는 그러나 다른 영화 '잉글리쉬 페이션트'에서 야비한 스파이의 얼굴로도 나온다. 침묵이 서서히 영혼을 갈아먹는 게 보인다. 그녀는 물방울이 맺힌 글라스를 들어 아이스커피를 마신다. 나는 이 남자를 사랑하기는 한 걸까. 헬렌 피셔는 그랬어, 남녀의 사랑은 길어야 4년이라고. 그 이후에는 체인징 파트너가 되는 거라나. 밖은 아직 하루해가 남았는지 태양이 몸부림치며 연소하고 있다. 계절이 인간을 재창조하는 거다. 그러나 계절의 속성은 잔인해. 나만이 그걸 잘 알고 있지. 우리는 어느덧 잘 알려지지 않은 바이러스에 의해 분해되고 있어. 사랑한다고 생각하는 순간 감염되는 것이다. 난 널 사랑하지 않았어. 널 탐한 것 뿐이야. 그것이 남자의 생각이다. 하지만 그녀는 이미 그 마음을 읽고 자기를 주었다. 자신의 육체에 탐닉하는 남자에게 기꺼이 자신을 내주는 일. 그걸 즐기려 했는지 모른다.

그녀가 아이스커피를 다 마셨다. 얼음의 틈새로 공기가 빨려 나가는 소리가 요란스럽게 울렸다. 그가 아주 천천히 눈을 떴다. 난 너에게 널 달라고 강요한 적 없어. 다만 내가 원하는 것을 선택하도록 한 것뿐이지. 그래서 넌 결국 내가 원한 것만 선택하게 된 거야. 그래도 난 만족하진 않아.

They say that time heals a broken heart but time has stood

still since we've been apart. 결국 그런 거야. 흔한 팝송의 가사 같은 것. 하지만 우리가 헤어진다고 해서 시간이 결코 멈추지는 않는다. 우리는 과거를 은폐하고 시간이 우리의 양심을 은폐시켜줄 뿐이지. 그는 시계를 들여다본다. 몸을 천천히 일으킨다. 그의 큰 키가 그의 동작을 완만하게 만든다. 그녀는 그 만큼의 절망감을 되씹는다.

　어떻게 생각해? 우리는 애당초 어울리지 않았다는 것에 대해. 그럼 시작이 없는 종말을 만든 것인가. 그녀는 그를 증오할 수 없다. 다만 피가 응고되는 것을 즐기는 것이다. 심장을 박제로 만들어버릴 아주 좋은 기회. 그것만 생각하고 있었는지 모른다. 가을이 겨울로 가면 아주 얼어버릴 걸… . 혼자 집에 오는 길에 그녀는 제자리걸음만 하고 있다는 착각에 빠진다. 두려워 말아요. 다른 연하의 남자가 어제의 전화에서 그렇게 말했던가. 그녀는 그에게 별 마음이 없다. 다만 친절을 베푼 게 있다면 그가 자신을 원했을 때 하의를 편하게 벗길 수 있도록 허리를 잠시 들어준 것뿐이다. 담배를 꺼내 문다. 폐포를 쓰리게 채워줄 가스. 아주 고운 연기의 입자가 산란을 일으켜 담배연기가 퍼렇게 보인다고 했던가. 이 한 모금의 연기가 나의 기억을 일부라도 지워줄 수 있다면. 그건 정말 불가능한 걸까?
　그녀가 자신의 방으로 힘겹게 들어왔을 때는 12시가 넘어 있었다. 난 그 시간 동안 무얼 한 거지? 거리를 섭고 담배를 피운 것 밀고는? 그녀는 자신이 새로운 치매증상에 빠진 것이라 생각한다. 그리고 무의식중에 전화를 바라보고 있다. 차라리 전화가 자신을 구원해줄지도 모른다는⋯. 그녀는 범선이 그려진 양주병을 꺼낸다. '커티 삭'이다. 이것이 수면제의 구실을 할 수 있을까. 난 강력한 수면제가 필요해. 그래도 넌 감칠맛 나는 여자야. 거들먹거리면서 그가 말하던 모습이 떠오른다. 그녀는 병째 양주를 들이킨다. 일부가 흘러 목을 타고 내려간다. 그가 애무하는 것보다는 강도가 약하지만⋯. 취기가 오르면 자신을 기만하기 쉬워지겠지. 범법에 대한 기대가 고개를 든다. 죽일 수도 있어. 하지만 사랑해. 그를? 그는 변태야⋯.

그녀는 나체로 침대에 누웠다. 그러나 그를 기다리는 건 아니다. 자유로움을 즐기려는 것일 뿐 어떤 의도가 있는 건 아니다. 그러다 누군가 자기를 엿보는 사람이 있었으면 싶다는 상상. 그렇게 탕녀가 되어도 좋다는 야한 생각도 해본다. 어차피 잠은 안 오니까. 나는 왜 이렇게 잠들기가 힘든 거지? 난 애초부터 체세포분열이 제대로 되지 못한 개체인지도 모르지. 미완성으로 나를 낳은 거야. 그것이 결코 자신의 부족에 대한 자위가 될 수 없음을 알면서 그녀는 자신을 그런 관념의 울타리에 가두려 한다. 그건 현명하지 못해요. 연하의 남자가 전화로 자신에게 타이르듯 던진 말이다. 다만 건방지다는 생각에 그녀는 무조건 그를 무시해버렸다. 괜한 이야기를 해줬어. 녀석 앞에서 취하는 게 아닌데. 그런데 취하면서 쉽게 무너진 거야. 아니야. 그건 사랑의 표현이었어⋯.

그녀의 사랑은 늘 그런 걸까? 그를 생각하면 아직은 가슴이 벅차오르는 걸 느끼기도 하지. 그러면서 다른 연하의 남자를 만나? 아니 그와는 전화를 하는 경우가 더 많지. 녀석은 몸이 달아 있지만 난 그게 더 편해. 사실은 이러다 두 사람을 다 놓칠 수 있었으면 좋겠어…. 물론 그것이 그녀의 진실은 아니다. 어떤 경우에는 매달릴 것이다. 울며 사정할 것이다. 모든 걸 폭로하겠다고 협박할 것이다. 그러나 다만 그 모두는 그녀의 상상일 뿐이다. 결국 그녀의 생리가 그의 어떠한 억지도 다 받아들이게 프로그램된 것을 힘겹게 인정하는 것이다. 생활이 그녀를 말리고 있는 것이지. 선창가에 배가 갈라져 널려진 생선처럼 날파리나 꾀이며 자신의 모든 것을 드러내놓고 있는 것과 다를 게 없다.

그건 사랑도 아니지. 그냥 유희일 뿐. 그가 제공하는 오르가즘을 만끽하고 그러다 지나면 그뿐이고 다시 그 순간만을 갈망하는 일회용 화장지 같은 것임을 알면서 그녀는 벗어날 수 없는 자신을 그저 방관하고 있다. 왜냐면 그게 더 좋으니까. 그렇지 않고는 견디지 못하기 때문이다. 하지만 이게 다 무슨 소용이야. 그녀는 그렇게 볼멘소리로 항변하기도 한다. 알면서 그러는 것이지. 그가 날카롭게 말하지 않았던가. 맞아. 그녀는 속으로 그렇게 생각하면서도 결코 내색하지는 않는다. 그건 그나마 지켜야 할 일말의 자존심 때문이다. 어차피 노는 거 격이 있게 놀아야지. 그게 그나마 이런 생활을 합리화하는 방편이 되어주는 것이다.

그의 가장 큰 적은 권태로움이다. 그러나 그것을 피하고자 섹스 중독자가 된 것은 아니다. 술꾼들이 침묵을 피하기 위하여 알코올 중독자가 된 것이 아닌 것처럼. 하지만 이제는 그녀를 정리해야 할 타이밍을 잘 잡는 일이 남아 있다. 이별이다. 그렇다고 단지 식상한 관계가 되어 그녀와 헤어지자는 건 아니다. 그는 다만 사랑이 식었다고 생각할 뿐이며 설명할 수 없는 자기 자신만의 기준이 적

용되었기 때문이다. 사람이 섹스에서 가장 큰 쾌감을 맛보는 건 전혀 모르는 파트너와 첫 관계를 가질 때라 했던가. 그런 생각을 하면서도 그는 왠지 그녀가 놓치기 아까운 존재임을 인정한다.

그는 면도 거품을 부드럽게 바른다. 거친 자신의 턱을 어루만진다. 남자의 피부가 여자의 피부보다 좋다고 했지. 왜냐면 매일 아침 이렇게 면도기로 각질을 벗기기 때문이지. 그러나 대개는 여자들조차 이런 상식을 모르고 있다. 그는 면도기가 자신의 털을 깎으며 꺼끌거리는 걸 즐긴다. 아주 천천히 그러면서 자신의 두툼한 동맥을 칼날이 지나갈 때 그는 희열한다. 그것이 어떤 것인지 모르면서 그는 피가 뜨거워지는 충동을 맛본다. 목이 졸려 죽은 남자 중에선 사정하는 경우도 많다는데…. 그는 그런 생각을 하면 산다. 때로 죽는 것도 나쁘지 않다는 것을. 하지만 차라리 마스터베이션을 하는 게 낫지 죽으며 사정하고 싶지는 않다.

그는 면도를 마치고 시계를 본다. 그녀를 만나러 갈 시간이 아직은 충분하다. 애프터 쉐이브 로션을 바른다. 약간의 쓰라림이 안면을 스치고 지나간다. 이 향이 모공에 스미는 걸까? 그는 늘 그렇다. 같은 동작에 같은 생각을 하게 되는 것. 그러나 그런 것에는 권태로움을 느끼지 못하면서 왜 여자들에게서는 빨리 식는 걸까? 그건 본능이지 내 잘못은 아니야. 거울을 보며 그는 한번 웃어 본다. 아직은 쓸 만해. 하지만 잔주름이 신경 쓰이는군. 그렇다고 이런 잔주름까지 따지는 여잔 아직 못 만났어. 그리고 필요하지도 않아. 그는 팬티만을 걸친 채 옷장으로 간다.

오늘은 어떤 차림이 좋을까? 그에겐 이런 망설임도 하나의 즐거움이다. 오늘은 아메리칸 실루엣으로 하는 게 어떨까? 아니면 유

190

러피언으로? 라펠은 피크드가 좋겠지. 아니야 그냥 노치드가 좋겠어. 지금은 이게 다시 유행하니까. 조끼도 입도록 하지. 맨 아래단추를 채우지 않는 걸 잊지 말아야 해. 그리고 드레스 셔츠는 레귤러 칼라로. 넥타이는 지난번엔 레지멘탈을 했으니 이번에는 페이즐리가 좋겠어. 그리고 색을 잘 골라야 하는데…. 강렬한 인상을 주는 검정 수트나 지성미가 돋보이는 회색 수트는 어떨까? 아니야. 품격이 있어 보이는 감색 콤비가 낫겠어. 하지만 그보다는 가을이니까 카키색과 갈색으로 통일하는 게 무난해. 그래서 그는 연한 베이지색 자켓을 밤색 바지와 조화시켰고 벽돌 색이 섞인 넥타이로 색감의 안정성을 느끼게 했다.

그는 집을 이른 시간에 나선다. 주차장에 이르며 리모컨 키를 누른다. '삑' 하는 소음과 함께 차가 대답한다. 차를 타며 그는 왠지 썰렁함을 느낀다. 가을이다. 추남. 그런 생각에 웃음기를 머금고 시동을 건다. 차가 온몸을 부르르 떤다. 고양이의 천적이 사라지고 나서 쥐가 줄어들고 고양이가 늘었다지만 그는 고양이의 천적이 있다면 바로 자동차라고 말하고 싶었다. 길마다 자동차에 치어 죽은 고양이가 어디 한둘인가 말이다. 생물에 대한 기계의 천적. 그러니 자동차도 이제는 생태계에 그 역할을 하기 시작할 걸까?

그는 잠시 혼자 모의를 한다. 오늘은 그녀를 어떻게 대할까? 조금은 야박하게, 아니면 오랜만에 자상한 모습을 보여줄까? 그는 내부에 도사린 이중의 자아를 즐기는 스타일이다. 그러나 결국 쾌락을 추구하는 쪽이 이기는 걸 안다. 그걸 방조하고 그런 짓을 슬기는 자신. 그런 삶에 익숙해져 있으므로 자기는 아무렇지도 않다고 생각한다. 두려운 게 있다면 그마저 권태로 변할지 모른다는 것

뿐. 그리고 모든 것은 상상만으로도 유쾌하지 않는가. 그는 시동을 걸면서 강한 상상이 사건을 낳는다는 명제를 떠올려 본다. Dust in the wind. All we are is dust in the wind. Everything is dust in the wind. 그래, 먼지와 같은 거지. 우리는. 그걸 알아. 그래서 이렇게 사는 거야. 그는 FM 방송에서 흘러나오는 팝송을 따라 부르며 그렇게 속으로 외친다. 유한한 삶의 절대성에 대하여, 도피할 수 없는 고독의 잔인한 우수에 대하여, 모순으로밖에 설명되어질 수 없는 인간의 위선에 대하여 누가 자신 있게 이야기할 수 있단 말인가. 난 그녀를 사랑해. 이것이 진실로 도포된 나의 허위이다. 그걸 인정할 만한 용기가 그래도 남아 있지 않느냐. 그러나 그녀에게 모든 걸 다 말하지는 않는다. 그럼 나만의 유희가 깨지니까. 소소하게 즐길 여지를 애써 깨뜨리고 싶지 않아!

우리 만난 지 얼마나 됐지? 시간이? 아니면 횟수? 그런 걸 기억하면 뭘 해. 천년을 사랑해도 그만이야. 이제는 자신이 없거든. 어차피 이루어질 거라 생각하지는 않았잖아. 그래도 기다렸어. 홍장군: 세상은 언제나 그런 식이지. 낯선 타인처럼 등을 돌리고…. 이수영: 내가 널 얼마나 사랑하는데…. 난 죽지 않아. 반드시 살아날 거야. 미단: 침대가 되어 170년을 기다려 왔는데 신은 단 하룻밤을 허락하지 않는 군요. 그랬어. 궁중악사와 공주의 만남은 사랑과 분노의 화신이 되고 영원히 환생을 하여도 어쩔 수 없는, 그래서 은행나무 침대가 되고, 그것이 불태워지고 월식의 시간은 너무나 짧고…. 나…. 그 영화 보고 울었어. 그냥 슬프더라. 그건 허구일 뿐이지 그래서 천년 사랑이 유행이 되어 버렸잖아. 그래도 좋아. 제

192

대로 된 사랑을 할 수만 있다면 난 웃음거리가 되어도 좋아. 제대로 된 사랑? 지금 우리가 하고 있잖아. 그래 그 말이 틀리다고 할 순 없어. 하지만 난 클로드 를루시 감독의 '남과 여'를 못 잊어. 가끔 생각나. 아누크 에메의 이지적 마스크와 장 루이 트랭티냥의 중후한 연기. 결국 만날 사람이 만난다는 숙명. 그리고 애잔하게 흐르던 삼바송의 가사와 음률을 잊을 수 없어.

그대와 나처럼 / 세상 모두가 행복했으면 / 항상 노래하고 살았으면 / 우울은 노래로 떨쳐 버렸으면 / 하지만 슬픔 없는 삼바는 거품이 없는 샴페인과 같아서 / 나는 사랑하지 않네 / 슬픔을 모르는 삼바는 아름다움만 보고 사랑하는 것과 같다고 비니시우스 드 모리이스가 말했지….

그리고 프란시스 레이의 아름다운 선율. 난 그런 사랑도 생각하지만 당신에게 기대하는 건 없어.

늘 서로에게 확인하고자 하는 것. 서로가 사랑했다기보다는 서로를 얼마나 사랑할 수 있을까 하는 것을 생각하기만 할 뿐이었다. 그래서 실체가 없다. 정작 느껴야 할 행복, 그런 게 없는 것이다. 그는 결혼하기를 원치 않는다. 그녀는 아이를 갖고 싶어 했다. 가족이라는 단위가 필요해? 그래도 없는 것보다는 낫잖아. 늙은 후에는 어떡할려구. 어떡하긴 그렇게 오래 살아 뭐하게. 그러면서 그는 죽고 싶은 생각을 한 적이 없다. 아니 두려워하기도 한다. 자신은 그렇게 사는 것에 대하여 당연하다고 생각할 뿐.

주문한 커피가 다 식어 버렸다. 카페인은 알코올과 니코틴과 함께 그의 3대 영양소이다. 그는 늘 그것들을 섭취해야만 한다. 그리고 필수적인 것이 하나 더 있다면 그건 오르가즘이다. 그것이 그의 생명을 단축시킨다는 의식은 물론 없다. 그녀가 그런 것들을 많이 섭취하면 건강에 해롭다고 말하면 그는 무시해 버린다. 담배만 많이 피면 죽는 줄 알아? 산소를 너무 많이 마셔도 죽어. 그녀는 심각해진다. 산소를 한 90년 정도 마셔 봐. 웬만한 사람은 다 죽지. 그녀는 어처구니없다는 듯이 웃어 버린다. 그도 따라 웃는다. 그러면서 자신은 결코 90살까지 살지 못할 것임을 생각한다.

시계를 본다. 영화가 시작되기에는 아직 시간이 있다. 영화를 보고 저녁을 먹고 술을 마시고 섹스를 하는 것. 그것이 그들의 정례적인 코스이다. 페이스오프. FBI 수사관과 테러리스트의 얼굴이 바뀐다는 이야기이다. 존 트라블타와 니콜라스 케이지가 주연이다. 같이 영화를 본다는 것. 그것이 때로는 시간을 죽이는 것이라는 생각도 한다. 킬링 타임용 필름이라 했으니. 하지만 영화를 통해서 대리경험을 하고자 하는 욕구를 충족시킬 수 있다면 그것도 그리 나쁜 것은 아니다. 그리고 결국엔 모두가 배우 같은 존재라고, 관객이 없을 뿐 영화 같은 인생을 사는 거라고 그녀는 생각한다.

그리고는 언젠가는 잊혀지겠지. 오랜 세월이 지나 글자가 닳아져 판독하기 힘든 비문처럼 그렇게 자신들의 일들도 사라지는 것이다. 그리고 그들 같이 복잡한 방식의 사랑을 나누는 경우에는 아무나 읽기 어려운 상형문자나 암호 같은 것으로 각인되는 것이기에 더욱 다른 이들이 그것을 판독하기는 불가능한 것이다. 더 쓰여질 우리의 이야기는 없나요? 연하의 남자가 전화로 말했었다. 무엇을 쓴다는 거야? 이미 내 몸에다 필요한 것은 다 적었잖아. 그리고 같은 것을 더 쓰자는 건가?

남자들은 다 그래. 하지만 이 남자 앞에서 다른 남자를 생각한다는 건 그리 유쾌한 일은 못되는 것 같아. 하지만 그의 날카로운 눈이 나의 두개골을 드러낸다면? 그래서 뇌피를 벗겨내고 나의 뇌세포를 갈갈이 찢어놓는다면, 그러면 이러한 생각을 읽어낼 수도 있는 건 아닐까? 그래도 그만이지. 그 역시 지금 다른 여자를 생각할지 몰라. 긴 시간 말이 없을 때는. 넌 가끔 가다 내 생각을 하니? 난 가끔 가다 딴 생각을 해. 그것도 시집이라고 썼나. 나 같아도 그만큼은 쓰겠어. 그가 내게 사준 시집의 제목이다.

그녀는 나른함을 느끼며 의자에 몸을 기댄다. 바흐의 음악이 나오는 것 같다. 아니 라흐마니노프인지도 몰라. 눈을 돌려 길 밖을 내다보니 비가 오려는지 날이 잔뜩 찌푸려 있다. 힘없이 바람결에 뒹구는 낙엽을 보니 왠지 심란하다. 비를 맞으면 낙엽은 그 무게를 이기기 어려울 텐데…. 그러다 지나는 사람들에게 짓밟히겠지. 그건 내 일은 아니야. 하지만 가엾어…. 마치 내모습을 보는 것 같기도 하고…. 그녀는 희멀건 눈으로 창밖을 하염없이 바라보고 있다. 그는 따분한 듯 그런 그녀의 모습을 본다. 넋이 나갔군. 자기 말대로 가을을 타는 건가? 그게 다 쓸데없는 일인데. 그나저나 시간이 다 되었다. 영화나 보러 가야지.

72년 한 해 미국 디트로이트에서 '남자의 질투로 유발된 살인'과 '여자의 질투로 유발된 살인'의 건수 비는 47대 11이란다. 남자는 그토록 이기적이지. 소유욕이 너무 강하지만 그걸 잘 이용하면 그리 나쁘지도 않아. 하긴 미국 아이다호주에 산다는 줄무늬 다람쥐 수컷도 만만치 않다고 해. 암컷이 다른 수컷을 만날까봐 번식기에는 하루 종일 따라다니는가 하면 암컷을 구멍 속에 몰아넣고 나오지 못하도록 엉덩이로 입구를 틀어막는다고 하는군. 그것도 모자라 정조대를 사용하는 다람쥐도 있는데 사정 후 고무 진 같은 액체를 배설하여 암컷의 생식기를 원천봉쇄한다고 하니 기가 막히지.

제비도 그래. 수컷 제비는 짝이 이웃 수컷과 지저귀는 모습을 보면 자기 새끼를 팽개친다고 해. 국내에서는 1년에 3만명의 여아가 낙태로 숨지고 하루에 이혼하는 사람 수는 40명. 세계적으로는 1분에 4명의 여자가 강제적으로 할례(여자가 성적 흥분을 느끼지 못하도록 성기의 일부를 절단하는 것)받고 있으며 인도에서는 지참금이 적다는 이유로 1년에만 오천 명 이상이 남편에게 맞아 죽는다고 하니 머지않아 여자의 씨가 말라 버릴지 모르지.

하지만 자연적인 분만을 할 경우 남아보다 여아가 1.12배 더 많이 태어나고 유아 사망률도 남아가 20%나 높다고 해. 평균 수명의 경우는 여자가 세계적으로 볼 때 5년이 더 길고 극지 생존율도 여자가 높다고 하더군. 그러니 남자와 여자 중 어느 쪽이 더 빨리 멸종할까? 그건 신(神)만이 아는 답일 거야.

그를 만나고 헤어질 때마다 그녀가 확인하는 건 그를 만나지 말았어야 했다는 정도이다. 벌써 그를 만난 지는 6년이 다 되어 간다. 세월이 녹슬게 만드는 것. 그건 금속만이 아니지. 마음도 그래. 부식되어 힘없이 무너지는 것. 뭐 그런 걸지. 마음이 황망해지는 것. 그렇다면 아무런 감각도 없어야 하는데 그건 그렇지 않다. 마음은 하루 어치가 다 닳아지면 다음날 그만큼이 자생하는 걸까? 그녀는 어두운 거리에 혼자 남았다는 생각에 빠진다. 그가 없으면

서울에 자신만이 남고 999만9999명이 사라진다고 느낄 때가 있었다. 그토록 애틋하게 그를 사랑한 적도 있었는데, 지금은 이렇게 허망할 뿐이라니.

그녀는 공중전화박스 앞에 섰다. 오늘 하루에도 이곳에서 얼마나 많은 사람들의 사연이 오갔을까? 생각나는 전화번호 하나. 연하의 남자가 생각났다. 지금 전화를 하면 있을까? 나오라고 하면 나와 줄까? 나오면? 술을 마실까? 아니야. 술은 그와 벌써 마셨어. 그리고 다시 실수하고 싶지 않아. 하지만 손은 이미 수화기를 들었다. 여보세요? 나예요. 아직 안 자고 있군요. 그냥. 지금 집에 가는 길이에요. 나올 것 없어요. 그냥 걸어본 거니까. 나, 갈께요. 안녕. 그녀는 힘없이 수화기를 내려놓는다. 전화기는 관대하지 않은 표정으로 그녀를 노려본다. 괜히 그런 걸로 왜 날 피곤하게 해? 미안해. 전화기야. 하지만 이게 너의 일이잖니. 그녀는 전화부스 안에 쪼그려 앉고 싶다는 충동에 빠진다. 다리에 힘이 없다. 그가 나오겠다고 했을 때 그렇게 하라고 할 걸. 내 마음은 왜 이렇지? 모두 소용없는 짓이야. 전화비만 날렸어.

그녀는 낡은 포장마차로 들어섰다. 두 명의 남자가 뭔가를 떠버리며 술을 마시고 있었고 그녀가 들어서자 잠시 그녀에게 시선을 두다가 다시 자신들의 이야기에 빠졌다. 그녀는 대합과 소주를 시켰다. 이럴 필요 없잖아. 그냥 집에 가서 발가벗고 자면 되는데. 그녀는 소주를 홀로 따랐다. 유난히 투명해 보이는 액체. 그 안에는 애욕과 열기와 분노와 애수가 녹아 있다. 아! 이 술은 인간이 소유한 모든 감정을 녹여 담아내는 훌륭한 용매이다. 그러면서도 전혀 찌꺼기가 남지 않다니. 그녀는 탄복하며 거뜬히 한잔을 비운다. 어설픈 용질은 이미 뱃속에서 그 효능을 발휘하려 몸부림친다. 좀더 기다려. 더 마셔봐야 알잖니. 지금은 감정이 드러날 시간이 아니야. 그녀는 그걸 즐기고 있다. 어떤 감정이 이 알코올의 힘을 빌려 나의 표정을 바꾸게 만들 수 있을까. 그것이 궁금해지는 것이다.

아까부터 둘 중 하나가 자꾸만 그녀를 훔쳐본다. 말쑥하게 차려입은 걸 보니 흔한 샐러리맨이군. 하지만 드레스 셔츠 안으로 비쳐보이는 러닝셔츠를 보니 패션 감각이 형편없어. 그녀는 유달리 옷차림에 신경 쓰는 그가 생각났다. 건장한 그의 체격. 늘 그녀를 압도하고 그 육중한 체중으로 그녀를 지그시 누를 때 오히려 그녀는 희열을 느꼈다. 하지만 저 남자는 너무 왜소해. 유혹할 가치도 없어. 그런데 왜 끈적거리는 눈빛으로 나를 보는 걸까?

바람이 썰렁하다. 아예 한 병을 다 비우고 들어가야지. 곧 겨울이 올 텐데, 그러면 뭔가 달라지려나? 별반 기대할 희망이란 게 없다. 다람쥐 쳇바퀴 돌듯이 사는 그런 삶일 뿐. 그가 결혼하고자 마음먹을 확률은 100미터 절벽에서 계란을 던져 깨지지 않는 것보다 희박하다. 그보다 아이를 갖는 것은? 그래도 그는 눈 하나 깜박하지 않겠지. 그리고 그녀가 자신감을 갖고 있지 못하다. 그녀는 계산을 치르고 포장마차를 나선다. 그때까지도 남아서 술을 마시던 작은 남자가 아주 아쉬운 눈빛을 그녀에게 보낸다. 웃기는 녀석. 미련이란 사람을 필요 이상으로 피곤하게 만드는 거야. 물론 나처럼 늘 피로에 젖어 사는 사람은 상관없지.

그녀가 가지는 그에 대한 미련. 그것은 강도가 훨씬 강한 것이다. 아니 잘못하면 증오로 쉽게 바뀔 수 있는 여지를 가지고 있다.

그렇다면 위험한 것일 수도 있는데. 그것을 의식하지 못하고 있는 건 아니야. 하지만 미움도 사랑이라잖아? 적당한 애증의 균형이 오히려 이상적인 관계를 만들어 준다고 그녀는 믿는다. 거리는 쓸쓸해. 사람들이 가득 차 있어도 어딘지 비어 있는 느낌. 저들이 뱉어내는 이산화탄소라면 난 이미 질식해 죽었어야 옳아. 어차피 머릿속은 쓰레기로 가득 찬 지 오래지. 관념의 노예가 되지 않으려고 난 얼마나 발버둥쳤었던가. 사랑이라는 실체는 고사하고서라도 나 자신 만큼은 흔들리지 말았어야 했는데…. 그녀는 서서히 취기가 올라오는 것을 느낀다. 그럼 그게 좋은 거지. 뭐가 좋은 건지 제대로 생각하지 않으며 그녀는 혼잣말로 중얼거린다.

피는 광분한다. 폭발을 기다리는 뇌관. 술이 그녀에게 기폭제가 되 준다는 것을 이미 알고 있었지만, 이토록 일시에 혈액을 역류시키리라고 생각하진 않았다. 피는 생명이야. 아니 피는 죽음이지. 선홍색의 탐스러운 빛깔. 매콤한 내음. 그녀는 피를 즐기고 싶다는 충동을 느낀다. 그리고 자신의 동맥에 가만히 손가락을 짚어 본다. 뛰고 있어. 느껴져. 초등학교 때 교실에서 선생님의 말씀을 따라 급우의 손목을 짚었을 때의 경이감. 지금은 왜 그런 설렘이 사라지고 없는 걸까? 그때 같은 감흥을 느끼고 싶은데, 그보다는 엉뚱한 생각이 들다니. 그녀는 자살을 생각하는지도 모른다. 미지근한 물을 떠놓고 손목을 칼로 그어 담그는 것. 가장 흔한 방법이 아닌가. 그러나 자신은 결코 그것을 실행에 옮기지 못할 것임을 너무도 잘 알고 있다. 아직 증오로 키우지 못한 미련이 남아 있기 때문이지. 그걸 확인하기 위해서 내일 또 그를 습관처럼 만나야 한다.

미생(尾生)이라는 청년이 살았었데요. 중국 춘추시대 노나라 사람이지요. 어느 날 한 여자와 다리 밑에서 만나기로 했었데요. 그리고 기다렸데죠. 그런데 그사이 홍수가 나서 큰물이 밀어닥쳤는데 미생은 신의를 잃지 않으려고 다리 기둥을 끌어안고 자리를 지키다가 결국 죽고 말았데요. 연하의 남자는 대뜸 전화를 걸어 이렇게 말한다. 나도 들은 것 같아. 하지만 왜? 눈앞에 보이지 않아도 그 남자의 표정이 보이는 것 같다. 아마도 발그레한 낯빛으로 수줍게 미소 짓고 있겠지. 그런 미생이 좋아요? 나는 단도직입적으로 물었다. 고지식한 것 같지만 요즘은 너무 그런 사람이 없잖아요. 가끔 나 하나쯤 그런 답답한 사람이 되어도 좋다는 생각도 하지요. 나, 우습죠? 그녀는 하나도 우습지 않다고 생각한다. 그의 가느다란 웃음소리가 들린다. 정말 우스운 녀석. 그러나 정작 그녀가 바라는 것은 미생 같은 사람이 그 남자 하나만으로는 이 세상에 턱없이 부족하다는 절망감을 느낀 것이다.

그는 순진해. 나를 탐할 때도 악의가 없었어. 단 한번뿐이었으니 그 남자는 어떻게 생각할까? 우리는 몇 번 만나지 않았어. 늘 전화만 했지. 내가 만나주지 않는 걸 그 남자는 잘 알지만 보채지는 않아. 그녀는 그냥 이게 좋다고 생각한다. 요즘은 어때요? 매일 물어보면서 내게 또 묻는군. 하긴 하루에 한번 정도 통화를 하니 달리 할 말이 많지 않겠지만. 그저 그래요. 이 말을 듣는 그 남자 역시 나 같은 생각을 할까? 그 동안 생각해 봤는데…. 아니에요. 무슨 말을 하려다 말을 끊는 걸까? 그녀는 여자 특유의 호기심이 발동하는 걸 애써 참는다. 이 남자는 가끔 쓸 만한 이야기를 해준다. 어느새 그녀에게는 그의 그런 말들이 일상을 채워주는 부분이 되었음을 인정하고 있다. 그러나 심각한 이야기는 사양하겠어. 다시 흔들리고 싶지 않으니까. 그 남자는 다시 집요하게 묻는다. 오늘 시간이 없겠느냐고. 그녀는 망설인다. 오늘은 한번쯤 만나줄까? 그러나 단호하다. 다음에 만나죠. 보이지 않는 탄식과 함께 체념이 배인 목소리가 들려온다. 그럴 줄 알았다는 말투로. 그녀는 수화기를 내리며 아쉬움을 느낀다.

여자가 후회하는 것은 유혹에 빠지기보다는 유혹을 거절했을 때라고 하였던가. 그러나 그 남자를 만난다면 유희가 아니라 사랑으로써 만나고 싶은 것이다. 그건 그에 대한 정절을 지키는 것과는 전혀 다른 것이니까. 하지만 오늘 그에게서는 연락이 없다. 그녀는 혼자만의 시간을 위한 외출을 한다. 가을의 양광을 쪼이며 걷는 것. 흐트러진 자기 자신을 왠지 추스르고 싶은.

모처럼 고궁을 걸으니 마음이 가벼워짐을 느낀다. 학창시절의 일들이 떠오르기도 하고…. 이미 단풍이 곱게 물든 활엽수들을 보며 처음 남자를 만날 때가 생각났다. 그때는 참 부끄럽기도 했는데. 그녀는 아스라이 멀어지는 기억을 더듬는다. 회상은 덧없는 것. 언제까지나 추억의 끝에서 인간은 약해지는 것이다. 하지만 단색으로 바래져 가는 사진처럼 모든 걸 온전히 기억해낼 수는 없다. 그녀는 잠시 잊었던 옛 친구들의 이름을 떠올려 보려 애썼다. 하지만 그럴수록 생각나는 이름은 적었다. 우정의 이름으로 다정했던 그들. 사랑보다는 변치 않는 것이 우정이라고 다짐하던 수없이 많은 날들. 그러나 지금은 모두 어디로 갔는가? 친구라고 해도 이제는 몇몇밖에 연락이 닿지 않는다는 걸 생각하니 우정도 속절없는 것이라는 생각을 그녀는 지울 수 없었다.

그럼 사랑은 뭐지? 그와 연하의 남자. 그 이전에도 사귀던 남자는 여럿이었지. 사랑은 더 빨리 변했다. 아니 뜨겁게 덥혀질 것 같으면 식었다. 6년간 그와 만났던 것은 어떤 타성에 젖었던 것이지. 그와 몇 번이나 헤어짐을 겪으면서도 다시 이어지고, 결국 그것이 여기까지 늘어진 것인지도 모르니까. 문득 그와 정말로 헤어져야 할 준비를 해야겠다는 생각이 들었다. 차라리 그가 말하기 전에 내가 먼저 말하는 게 어떨까? 그녀는 그런 생각에 잠시 흥분한다. 그리고 정말 아무렇지도 않게 헤어질 수 있을 것이라고 믿어진다. 하늘이 더없이 파랗다. 모든 색들이 더욱 선명하게 빛나 보인다. 눈을 가늘게 뜨니 눈부신 빛이 산란을 일으켜 영롱한 색을 발하고 있다. 그녀의 기분이 상쾌해져 갈 때 누군가 그녀의 곁에서 말을 건네 왔다.

"혼자세요?"

멋지게 생긴 남자다. 그녀는 환하게 웃으며 고개를 끄덕인다. 그윽한 그 남자의 눈빛을 바라보면서.

그런데 놀랍게도 중대장은 김일병, 고맙다 하면서 얼른 투표용지를 잡더군. 난 뒤도 안 보고 나와 버렸어. 첫 투표를 포기했지만 분명히 그 용지에는 여당후보에게 기표 되어 개표소로 갔겠지. 처녀가 치한에게 순결을 빼앗긴 기분이 이런 걸까 싶더군.

담담한 이야기

그로 말하자면 사실 이야깃거리가 별로 없다. 그 스스로도 자신의 삶은 그냥 담담하다고 말할 정도니까. 그는 가끔 말한다. 미워하지 않는 아침이 왔으면 하고. 아침에 눈을 뜬 순간, 아무도 미워하지 않고 조간신문을 펼쳐도 미워할 것이 없는 세상이기를 원한다고 했다. 하지만 그는 오늘도 신문을 펼치며 세상에 냉소를 띄우는 것으로 공식적인 하루를 시작한다. 또 누가 누군가에게 돈을 처바르는 이야기이거나 힘없는 족속들에게 미사일이나 쏘겠다는 엄포나 뭐 그런 말도 안 되는 이야기를 읽으며 결국 불특정다수를 미워하는 일을 마음속에 쌓아간다. 그가 세면을 하고 옷을 챙기는 동안 아내는 조반을 차리며 내내 입버릇처럼 오늘은 무슨 돈이 필요하고 내일은 말일이라 공과금을 내야 한다며 조잘대기 일쑤이다. 그는 그런 아내에게 자분하게 말한다. 그냥 좀 기다리라고. 그러면 무슨 해결책이 있는가. 아내의 공염불에 그는 서울역에 배 도착할 날을 기다리는 꼴이다. 그것이 벌써 십 여 년이니 쌓이는 건 혐오 일 뿐이라는 넋두리를 그는 빼놓지 않는다. 아무럼 결혼한 사람의 삼분의 일이 이혼이라는데 이쯤이야 일상이 아니냐는 것이다.

그는 차로 출퇴근을 한다. 한 시간 남짓 운전을 하는 동안에 그는 내키는 대로 차선을 위반하고 한두 번 신호등을 따먹고 마지막에는 회사 앞에서 중앙선을 넘어 불법 유턴을 한다. 그리고 멋쩍은 듯 오늘 번 과태료가 삼십만 원은 족히 될 것이라 허세를 떤다. 물론 회사 앞 길가에 담배꽁초를 비벼 끄는 것은 그 액면에 포함되지 않는다. 누가 그런 행동에 핀잔이라도 던지면 그는 그래야 환경미화원들이 먹고 사는 게 아니냐며 익살을 부린다. 그러면서 전 분기 부가가치세를 내지 않기 위해 매출을 누락시키고 매입 자료를 헐값에 사와서 세액을 납부하지 않고 넘긴 것을 자랑스럽게 떠들고 다녔다. 물론 그는 세금을 떼먹는 것이 정당하다고 역설한다. 정부가 국민에게 정당한 서비스를 제공하지 않는데 그걸 왜 내냐는 것이다. 때로는 중소기업 지원 자금 같은 공적자금일수록 눈먼 돈이라 꼭 떼먹어야 한다는 것이다. 그는 그런 자금을 받아내지 못한 걸 아쉬워하며 지낸다. 결국 모두가 그렇게 세금을 안 내면 어떻게 환경미화원의 월급을 줘서 먹고살게 하는가에는 관심이 없다는 말이다.

출근과 동시에 그는 간밤의 숙취 때문에 커피를 마신다. 자리에 앉자마자 거푸 두 잔을 마시고 점심 전에 한두 잔 더, 그리고 점심을 먹고 한 잔을 더 마신다. 커피를 마시면 잠이 오지 않는 체질이기 때문에 머리가 맑아져서 일을 볼 수 있다는 것이다. 결국 그 때문에 밤이면 잠이 안 와서 몇 시간을 뒤척이기 일쑤이고 그럴 거면 차라리 건수를 만들어 술을 마신다. 술을 마시면 다음날 숙취 때문에 다시 커피를 마셔댄다. 그러면 그는 또 잠이 안 온다고 술을 마시고, 커피를 마시고 뭐 그런 식이다. 그런 악순환이 계속되는 걸 잘 알고 있지만 이제는 그냥 자신의 사는 방식이라 포기한 지 오래다.

그는 건자재를 취급하는 중소기업 사장이다. 나름대로 그 바닥에서 십 여년을 굴러 이제야 자리를 잡았다고 한숨을 놓는다. 물론 경영상의 노하우가 따로 있는 것은 아니다. 받을 돈은 최대한 빨리 받아 내고 줄 돈은 어떡하든 늦게 주는 것이라든가, 빚을 내서라도 납품처에 접대를 해대고, 담당공무원에게 때마다 봉투를 찔러 넣는 수단이 는 것이다. 그것도 기술적으로 해야 하니 갈수록 돈 먹이기도 힘들다고 그는 투덜댄다. 최근에는 주간지를 사다 그사이에 돈 봉투를 끼워 넣고 담당 공무원에게 좋은 기사가 있으니 읽어 보라고 권하는 방법을 쓴다고 한다. 주의할 것은 그 봉투 끝이 삐져나오게 해서 슬쩍 보이게 해야 한다는 것이다. 책상에 놓고 그 부분을 검지와 중지로 살살 두드리며 시선을 이끌어 주면 그새 의도를 알아차리고 말투부터 부드러워진다고 짐짓 자랑스럽게 떠벌리곤 한다. 그런 처세가 그에게 노하우라니 그런 기술이 얼마나 개발돼야 세상이 썩어문드러질지 그건 나도 모를 일이다. 큰길의 교통경찰들, 소방 점검차 나오는 소방관들, 세무공무원, 구청과 동사무소 직원 등등 챙기고 신경 쓸 인사가 한둘이 아니라고 넋두리다. 그건 그래도 챙겨주고 대접이나 받으니 양반이라고 한다. 디구나 준조세의 성격이니 그간의 탈세에 대한 얄팍한 구실이 되어 그를 오히려 떳떳하게 해준다고 아양스럽게 말한다. 그보다는 납품처 접대가 더럽다는 것이다. 별로 남을 만한 건덕지도 없는 납품에도 신경 써야 할 것이 한둘이 아니고 납품처 담당의 성향에 따라 그 수위가 달라지니 이제 마흔 중반을 넘기는 그에게는 갈수록 비위가 틀려 못해먹겠다고 난리다. 명절 때 선물 돌리는 것은 애교축에도 못 들고 때로 과 회식이나 챙겨달라고 노골적으로 전화가 오면 최소 이삼백은 족히 깨질 룸싸롱으로 모셔야 한다. 물론 그것도 이제 지역유지에 가깝게 터를 닦아 놨으니 견적이 그렇지 실제로는 마담과 단골계약을 심증으로 맺은 터라 돈 백으로 막으니 다행이란다. 그보다 젊은것들을 이차까지 챙기는 제 꼬락서니가 한심스럽다…. 그는 꼭 자기 딸년 같은 애들과 노는 꼬락서니가 못마땅하다. 외도니 불륜이니 하는 것들이 과거에도 없었던 것은 아니지만 지금은 너무나 노골적이라 혐오스럽다는 것이다. 이 나라의 이십대 여성이 사백만 명이라는데 그 중 십분의 일인 사십만 명이 윤락에 종사한다니 기막힌 노릇이 아닌가. 게다가 술 따르고 섹스까지 하려면 얼굴이나 몸매가 어느 정도는 되어야 하는데 그렇다면 좀 괜찮다는 이십대 여성의 삼분의 일쯤은 술집여자라는 게 아닌가. 그래서 그는 길거리에서 잘생긴 여자를 보면 정말 저런 여자가 술집에 나가는가를 마음속으로 가늠해보는 버릇이 생겼다는 것이다. 아무리 재미로 하는 생각이라지만 영 개운치 않은 것은 사실이다. 그래서 가능하면 자기는 직업여성과 잠자리를 같이 하는 일이 드물다. 그는 이 나라의 잘못된 윤락문화가 수요가 공급을 앞서기 때문이라고 점잖게 일갈하곤 하는데 사실 그가 그렇게 하지 않는 것은 괜한 성병에 걸릴까 싶은 염려이거나 최근에 임포텐스 증상이 와서 그런 것이지 도덕군자라서 그러는 건 아니다. 그보다 그는 아픈 연애담을 안고 산다.

　그게 지금 생각하면 별거 아닌 것 같아도 그때는 그게 아니더라고. 자네도 알지 않는가. 명화라고. 거 있잖아. 나하고 같이 재수하다 학원에서 만났다는 애. 그 애랑 사실 심각한 사이였거든. 나야말 그대로 집안 눈치 보느라 가방 매고 왔다갔다한 거지만 그 애는 공부를 제법 했지. 거기다 어찌나 순진한지 내가 담배 피는 거 하며 술 마시는 게 그렇게 신기했나봐. 어쩌다 나 같은 놈하고 눈이 맞아 나 따라다니다 별거 다하게 됐고, 한번 여관방에서 자고 나니까 그 짓도 곧잘 하게 되더라고. 참 지금 생각하면 제정신이 아니었던 것 같아. 아무튼 죽자 살자 날 쫓아다니다 보니 성적은 말할 것 없고 어느 날엔 아이까지 가졌다는 거야. 기가 막힐 노릇이지. 꼭 대학 갈 생각은 없었지만 군대도 가야 하고 당장 부모님께 말은 못하겠고. 하루하루가 숨 막혀 죽을 것 같더라니까. 그래도 둘이서 만나면 어떻게든 아이는 낳아보자고 이런 저런 거창한 계획을 짜보기도 하고, 그냥 지울까 서로 싸우기도 하고, 그러다가 술 처먹고 다 잊어버리자며 서로 우는 걸로 끝을 내곤 했잖아. 하지만 도저히 안 되겠더라고. 아무리 철없는 장난이라지만 생명이 걸린 문제잖아. 명화네 아버지를 찾아가서 어떻든 결단을 내야겠다고 작심했지. 그 애도 너무 힘들어하고…. 그런데 글쎄, 그날 그 이야기를 명화에게 하려고 학원엘 갔는데 명화는 나타나질 않았어. 알고 봤더니 교통사고로 죽어버린 거야. 정말 그런 경우는 울어야 할지 웃어아 할지 막막하더군. 삼개월도 안 된 내 자식 새끼도 그때 골로 갔겠지. 우리 두 사람의 관계를 알던 사람도 없었으니 난 대놓고 슬픈 모습을 할 수도 없었어. 내가 우울해 하면 사람들은 입시가 가까워 오니까 그런 거라고 넘어갔고 난 혼자 술 마시며 우는 걸로 모든 걸 참아야 했으니…. 참 너무 웃기지 않는가.

물론 이 이야기는 나 말고 아는 사람이 몇 없다. 그저 이런 이야기도 이제는 덤덤하게 말할 수 있다고 허전한 웃음을 지을 뿐이다. 그런 그에게 사랑이 어떤 의미인지는 모르겠지만 남들의 불륜에 대해서는 일절 언급하지 않는다. 그냥 신문에서 간통죄가 합헌이라는 기사가 나오면 아무렇지 않게 주변 사람들에게 그게 뭔 죄가 되는데, 라면서 한 마디 툭 던지는 게 그만이다. 행여 지금도 남모를 로맨스를 즐기는지는 알 수 없지만 말이다. 결국 TV 드라마를 보든지 영화를 보든지 모두가 그런 삶을 산다는 것이라 그게 그거라는 거다. 그래서 그는 소설가들이 더 이상 쓸 게 없을 것이라며 이 세상의 모든 작가들에게 조소를 보내는 데도 인색하진 않다. 어째든 내가 따지지 않는 한 그는 연애에 관하여 뭐가 잘못됐냐는 투로 일관할 따름이다.

그는 오후 내내 어깨 결림을 호소하고 깊은 피로감에 빠지며 종종 사우나에 가곤 한다. 때로 직원들이나 가족들이 종합검진을 받으라 하면 그럴 시간이 어디 있냐며 펄쩍 뛴다. 하긴 그렇게 사우나에서 쉬고 오는 짓을 서너 번 할 시간에 병원 한 번 가는 게 낫고, 술 한 잔 마실 돈을 아낀다면 까짓 돈도 별 문제가 아니냐고 따지면 그는 정신자세의 문제라고 진지하게 말하곤 한다. 병원도 가버릇하면 한도 끝도 없다는 것이다. 사실 그가 병원을 꺼리는 이유는 진찰 중에 오히려 감당 못할 큰 병에 걸린 것을 알게 될까 싶은 괜한 염려 때문인지도 모른다. 물론 그는 일에 관한 한 강박증이 보일 정도로 열심이다. 그가 여기까지 온 것도 밤낮을 가리지 않고 몸을 던진 결과이며, 특히 궂은일일수록 앞장서야 한다는 생각이 오늘의 그를 만든 것이다. 그러니 이삼일을 비우며 병원에 갈 여유가 없는 것은 실제 그런 것이 아니라 살다보니 몸에 그렇게 익은 결과일 따름이다. 주변에서 가끔 그의 건강에 우려를 보내면 그는 쓰러질 때까지 일하다 쓰러지면 그만이라는 식으로 퉁명스럽게 답하고 마는 것이다. 특히 그가 못마땅하게 생각하는 것은 의약분업이다. 의사든 약사든 전문직 자영업자들은 월수입이 수천만 원이 넘으면서도 교묘하게 소득신고를 하지 않아 세금은 몇 푼도 안내는 것은 고사하고, 면허만 가지고 있으면 수억까지 신용으로 대출을 받아쓰는 것들이 왜 아우성이냐는 것이다. 서로 밥그릇 가지고 싸우다가 파업에 들어가면 골탕 먹는 것은 힘없는 서민이라며 흥분하기까지 한다. 그러면서 그는 그래도 전에는 병원에 한 번 가면 그만이었는데 그놈의 의약 분업한답시고 해서 바쁜 놈은 이제 병원 다니기도 번거롭고, 그냥 약국에서 약으로 때우는 일도 마음대로 못하니 도대체 세금 받아 처먹고 일하는 놈들은 뭐하는 것들인지 모르겠으며, 의료개혁이고 나발이고 다 필요 없다고 투덜거린다. 더구나 의료보험을 꼬박꼬박 내면서 자기는 언제 그런 혜택을 한번 받아볼까 의심스럽다는 것이다. 그건 옆에서 내가 보기에도 그가 죽는 날까지 그런 일은 거의 없을 성싶고 그나마 장례비나 보험에서 지원하면 억울하지 않겠다고 씩씩거리는 푸념을 이해할 만한 일이다. 그렇다고 보험을 드는 일도 없다. 생명보험을 들라치면 괜히 나 죽고 나서 뭔가를 도모한다는 게 억울한 것 같고, 생존

보험을 들자니 그때까지 살아 있을 자신이 없다는 것이다. 어떻게 보면 그의 그런 사고는 마치 내일은 없고 오늘만 살겠다는 하루살이 같은 처신으로밖에 보이지 않지만 그런 처세가 오늘까지 자신을 살아남게 한 것이라고 그는 말한다.

자네도 잘 알다시피 난 은행에 저금 같은 거 안 하잖아. 집 살 때도 그랬지. 여편네는 청약저축이다 뭐다 잘잘한 통장가지고 징징거렸지만 정작 내가 집을 산 건 그때 큰 건을 몇 개 올려서 그런 거지 어디 푼돈 모아서 될 일인가. 한국 남자의 평생의 꿈이라는 게 뭐야? 그 잘난 30평짜리 아파트 하나 장만하는 것밖에 더 있나? 하지만 그게 평생의 꿈이라면 우습지 않는가. 물론 요즘 젊은것들은 집을 포기하고 평생 전세살이하며 하고 싶은 일에 돈을 써버린다고 하지만 그거 큰 코 다칠 일이지. 어디 그래 가지고 있는 전세금이나 건사하겠냐고. 물가는 오르지 집값, 전세값은 천정부지로 뛰기만 하고…. 그런데 그게 다 누구 덕이냐면 사실 코 문은 돈 모아서 열심히 저금하는 우리 서민들 때문이라면 믿겠냐고. 정부가 대기업에게 은행돈으로 특별저리융자를 해주면 대기업은 그 돈으로 땅을 사놓지 어떤 놈이 미련하게 설비투자를 하냐고. 그냥 모델하우스 같은 거 지어놓고 버티는 거야. 그러면 땅값은 자연스럽게 오르기 마련이지. 수요가 늘어나니까. 거기다 느닷없이 오른 부동산 덕으로 돈벼락을 맞았던가, 아니면 갖은 불법, 탈법을 저질러가며 재산을 모은 불로소득자들은 고리대금업이나 임대업을 하면서 남는 돈으로 다 뭐 하냐면 땅이나 아파트를 사놓는 거야. 그러면 땅값, 아파트 값은 더 올라가지. 그걸 나중에 누가 되사느냐면 우리 같은 서민이 오를 대로 오른 값으로 사게 되는 거지. 그러니 우리가 애써서 돈을 모아서, 그 돈을 헐값으로 있는 놈이 빌려가서, 그걸로 그 놈들이 사놓은 땅을 우리가 비싼 값에 사들이는 터무니없는 일을 대한민국에서 버젓이 하고 있는 거야. 그 놈의 집 한 채 사려고 버스비 아끼고 콩나물 값 깎고 담배 줄이고 애들 용돈에 박하다는 소리 듣고, 그렇게 아등바등 살면서 그게 인생인줄 알고 그냥 무지렁이처럼 살아가고, 아파트 한 채 사서 입주하면 그게 그렇게 영광이고 세상 다 얻은 것 같다는 거지. 그럼에도 전세금 올라가는 것을 못 쫓아가거나 비싼 월세 살이로 지치고 지친 놈은 결국 애새끼들까지 전부 데리고 농약 처먹고 죽으려 하고, 뭐 이런 요지경이 다 있냐 말이야. 이런 악순환을 아는지 모르는지, 그게 다 따지고 보면 일제 친일파 때부터 생겨난 기득권층의 농간이고 군사독재의 모순인 걸 아는지 모르는지, 선거 때 기권하며 정치에 초연하면 그걸로 저는 청렴결백한 걸로 알고 있으니 얼마나 웃기는 노릇인가. 그게 다 근대화를 하며 4백년간 식민지에서 노략질한 걸 가지고 선진국들이 세계의 질서를 재편하겠다는 뚱딴지 같은 소리 하고 다를 게 뭐냐 말이야.

  그는 퇴근길에 옆 가게 주인이나 친구를 만나 술을 마시곤 한다. 처음에는 일이 안 되니 수금이 어떠니 하다가 결국엔 정부시책이 되는 게 없다고 안주 삼아 씹어대기 일수다. 그중 주 5일제 근무는 정말 씨알이 먹히지 않을 정책 중의 하나라고 말한다. 이 나라가 그나마 근근이 먹고살게 된 게 다 개미같이 일해서 그런 것이지 도대체 한반도가 뭐 살기 좋은 땅이겠냐는 것이다. 사실 한반도로 사람들이 이주해온 이유 중 하나를 들라면 그건 콩 때문이라고 한다. 사시사철이 돌아가기 때문에 이모작도 못하고, 야자나 바나나 같은 열매도 없으니 그나마 콩이라도 없었다면 먹고살 게 없는 땅이란다. 따지고 보면 척박하기 이를 데 없어 박정희가 한반도에서 굶는 것을 5천년 만에 몰아냈다는 평을 받는 것도 부지런히 일했기 때문이지 이 나라의 환경은 그리 넉넉하지 않다는 것이다. 그래서 일인당 노동시간이 세계 1위이고 40대 남자 사망률도 1위의 자리를 양보하지 않는 것이다. 그는 이런 마당에 주 5일제는 무슨 배부른 소리냐고 코웃음을 친다. 결국 공무원이나 은행 놈들, 여유 있는 대기업이나 쉬는 거지. 더구나 여기까지 가게를 일으킨 것도 뼈 빠지게 노력한 결과인데 이제 새로 일하는 놈들이 토요일까지 놀겠다고 덤비는 꼴을 어떻게 본단 말인가. 그래서 그런 날이 오면 회사 문을 닫고 말겠다고 아무렇지도 않게 말하곤 한다. 노후대책은 대충 마련됐겠다. 회사를 날려버리고 혼자 작은 거래나 꾸리면서 살면 그만이라는 식이다. 그래서 회사가 정말 제대로 크는 날은 본사를 싱가폴로 옮길 거라고 자분자분 말한다. 차라리 세금을 내지 않고 그냥 다국적 기업으로 부패가 없는 국가에서 사업을 하고 싶다는 포부다. 그게 뭐 어때서라는 식이다.

도대체가 일할 사람이 없다는 거 아닌가. 불법체류자가 사십만이 넘네, 실업률이 높아지네 하며 난리지만 막상 따져보면 공장이나 농촌에서는 일할 사람을 못 구해서 난리야. 자네도 이야기 들었지? 거 우리가 잘 가는 삼겹살집 말이야. 시급을 칠, 팔천원 쳐줘도 사람을 못 구한다고. 요즘은 아줌마들도 노래방이니 미시클

214

럽이니 쫓아다니며 한두 시간만 같이 놀아주면 소개비 떼고도 이삼 만원은 족히 번다는 데 누가 궂은일을 하겠어. 그러니 사람들이 IMF가 다시 와야 정신차린다고 하지. 게다가 대학생은 어떻고? 질은 망국론을 거론할 정도로 수준이 떨어지는데, 공부한다고 가방 메고 다니는 젊은 놈들은 왜 그리 많아? 실업자라는 놈들이 전부 고급 실업자라니. 펜대나 굴리고 사람이나 부리며 최하 연봉이 3천만원은 넘어야 출근을 한다니, 누가 공장에서 기름밥 먹고 일할 거냐 말이야. 돈 백 버느니 집에서 노는 게 낫대나? 그리고 대책 없이 카드나 긁어대고, 그러다 다 배워먹은 새끼들도 강도짓 하는 거 아니냐고. 도대체 우리나라처럼 양육기간이 긴 나라가 없대. 군대 갔다 오고 대학 마치면 스물일곱이 훌쩍 넘는 대다가 재수나 취업 대기까지 치면 서른이 넘도록 부모가 뒷바라지해야 하지, 거기다 결혼하면 집 사주지, 애 낳으면 애 봐주지, 생활비 펑크 나면 그거 때워줘야지, 느닷없이 잘 다니던 직장 때려치우고 유학 가야 한다면 그거 또 챙겨줘야지. 뭐 그러니 한도 끝도 없이 치다꺼리하는데 외국은 성인이 되면 자기가 알아서 독립한다니 그 차이가 얼마나 크겠어? 결국 일 좀 한다는 나이에는 군대가 있거나 학교나 학원, 도서관에 처박혀 있으니 산업인구를 외국에서 들여다 써야 하는데, 따지고 보면 그 새끼들도 우리들이 다 거둬다 먹여 살리는 편이니 우리 같은 놈들이 허리가 휠 수밖에. 게다가 젊은것들은 애새끼들 선물로 미국 국적을 주기 위해 출산원정을 간다니 더 할 말이 없는 거지.

그렇게 말하는 그가 자수성가한 인물이라 할 수 없어도 부모로

부터 물려받은 재산이 없는 건 사실이다. 그런 그가 상대적인 박탈감에서 그런 말을 떠버리는 게 아님은 분명한 사실인 것이다. 그런 생각에는 그나마 자신을 애국자라고 생각하는데 기인한다. 공휴일이면 어김없이 딸아이를 불러다가 그날의 의미를 진지하게 말해주고 같이 태극기를 걸곤 했으니까. 그렇다고 그것으로 민족과 겨레를 사랑한다고 여기는 것은 아니다. 그가 정작 싫어하는 것은 이 나라의 정부이며 위정자이다. 민주 정부로서의 정통성이 없다나 뭐라나. 아무튼 그는 해방 이후 척결하지 못한 친일파의 득세와 5·16 이후 군사독재를 통해 만들어진 기득권층이 모든 분야에서 50여년을 해먹었고 이제 와서 국민의 정부랍시고 4대 개혁을 완수하노라 까불어대도 어차피 다 한 통속이니 제대로 되려면 정권이 대여섯 차례는 바뀌어야 한다고 술만 마시면 차분히 설명하려 들었다. 아니 차라리 혁명이 나서 토지개혁이나 화폐개혁 같은 걸 단행해야 한다고 호기를 부리기도 한다.

이데올로기의 종식은 자본주의의 승리지만, 한편으로는 인간적인 삶에 대한 패배를 의미하는 거야. 이제는 상업패권주의에 제동을 걸 수 있는 게 아무 것도 없어. 그렇다고 내가 공산주의자라는 건 아니야. 어떤 제도이든지 간에 그 제도 자체가 잘못된 것은 드물어. 그걸 시행하는 사람들의 문제지. 생각을 해봐. 민도가 충분히 숙성되지 못한 사회에서의 자본주의가 무엇을 의미하는지 말이야. 노태우정권이 무너진 것은 그가 중산층을 많이 만들어 그 업적으로 재집권을 하려 했는데, 우습게도 그 결과 넥타이 부대까지 시위에 뛰어들어 그렇게 됐다는 이야기야. 그렇다면 우리의 민도는 이제 충분히 성숙한 게 아니냐고들 하지. 하지만 우리가 중산층이라고 생각하는 것이 문제라는 거야. 개념은 선진국에서 도입되고 해석은 우리 멋대로 하는 거야. 우리는 제집이 있고 자가용이 있고 가끔 외식하거나 여행 다니는 데 부족한 게 없으면 중산층이라고 생각하지. 그런데 원래 외국에서 중산층의 기준은 외국어를 한 가지 이상 할 수 있을 것, 악기하나를 다룰 수 있을 것, 그리고 마지막으로 재산을 따진다는 거야. 우리 국민의 65%가 자신이 중산층이라고 믿고 있다지만 앞서 말한 기준에 합당한 사람이 얼마나 되겠냐고. 결국 우리의 자본주의는 이런 거야. 내가 번 돈 내 마음대로 쓴다는 데 그게 무슨 잘못이냐고. 그럼 세금 안 낸 놈들은 세금으로 만든 다리나 도로는 밟고 다니지 말아야지. 적어도 난 그런 소리는 안 하잖아. 결국 2대8 사회니 남북문제니 하는 것들이 다 남의 이야기가 아니라는 거야. 자동차가 시동이 안 걸리는 고장은 위험한 게 아니야. 브레이크가 고장 나면 그게 무서운 거지. 고삐 풀린 망아지처럼 이 땅의 보수층들이 자본주의를 가지고 어떤 행패를 부릴지 알게 뭐야. 그런데 서민들은 아무런 힘도 없을 뿐 아니라 지들 먹고사는 것 말고는 아무런 관심도 없잖아.

그래서 그는 기실 정치인들을 대놓고 욕하지는 않는다. 오히려 유권자가 문제라는 것이다. 민주주의가 뭔지도 모르는 사람들에게 투표권을 준다는 것이 웃긴다는 것이다. 이제 성년이 된 것들이나 몸도 못 가누며 치매가 있는 노인네들에게까지 투표권을 준다는 것은 무의미한 것이며, 지연이나 학연을 따지거나 기득권층들이 특정 정파를 맹목적으로 지지하는 것도 커다란 병폐이며 결국 그 피해는 유권자들에게 고스란히 돌아온다는 것이다. 그래서 그는 정치자격시험을 쳐서 합격한 사람에게만 투표권을 주자는 웃지 못할 말을 진지하게 한다. 거기엔 그가 태어나 처음 받은 투표권을 박탈당한 가슴 아픈 기억이 있어 그것을 아는 나 같은 사람은 그 말에 동의하기도 한다.

　자네도 알다시피 내 첫 투표는 군대 있을 때였거든. 훈련이다 뭐다 해서 뺑이 치며 하루하루를 보내는 상황에서 누가 후보로 나왔는지 알게 뭔가. 대학이라고 졸업정원제 덕에 간신히 턱걸이해서 들어갔고, 강의시간 땡땡이치며 맨날 술이나 처먹던 내가 정치에 뭔 관심이 있었겠냐고. 사실 우리 세대는 민주투쟁이다 뭐다 하고 설치는 놈들 따로, 우리 같은 날라리들 따로 놀았으니 그때는 철이 없어도 한참 없던 시절이었지. 뭐 정치혐오증이라고나 할까. 그런데 첫 투표라 그런지 그때는 묘하더라고. 우리 지역구에서는 야당이 강세였는데, 거 지금도 최고위원으로 있는 김아무개 있잖아. 그 사람이 후보로 나와 내심 그 사람이나 찍었으면 싶었지. 헌데 부대에서 묘한 소문이 도는 거야. 보안대에서 투표용지를 투시경으로 본다나. 투시경이라 해도 밝은 전구에 비춰 보는 거라는데 그렇게 하면 부재자 봉투를 뜯지 않아도 누구에게 투표했는지 알 수 있다는 거야. 그래서 야당 후보를 많이 찍은 부대의 지휘관은 문책당한다는 거지. 군발이도 공무원이라 여당을 지지해야 한다는 거야. 수요일 오전 정신교육시간에는 집권여당의 치적을 홍보하고 장교들은 농반 진반으로 사병을 보면 여당을 찍으라고 아우성이었지. 참 난감하더라고. 내 딴은 신성한 한 표를 내 마음대로 쓰고 싶었는데 이거 선거일이 가까워질수록 공포 분위기가 되니까 말이야. 차라리 군발이들에게 표를 주지 말던지. 아무튼 그 날까지는 그래도 설마 했어. 그런데 그게 아니더라고. 한 사람씩 투표장으로 가는데 먼저 투표한 녀석 말을 들어보니 중대장이 보는 앞에서 기표를 한다는 거야. 기막힐 노릇이지. 비밀투표고 나발이고 내가 학교에서 배운 민주주의는 아무 것도 아니더라고. 하긴 군발이가 사람인가. 그래 엿 같은 마음만 들더군. 그나마 그 부대에서는 대학물 먹은 놈이 나 말고 몇이 안 되니 알게 모르게 내가 요주의 인물이었나 봐. 평소에는 소 닭 보듯 하던 중대장도 그때는 다정한 척 안면을 바꾸더니 나더러 부탁한다며 비굴한 웃음을 짓더라고. 그러면서 친절하게 탁자에 투표용지를 펼치더니 1번 란을 검지로 가리키는 거야. 물론 그 웃음 뒤에는 안 찍으면 죽인다는 묵언의 협박도 같이 있었지. 순간 오기도 생기고 화도 나고 했지만 놀랍게도 서글픈 감정이 들더군. 이 나라에 살면서 제복을 입고 있으면 투표권도 사치가 아닌가 하는 그런 생각 말이야. 그래서 그랬어. 저, 이 투표 기권할랍니다. 중대장님이 알아서 하세요 했지. 물론 중대장이 하늘같은 존재인 군대에서 이렇게 하는 것도 엄청난 용기가 필요했어. 그런데 놀랍게도 중대장은 김일병, 고맙다 하면서 얼른 투표용지를 잡더군. 난 뒤도 안 보고 나와 버렸어. 첫 투표를 포기했지만 분명히 그 용지에는 여당후보에게 기표되어 개표소로 갔겠지. 처녀가 치한에게 순결을 빼앗긴 기분이 이런 걸까 싶더군.

그 당시 야당후보가 선전하다가도 부재자 투표함이 도착하면 결과가 뒤바뀌는 일이 비일비재했던 걸 생각하면 그의 말이 사실 그대로인 것 같다. 다만 그는 지금 생각하니 386세대이면서도 민주화투쟁에 참여하지 않은 자신은 비겁했다는 것이다. 물론 이 땅의 민주화를 이루는 책임이 어디 386세대들만의 몫이겠느냐만 정권교체가 숱한 사람들의 희생으로 이루어진 걸 국민들은 아는지 모르는지, 지금은 온통 샴페인 터트리기에 바쁘고 민주화 보상을 운운하면 시대착오적인 발상으로 매도되는 게 그는 억울한 모양이다. 낀 세대로 비유되며 책임과 의무는 그대로 있으면서도 결코 대접받을 수 없는 존재들. 그러나 그는 오히려 그게 그나마 낫다는 투다. 젊은 세대들은 모든 허물에서 자유로운 것처럼 생각하지만 그들이 기성세대가 됐을 때는 모든 걸 들어먹어서 자신의 세대에 대한 노후대책은 물론 다음 세대에게 뭘 남겨주겠냐는 것이다. 하긴 그걸 걱정하는 세대라면 정말 걱정할 일이 없을 테니까. 그러면서 그게 다 교육에 문제가 있다는 말도 그는 빼지 않는다. 공교육이 무너지고 가정교육은 갈수록 이기심만 가르치고, 사교육은 학부모의 호주머니를 톡톡 털어 대는 판에 애들이 뭘 제대로 알고 크겠냐는 것이다. 백년을 내다보고 일관되게 추진해도 안 될 판에 뻑하면 교육부장관을 갈아치우니 뭐가 되겠냐는 것이다. 교육개혁이고 뭐고 간에 옛날보다 못하다는 것이다. 교사충원은 생각하지도 않고 과밀학급 줄인다고 교실만 엄청 만들어 놓질 않나, 교원 정년 하나 제대로 정해 놓질 못하고, 애들은 한자를 몰라 대학생이 신문도 못 읽게 만들었다고 불만이다. 그리고 학원비는 왜 그리 비싼지. 아무튼 그는 이런저런 이유로 아이들의 교육은 애엄마에게 맡겨놓고 자기는 신경을 꺼 버렸다. 옳고 그름을 가르치는 게 그에게는 너무 버거운 모양이다. 그래도 술에 더 많이 취하면 꼭 하는 말이 있다.

그래도 생각해 보라구. 우리나라가 영 글러먹은 것 같아도 대단한 민족이 아닌가. 식민 지배를 40여 년 받았고, 남북이 분단되고, 전쟁을 겪었고, 군사독재에 30여 년을 보냈는데 반도체 생산 1위, 자동차 생산 5위, 통신이나 출판은 세계 8위이고 올림픽에 월드컵을 치러내지 않냔 말이야. 정말 우리가 분단되지 않거나 전쟁만 겪지 않았다면 얼마나 크게 성장했을지 알게 뭐야. 난 그래서 역사스페셜 같은 프로를 보면 우리가 우수한 민족임을 새삼 느낀다구.

거 선진국이라는 게 다 뭐냐고. 그것들은 식민지를 착취한 자본으로 여유를 부리는 것뿐이란 말이야. 그러니 자부심을 가지자고. 그런 의미에서 건배.

뭐 결국 그러다 그는 호프만 콤플렉스가 발동하는지 그런 날은 의례 의식이 끊길 만큼 폭음을 하곤 한다. 그는 다른 건 아끼면서도 술값만큼은 아까워하지 않는 묘한 성격을 가지고 있다. 적어도 술에 관한 한 그의 이성은 마시기 전에 마비되는 모양이다.

그리고 그는 가끔 말한다. 꼭 먹고사는 일이 아닌 다른 일은 해볼 수 없는지. 그에게는 취미생활도 없다. 그저 영화나 다운받아 보면서 맥주를 마시는 게 유일한 낙이라고나 할까. 그래서 뭔가 레저를 골라 한 가지 배워 보라 하면 그는 수줍게 웃으며 이제 와서 이 나이에 뭘 시작하겠냐는 것이다. 그저 이렇게 살다가 죽게 내버려두라고. 그러면서도 그의 얼굴엔 아쉬운 무엇이 끝내 지워지지 않는다. 그리고 보니 그가 어릴 때는 어떤 꿈을 가졌는지는 물어보지 못했다. 물어본다고 뭐 달라질 것은 없을 테니까.

　그가 잠들 때는 그 하루도 누군가 자신을 미워하는 일이 없었기를 소망한다. 그리고 무사히 내일 아침에 눈뜨기를 바라며 잠을 청한다. 요즘 들어 중년의 돌연사가 걱정이 되는지 아직도 먹여 살릴 가족이 염려되는지 모르지만 말이다. 이렇게 그를 말하는 내가 누군가는 그리 중요하지 않다. 거리에서 흔하게 지나가는 이 나라 중년의 한 사람처럼, 나도 담담하게 살아가는 소시민의 한 사람일 뿐이라고나 할까.

신을 포박하기에 세상은 한 종지만큼 작았다. / 이제 합장하여 이르노니 옴마니밧

메훔. / 시간은 1일념뿐 살아온 날이 다 그러니 / 어찌 세속의 일을 다 알려 할까.

/ 라 기알로. 라 기알로. 하르 갈리오. / 자신을 깨치는 조각 빛이 되기를. / 내 쌓

아 온 카르마를 홀로 다 갚기를. / 나 이제 합장하여 이르노니 옴마니밧메훔.

랑데뷰 타임

종일 따갑기만 하던 햇살이 다소 힘을 잃었다. 시간이 꽤 흐른 걸까. 그늘진 벤치에 앉아 있었음에도 후텁지근한 날씨 탓에 옷은 이미 땀에 젖어 있었다. 불쾌지수로 인해 짜증이 나면서도 나는 인내심을 잃지 말아야 한다고 마음을 다잡았다.

과연 그가 나타날까? 무더위 때문인지 공휴일임에도 이곳엔 아직 사람이 다니질 않는다. 철 이른 매미의 울음이 간간이 들리고 뜨거운 햇볕이 내리누르는 열기에 모든 잎새들이 나처럼 후줄근히 지쳐 보인다.

그리고 이런 와중에 나는 신경을 집중하며 지나간 일들을 더듬고 있었다. 15년 전의 약속을 지키자는 것이 아닌가. 그때부터 지금까지 꽤나 많은 시간이 흘렀음에도 나는 조바심을 지울 수 없다. 그것도 한창시절의 치기에 가까운 상황에서 다짐하였던 것을 이제까지 기억하여 지킬 필요가 있는 것일까?

이 벤치를 세 시간째 지키고 앉아 나는 벌써 담배 한 갑을 다 태운 것을 알았다. 그리고 아직도 떨치지 못한 유아적 감상에 공연히 빠져 있는 나를 비웃어 보았다. 하지만 새벽에 이곳 경주로 출발할 때만 하여도 얼마나 설레었던가. 그 날을 아직도 기억하고 있던 나에 대하여, 그리고 그 약속이 반드시 이루어질 것이라는 야릇한 기대감으로 나는 고속도로에서 액셀러레이터를 밟은 발에 힘을 주지 않을 수 없었다. 물론 그를 떠올리는 일이 비단 오늘뿐이었겠는가.

고명석(高明錫). 항상이라고는 말할 수 없어도 잠재의식 속에 음각되어 은연중 함께 지내 왔던 존재. 그를 만난 것이 내 인생에 큰 의미였다고 굳이 말할 수는 없다. 하지만 그가 없었다면 그저 적막했을 것만 같았던 고교시절을 떠올리면 그때마다 나는 괜한 감상에 빠지곤 하였다.

그리고 오늘이 그와 다시 만나기로 한 날이다. 비록 그때 탐독했던 오 헨리의 단편들 중에서 '20년 후'를 다분히 흉내낸 것이기는 하지만 그는 사뭇 그런 이유와 다른 의미로 오늘의 만남을 기약했었다.

만약 우리가 헤어진다면 15년 후에 다시 만나자. 왜냐면 그 이후에 지구가 멸망할지도 모르니까. 노스트라다무스가 예언하기를 1999년 6월 9일에 지구가 멸망한다고 했잖아? 2000년대가 오기 전에 지구는 없어질 거야. 그런데 무슨 2천년대 타령을 그렇게 해대는 거야? 그는 매사가 그런 식이었다. 물론 말세론이 수그러들었지만 컴퓨터의 밀레니엄 버그가 문명사회의 종말을 경고하는 지금이라면 그의 말이 틀린 것은 아닐지 모른다. 아무튼 노스트라다무스는 그래도 양반이었다.

처음 그를 만났을 때, 나는 그가 신기하기만 했다. 어디서 그런 류의 이야기를 주워들었는지 모르지만 나만 만나면 쉴 새 없이 이상한 이야기를 떠드는 데 바빴기 때문이다. 지구 내부가 비어 있다는 지구공동설이 그랬고, 히틀러가 살아서 아르헨티나에 6백만 명의 독일인을 이끌고 가서 아무도 모르는 제국을 건설했다던가, 또는 조로아스터교의 신비한 교리에 대한 이야기, 그리고 예수님은 외계인이었다고 하는, 그 당시에는 전혀 듣지도 생각해보지도 않은 이야기로 나를 놀라게 하였던 것이다.

우리 두 사람이 쉬는 시간이나 점심시간에 얼마나 그런 이야기를 주고받았는지 급우들은 우리를 지나치며 또 그 이야기냐는 식으로 빈정거리곤 하였을 정도였다. 그러나 정작 떠든 것은 그였지 나는 아니었다. 왜냐하면 나는 그저 호기심에 그의 이야기를 귀담아 들은 것뿐이지 그만한 관심이 있었거나 그것에 넋이 빠진 것은 전혀 아니었기 때문이다.

시간이 지나면서 사람들이 하나 둘 늘어나기 시작했다. 이러다가 결국 하릴없이 지나는 사람들을 쳐다보며 이 자리를 지켜야 하는 수고를 오늘 해가 다 질 때까지 계속해야 할지도 모른다. 근처에 나처럼 한 자리를 지키고 내내 누군가를 기다리는 사람은 없을 것이다. 나는 그저 시간의 파수꾼이 되었다는 착각에 빠진다. 그와 만나기로 한 15년 전의 약속이 무리라는 생각을 떨치지 못하고 허공에 체류하는 시간과 보이지 않는 줄다리기를 하고 있는 셈이다. 나는 나무 그늘에 도사리고 앉아 더위를 떨치려 애쓰지만 어쩔 수 없이 지쳐 가는 것을 느낀다. 나의 기다림이 아주 하찮아지려 하기에 나는 다시금 그에 대한 기억을 떠올려본다.

그는 이런 말도 자주 하였다. 미래는 없어. 탐욕적인 인간들은 언젠가 멸망할 거야. 나는 적어도 그때까지만 아름답게 살고 싶어. 꿈을 꾸듯이 말이야. 그리고 2천년에 인류가 멸망할 때 후회 없이 죽고 싶을 뿐이야. 그래, 그전에 꼭 한 번 우리 다시 만나자. 아마 너 만큼은 만나고 싶을 거야. 그러니까 지금부터 15년 후, 서로 잘 못해서 연락이 끊기면 꼭 그때 다시 만나는 걸루 하자구.

그때가 마침 6월이었고 그래서 공휴일로 잡은 게 현충일인 오늘이었을 뿐이었다. 그리고 이곳 불국사 청운교 앞으로 장소를 정한 것도 우리 학교의 수학여행지가 이곳이었고 서울은 자주 길거리가 바뀐다는 이유, 그리고 그는 이런 이유를 덧붙이기도 했다. 전쟁이 날지도 모르지. 그러면 적어도 대전 이북은 불바다가 되고 모든 게 다 없어질지도 모르잖아. 그러니까 안전한 곳이 좋아. 경주가 좋겠어.

그래서 나는 지금 청운교가 내다보이는 소나무 그늘에 자리를 잡고 그를 기다리는 중이다. 그때의 그 약속은 그저 일회적인 장난에 불과했을지 모른다. 그리고 그것이 지켜진다는 보장이 없음에도 나는 무더위 속에서 시간과 씨름을 하지 않을 수 없는 입장이 되고 말았다.

그러나 나는 그럴수록 여유를 가지기로 마음먹고 있다. 내게는 매사가 이런 식으로 막연하게 처신하는 버릇이 있으니 사는 것도 지극히 평범했던 것인지 모르지. 만약 그와 일찍 헤어지지 않았다면 모를까…

우리가 서로 편지를 나누며 시를 주고받았던 것도 그가 너무 일

228

찍 지방으로 전학을 가 버렸기 때문이다. 그리고 누구나 지니고 있을 법한 문학 소년의 꿈에 잠시나마 젖을 수 있었던 것도 따지고 보면 그와의 교제 때문에 가능했던 일이었다. 결국 그가 아니었다면 나는 정말 공부만 하며 학창생활을 지겹게 마쳤을지도 모를 일이다.

처음 그가 부산에서 편지를 보내 왔을 때 나는 오히려 생경함을 느꼈다. 늘 직접 대화를 통하여 알던 그에 대한 이미지 탓일까? 갑자기 성숙한 면모로 일신한 그의 문체에서 나는 일종의 거리감을 느꼈고 어떤 수준으로 그에게 답할지를 고민한 정도였으니까. 하지만 나는 그런 대상이 생긴 것에 대하여 일종의 호기심을 느끼며 가급적이면 고상한 척하려고 무던히 애썼다. 그 결과 나의 작문실력이 일취월장해진 것은 사실이다. 다만 기껏 그러한 문학수업을 통해 익힌 실력을 구애 편지를 쓸 때나 회사 기안 문구 작성으로밖에 써먹지 못한다는 것이 아쉬울 뿐이다.

하여간 그와의 서신왕래는 내게 새로운 낙이 되었고 그것은 그와 더 같이 있는 것보다는 오히려 바람직한 경우가 되었다. 왜냐하면 그는 함께했던 고등학교 1학년 때부터 나와 술, 담배를 못해서 안달이었으니까. 때때로 그는 나를 은밀한 장소로 불러내어 막 개봉한 담배를 내 코앞에 갖다 대고 나를 유혹하곤 하였다. 어때 이 향기. 기막히지 않아. 여기엔 새로운 세계가 기다리고 있어. 우리의 폐부를 편안히 해 줄, 아니 우리를 관습의 울에서 해탈케 하는 힘이 숨어 있는 거야. 보이는 것보다는 보이지 않는 것. 그것을 신봉하고 싶어.

과연 새 담배가 막 개봉되었을 때는 그 하얀 필터가 탐스럽게만 보였고 말 그대로 향긋한 담배 향은 나를 유혹하기 충분했지만 그때나 지금이나 다분히 모범적인 나로서는 단연 거절이었다. 그가 그런 불량스러운 작태를 내 앞에서 해탈을 핑계 삼아 천연덕스럽게 떠들어도 내가 너그럽게 상대한 것은, 그가 단 한번 내게 그것들을 강요한 적이 없었기 때문이었고 나로서도 그러한 일탈의 창구가 어느 정도는 필요했기 때문인지도 모른다.

나는 그보다 그가 술을 마시는 것이 더 못마땅했다. 당시에도 그는 교복을 입고 당당하게 포장마차에 드나들었기 때문이다. 물론 배짱 좋게 그 자리에서 술을 마시는 것은 아니었다. 차양 한쪽을 슬며시 들춰 단골인양 눈짓으로 신호를 보내고 나서 그 뒤편의 공터에 세워 둔 타이탄 트럭 옆에 쭈그리고 기다리면 주인아저씨가 알아서 꼼장어에 소주를 갖다 주는 식이다. 처음에 멋도 모르고 쫓아갔던 나는 얼마나 당황했는지 귓불까지 벌개졌는데 아직도 그 기억이 생생하다. 아무튼 그날은 나도 모르게 그 분위기에 이끌려 소주 한잔을 받아 마셨고 집에 가서 그 냄새를 지우려고 양치질을 얼마나 했는지 모른다.

그날 흥분된 상태에서 마신 술맛은 기억에 나질 않는다. 다만 그날도 야릇한 눈빛을 발하며 가로등 쪽으로 잔을 쳐들어 혼잣말로 떠들던 그의 말투가 생생히 떠오르곤 한다. 이 투명함이 주는 신비함을 알아? 용기를 주지. 여기에 세계가 용해되어 있다. 내가 기꺼이 마셔 주는 거야. 어때. 그냥 마시기만 하면 돼. 공기를 마시듯, 물을 마시듯, 이 술을 마시는 거지. 그렇게 젊음을 마시는 거야. 그렇게 마셔 버린 젊음. 그 후 그의 젊음이 어떻게 분해되어 그의 삶에서 에너지를 발했는지 나는 알지 못한다. 결국 그것을 알기 위해 나는 이 자리를 지키는 것인지도 모른다.

　젊은 남녀가 내게 사진을 부탁한다. 벌써 이렇게 남의 사진을 찍어 준 것도 수차례가 되었다. 청운교는 그 날렵한 자태를 가지고 많은 이들의 추억에 배경이 되어 준다. 그러나 임진왜란 때 망실되어 다시 복원한 그 역사는 그 사진에 남지 않을 것이다. 나는 그렇게 유구한 역사의 현장에 있다는 생각에 잠시 숙연함을 느끼기도 하였다. 물론 이런 기다림이 지겹기도 하지만 늘 업무나 가족들의 등쌀에 시달리는 내게는 이러한 일들이 짧은 휴식이라는 의미도 가진다.

　그러고 보니 어느새 해는 기울었다. 한낮을 진득하게 버틴 탓인지 오히려 시원함이 느껴졌고 가느다란 미풍이 상쾌함마저 안겨 주었다. 나는 다시 꽁초가 된 담배를 버리려 휴지통을 향해 일어났다. 땀 때문인지 면바지가 심하게 구겨져 있었고 뱃속이 쓰라려 왔다. 갈증을 달래려고 사다 마신 500ml 생수가 벌써 3병째인 것만 봐도 사실 나는 지쳐 있었다. 점심은 거른 상태였다.

　그런데 내가 다시 자리로 돌아와 앉으려는 순간 나는 섬뜩함을 느꼈다. 언제부터인지는 모르지만 누군가 나를 지켜보고 있다는 자각이 일었기 때문이다. 나는 주위를 찬찬히 돌아보았다. 청운교와 백운교의 교각 위로는 사람이 몸을 숨길 만한 공간이 많다. 그러나 그러기에는 오가는 사람이 너무 많아 오래도록 그 자리에서 이곳을 주시하기에는 여의치 않을 것이다. 그 반대편으로는 정문으로 향하는 공간이 크게 벌려져 있어 오가면서 나를 관찰하기는 쉬운 편이다. 그러나 그랬다면 누군가는 나의 눈에 띄었어야 옳았다. 관찰력만큼은 남들이 인정하는 편이기 때문이다.

그보다 내가 이러는 것은 더위를 먹어 쓸데없이 예민해진 탓인지도 모른다. 그냥 슬며시 눈을 감아 보았다. 그러자 이번에는 왠지 모를 불안이 나를 엄습하였다. 왜일까? 그를 오랜만에 다시 만나려는 것에 대한 방어기제인가? 아니면 그가 아예 나타나지 않을지 모른다는 허무감 때문일까? 나는 정체를 알 수 없는 심리상태에 대하여 보다 더 깊이 생각해 보았다.

날짜가 틀린 것인지 모르지. 아니면 그 약속 자체가 없었던 것인지도. 아예 나만의 상상이 만들어낸 것을 은연중에 실제로 기억하는지 모른다는 야릇한 기분에 빠져가고 있었다. 그게 아니라면 그가 죽었는지도? 나는 거기까지 생각하다가 퍼뜩 눈을 떴다. 폐장시간이 가까워 사람들이 거의 없는 가운데 어디선가 발을 끄는 듯한 소리가 들려 왔기 때문이다.

분명 누군가가 청운교 좌측에서 나를 향해 다가오고 있었다. 중키에 허름한 옷을 걸치고 낡은 모자를 눌러쓴 그는 다분히 경계심을 품기에 충분한 모습이었고 가볍게 다리를 절고 있었다. 선글라스는 아니지만 보라색을 진하게 넣은 오래된 뿔테 안경을 걸치고 얼굴은 화상에 얽었는지 한쪽이 흉터로 조금 일그러진 모습이었다.

땅바닥을 보면서 나를 향해 똑바로 걸어오는 그가 벤치에 앉아 쉬려는 것인지, 내게 용무가 있어 그런 것인지 나는 가늠할 수 없었다. 다만 나는 어리벙벙하게 앉아 있을 뿐이었다. 그러는 사이 그는 내 곁에 힘겹다는 듯 호흡을 뿜어내며 털썩 주저앉았다.

나는 내가 느낀 불안의 출처를 이제야 안 것 같은 안도감과 새로운 불안이 겹치는 걸 느끼며 다시 담뱃갑에서 한 개비의 담배를 빼었다. 그러다 문득 그에게 인사치레라도 한 번 권해야겠다는 생각에 몸을 돌려 손을 내밀었다. 내가 뭐라 권유의 말을 꺼내기도 전에 다소 갈라지는 목소리로 그가 입을 뗐다.

"혹시 고명석씨를 기다리는 건 아닙니까?"

시선을 멀리에 던진 채 혼잣말처럼 중얼거려서 그랬을까? 나는 처음 그 말을 알아듣지 못하다가 고명석이라는 이름에 소스라치게 놀랐다.

"그 사람을 아십니까?"

그는 내 손에서 자연스럽게 담배를 받아 물더니 자신의 주머니에서 라이터를 꺼내 불을 붙이며 그제야 고개를 돌려 나를 바라보고 말을 이었다.

"그 사람의 부탁을 받아 왔어요. 여기 오면 당신이 기다릴 것이라고. 자기는 사정이 있어 못 올 것이라면서 나를 대신 보낸 거지요."

나는 의아함을 느끼며 자신이 흔들리고 있음을 알아챘다. 애써 눈길을 피하고 있지만 언뜻 스친 그 눈빛은 오래 전 내가 보아 왔던 꿈꾸는 자의 눈빛과 너무나도 흡사했기 때문이다.

"아. 내 소개를 안 했군요. 내 몰골에 놀라셨겠죠. 나는 한때 부랑아 수용소에서 행려병자로 수감되어 치료를 받던 사람이죠. 지금은 많이 나아졌지만…. 고명석씨는 그곳에서 자원봉사를 하셨구요."

"네. 그랬군요."

나는 건성으로 대답하면서 그제서야 고명석의 행적에 대한 동창들의 언질을 하나 둘 떠올렸다. 부랑아 수용소. 그게 사실인지는 모르지만 그가 옥천에 머물렀다는 이야기는 들었던 것 같았고 그곳은 한때 사회적으로 물의를 빚어 유명해진 형제원이라는 사회복지시설이 있는 곳이다.

사실 그는 워낙 튀는 행동을 많이 했기에 나 말고도 그와 깊이 어울렸던 이들이 우리 동창 중에 간간이 있었다. 그리고 그가 전학 간 이후에 대해 그들이 알고 있는 평판은 내가 아는 것보다 썩 좋지 않았다. 그가 부산으로 전학을 간 것은 그의 부친이 사업에 실패해 식구들이 야반도주한 것 때문이며, 부산에서도 완월동을 출입하면서 그는 그 나이에 어울리지 않는 밑바닥을 전전했다는 것이다.

임질에 걸려 치료비를 빌리러 왔다는 이야기하며, 절도혐의로 구치소를 다녀왔다는 이야기. 어설프게 청강생으로 대학생 행세를 하며 여자들을 농락한 이야기 등 진위를 가리기 어려운 소문으로 그는 우리의 입에 곧잘 회자되곤 하였다.

그러나 나는 그런 풍문들이야 말로 우리 자신들이 만들어낸 것이라는 강한 심증을 가지지 않을 수 없었다. 왜냐면 우리 모두가 그때는 그런 식으로 살고 싶었으니까. 그리고 그 나이에는 누구나 한 번쯤 동경할 만한 생활이었기 때문이다. 그렇게 자신의 내면에 내재된 욕망을 대리 충족시키기 위해 우리는 고명석을 너무도 쉽게 우리들의 심심풀이로 전락시킬 수 있었다.

그는 떠나기 전에 내게 이런 말도 남겼다. 그저 바닥을 기며 살겠다고. 인간의 절제될 수 없는 욕망에서 벗어나기 위해서는 가진 것이 없어야 한다고. 보다 깊은 통찰을 하기 위해서는 은자가 되어야 하니까. 그래서 나는 고행을 시작할 거야. 그리고 진리를 찾아낸다면 노래하는 시인이 되겠어. 하지만 진리는 없지. 왜? 니체가 신을 죽였기 때문이야.

그의 성적은 형편없었지만 그래도 그는 책을 많이 읽는 편이었다. 물론 그 책들은 앞에서 말한 것처럼 내가 보기에 쓸데없는 것뿐이었다. 그럼에도 불구하고 그는 꿈을 가지고 있었다. 거창하게 시건방을 잘 떨었지만 그의 눈빛만큼은 예사롭지 않았다. 나는 그렇게 기억을 더듬으며 곁에 앉은 사나이를 살펴보았다.

이 사람이 바로 고명석이 아닐까? 벌써 15년 전에 헤어진 사람이다. 만약 그가 고명석 자신이라면 이런 꼴이 된 것을 감추면서까지 이 자리에 나와야 했을까? 하지만 나는 감히 그것을 물어볼 엄두를 못 냈다. 그건 나만의 호기심에 지나지 않는 거니까. 그리고 구태여 이 자리에서 그런 것을 밝힐 의미가 있을까? 지금은 오 헨리의 단편처럼 누가 누구를 잡아갈 필요도, 혹은 해할 필요도 없다. 따라서 단지 그가 살아 있는 것만 확인되고 오늘의 약속을 기억해 준 것만으로 그 의미를 다하면 그만이다. 우리는 그냥 15년 후에 만나자는 약속만 한 것뿐이다. 만나서 무엇을 어떻게 하겠다는 생각도, 다짐도 없었으니까 그냥 만나서 인사나 나누고 헤어지면 그만인 것이다. 그러자 한편으로는 시원한 마음이 들면서도 한편으로는 뭔가 섭섭한 감정이 피어났다. 그래. 오늘을 약속할 때 우리에게는 미래가 있었지. 그것이 우리에게 다분히 한시적이고 무의미했을지 몰라도 학창시절에 우리가 기약할 수 있었던 분명한 미래의 사건이 되어 왔다. 1999년에 지구가 멸망하는 것을 믿은 것도 아니고, 2000년대를 분홍빛으로 선전하던 정부의 공약에 기대를 걸었던 것도 아니었다.

아니 오히려 그런 거창한 것들이야말로 오늘의 약속에 비하면 속빈 강정이 아닐까? 만약 이 사나이가 몰락한 고명석이라면 나는 다행이라 생각해도 좋은 걸까? 내게 중견기업의 차장이라는 직위. 아내와 두 아이. 32평의 아파트와 2000cc급 중형차. 이런 수준이라면 중산층으로 성공했다고 말할 수 있을까? 내게 주어진 틀 안에서 한 발자국도 벗어나지 못했던 생활. 고명석의 존재를 의식하고 살지는 않았지만 오늘의 약속만큼은 잊어버리지 않으려 했다. 그렇게 홀로 기억을 새롭게 해 왔던 건 내게 그나마 구체적인 미래의 만남이 있었기 때문이었다.

그러자 머릿속이 시원해지면서 정신, 그 자체가 공황에 빠져드는 혼란을 동시에 맛보았다. 이 사나이는 누가 보아도 보잘것없는 인상이다. 그러나 오히려 번듯하지 않기에 나를 투영하고 있는지 모른다. 결국 그 실체는 15년의 세월을 어쩌면 그 자리에서 자기 찾기에 매달리던 고명석이라는 빛나는 영혼이 아니었을까?

내 생각이 여기까지 이르자 이제는 초조감마저 몰려왔다. 그가 지금이라도 자리를 털고 일어날 것만 같았고 그렇다면 그냥 그를 보내도 좋은지 망설여졌기 때문이다. 나는 기왕 이런 자리가 되었으니 좀 더 말을 걸 필요가 있다는 걸 느꼈다. 정보가 필요했다.

"명석이와는 얼마나 같이 지내셨습니까?"

석양을 감상하듯 침묵을 지키던 그는 자세를 고쳐 잡으며 잠시 시간을 끌더니 담담하게 입을 열었다.

"함께 사계를 겪었으니 일 년은 족히 넘었겠군요. 사실 그때 나는 알코홀릭이었죠. 그리고 집에서도 나를 버렸구요. 한때는 제법 잘 나갔는데 사람 망가지는 게 한 순간이더군요. 난 '리빙 라스베

가스'의 니콜라스 게이지처럼 죽을 때까지 술을 마시려 했었죠. 물론 젊을 때는 지독한 호프만 콤플렉스에 빠지기도 했었구요. 형제원에서도 틈만 나면 깽판을 쳤고 그때마다 몰매를 맞곤 했죠. 다리는 그런 중에 병신이 된 거고⋯⋯. 그러다 고명석씨를 만났어요."

그는 미리 준비된 원고를 읽듯이 막힘없이 말을 했다. 그러나 나는 그가 '알코홀릭'이라는 단어를 말한 것과 '호프만 콤플렉스' 같은 심리학 용어를 쓰는 게 마음에 걸렸다. 그것은 다소 전문적인 표현이기에 지금 이 사나이의 행색과는 어울리지 않았기 때문이다.

"고명석씨는 왠지 사람을 압도하는 힘이 있었어요. 자원봉사자라고 하지만 그보다는 다른 무엇이 드러나 보이는, 뭐 그런 거라고나 할까⋯⋯. 아무튼 그는 어떤 사람이든지 붙잡으면 상대방의 혼을 모두 흡입할 것처럼 이야기를 주고받았고, 누구든 그와 이야기를 하고 나면 다른 사람이 되는 기분을 맛보곤 했죠. 지금 생각하면 그는 주로 말을 들어주는 편이었어요. 그러나 말하는 사람은 자신도 모르게 그의 눈빛에 빠져들고 그가 선선히 짧은 답을 던질 때 자신도 모르게 그 사람이 원하는 말을 하게 되는 것이죠. 마치 하나의 신(神)처럼 상대를 유도하는 겁니다."

나는 그의 말을 듣다가 왜 그가 묻지도 않은 말을 장황하게 늘어놓는지 의심이 갔다. 마치 내게 고명석에 대한 다른 정보를 알리지 않겠다는 의도처럼. 하지만 그러기에 역시 그는 정상적인 사람처럼 보이지 않았다. 말하는 투가 점점 떨리고 있었기 때문이다.

"당신이 말하는 것을 들으니 내가 알던 고명석이는 전혀 다른 사람인 것 같군요."

"하지만 선생께서 이 자리에 있고 제가 제대로 찾아온 것만 해도 그 사람은 분명히 같은 사람이지요. 그러던 어느 날 그는 내게 말했어요. 인도에 가겠다고. 이 땅에서는 더 이상 깨달을 게 없다고. 그렇게 홀연히 떠났지요. 내 생각에 그는 흔한 인간이 아니었어요. 물론 신이거나 성자도 아니겠지요. 하지만 그 눈빛을 통하여 꿈꾸는 자, 그대로의 순수가 그의 안에서 살아 있음을 믿게 되었지요."

인도로 떠났다는 고명석. 그는 시바 신이나 비슈누 신을 만나 보다 내밀한 세계를 열어 보려 했는지 모른다. 그 사이에 그에게 전혀 다른 정신적 변화가 일어난 것이다. 모든 호기심이 그로 하여금 세상의 문을 열게 만들었지만 결국 그러한 탐구의 끝에서 그는 세상을 등지게 되었는지 모를 일이다.

그러나 어떤 동창들에게서도 고명석이 인도로 떠났다는 소식을 전해 듣지는 못했다. 물론 삼년 전부터는 아무런 소식도 더 이상 떠돌지는 않았다. 그가 떠났다는 말이 믿기 어려웠으나 비로소 나는 심한 허기를 느끼기 시작했다. 그리고 이 사나이와 더 다른 말을 해야 하는가를 생각해 보았다. 하지만 현실로 돌아오는 데는 시간이 더 필요했다.

"명석이가 결혼을 했는지 모르겠군요."

"결혼? 그 사람에게 어울리지 않는 단어가 아닐까요? 하지만 한때 같이 산 여자는 있었다는군요. 자신이 재수를 할 때 만난 대학생이었다는데 서로 정말 깊이 사랑했던 것 같았구요……."

그러면서 그는 말끝을 흐렸다. 마치 자신의 치부를 드러내는 양. 나는 왜 그가 갑자기 감정의 기복을 드러내는지 잠시 생각해 보았다. 혹시 그가 고명석 자신이라 그러는 건 아닐까? 그러나 이 만남이 다 지나가더라도 난 내 입으로 그것을 확인하고 싶지 않았다. 그리고 그의 말이 맞는다면 내가 들은 이야기가 틀리게 된다. 대학생을 사칭하여 여대생을 농락한 것은 아니기 때문이다.

어느 쪽이든 진실은 분명히 있겠지. 하지만 그것이 어느 쪽이라 할지라도 당사자만이 그것을 알 뿐, 왜곡되거나 잘못 전달되는 것을 우리는 가리지 못할 것이다.

나는 그런 생각을 애써 떨치며 대화를 이었다.

"그런데 어떻게 오늘 일을 당신에게 부탁했을까요?"

"한 가지 분명한 건 자신에게 기약된 미래가 단 하나 있다는 말을 버릇처럼 중얼거린 거죠. 그게 무슨 일이냐고 제가 물었더니 선뜻 오늘 자기 대신 제가 여길 오면 되겠다는 거예요. 그러면 훌훌 떠날 수 있을 거라나? 그래서 그러겠다고 했더니 이제야 미래를 청산한다고 또 혼잣말로 중얼거리더군요."

그가 청산한 미래? 어법이 맞지는 않지만 나는 그것을 이해할수 있었다. 그가 과거에 먼저 청산한 오늘을 나는 애써 과거로 만들며 청산하고 있지 않은가. 그러나 그것이 썩 기분 나쁜 것은 아니었다. 왜냐하면 그것은 그가 더 이상 노스트라다무스의 예언을 믿거나 이 땅에서 일어날 전쟁을 염려하지 않는다는 것을 알았기 때문이다.

그러나 과거부터 내가 믿어왔던 미래는 과연 어떤 것이었고 이제 앞으로 무엇이 나의 영혼을 제대로 이끌어 줄 것인가에 대한 생각이 머릿속을 채우기 시작하자 나는 서서히 이 만남에 대한 회의를 느끼기 시작했다. 그리고 왠지 이 사나이가 하나의 빛바랜 거울처럼 어설프게 나를 비추고 있다는 생각이 들자 쓰린 속이 더욱 메스꺼워졌다. 결국 그가 실제 고명석이든지 아니든지 이제는 내 곁에 진짜 고명석이 영혼처럼 존재한다는 생각이 들었다.

"명석이가 인도로 떠난 건 언제쯤인가요?"

"그건 모르죠. 그를 마지막 본 것은 일 년 전쯤이니까. 아마 그때 바로 떠난 건 아닐까요? 그러나 인도에 간 건 분명해요. 그가 엽서를 보내 왔으니까."

그 말을 듣고서야 이제껏 픽션처럼 여겼던 일이 실제라는 느낌으로 다가왔다. 뭐든 떠벌리기만 하던 녀석이 아니라는 증거가 이제 나타난 것이다. 그러자 잠시 그가 내 곁에 있지 않을까 싶던 착각이 사라지고 수천 킬로미터 떨어진 인도로 빠르게 멀어지는 고명석을 보는 듯했다.

"혹시 그 엽서를 볼 수 없을까요?"

"여기 가지고 왔지만. 그 내용은 좀⋯⋯."

그가 머쓱해 하며 꺼낸 엽서에는 타지마할의 사진이 조잡하게 인쇄되어 있었고 귀퉁이가 몹시 낡아 보였다. 그것을 건네는 그의 손은 수전증에 걸린 탓인지 몹시 떨었다. 내가 받아 쥐자 묘한 열기가 손으로 전달되는 것 같아 나는 내심 놀라지 않을 수 없었다. 필체는 낯익은 그의 것이 분명했다. 그러나 내용은 극히 모호했다.

'신을 포박하기에 세상은 한 종지만큼 작았다. / 이제 합장하여 이르노니 옴마니밧메훔. / 시간은 1일넘뿐 살아온 날이 다 그러니 / 어찌 세속의 일을 다 알려 할까. / 라 기알로. 라 기알로. 하르 갈리오. / 자신을 깨치는 조각 빛이 되기를. / 내 쌓아 온 카르마를 홀로 다 갚기를. / 나 이제 합장하여 이르노니 옴마니밧메훔.' 도대체 무슨 뜻일까? 그가 인도에 가서 무언가 깨달은 바를 함축하여 쓴 것일까. 아니면 그저 일회적인 감상을 시로 옮겨 적어 본 것에 불과한 것일까? 나는 도무지 그 뜻을 이해할 수 없었다. 더구나 글에 나오는 어휘조차 생경하여 나는 사나이의 눈을 물끄러미 쳐다볼 뿐이었다. 그러자 그는 모처럼 여유 있는 목소리로 친절하게 해설을 붙여 주었다.

"처음 대하는 단어들이 있지요? 제가 한 번 알아보았습니다. 여기 '옴마니밧메훔'은 연꽃 속에 보석이 있다는 뜻이고 '라 기알로. 하르 갈리오.'는 티베트어로 신들이 승리했으니 우리는 신의 곁으로 간다는 뜻이더군요. 그리고 '카르마'는 산스크리트어로 업보라는 뜻이구요."

그는 근시인 듯 고개를 약간 뒤로 젖힌 채 손가락으로 일일이 단어를 가리키며 내게 뜻풀이를 해주었다. 조악한 단색 우표가 붙어 있고 소인의 날짜는 확실치 않았다. 발신지 주소는 없었으며 수신자 없이 옥천의 형제원 주소만 적혀 있었다. 내용의 의미보다는 마치 자신의 존재를 알리려고 보낸 것 같았다.

"여러 사람의 손을 거쳐서 이렇게 닳았지요. 나중에서야 제게 보낸 걸 알았지요. 언젠가 1일념이 불교에서 말하는 시간 단위로 약 75분의 1초 정도라고 말해준 게 생각나더군요. 아마 오늘의 약속을 잊지 말라고 내게 경구 삼아 보낸 건지, 아니면 선생께 전하라는 뜻인지 모르겠군요."

만약 그가 나에게 전달되기를 바라며 이 엽서를 보낸 것이라면 이것이 내게 새로운 화두가 되는 동시에 또 다른 미래를 제시하는 것이 될지 모른다. 혹은 15년 전에 우리가 나누었던 대화에서 이 메시지를 풀어낼 열쇠가 있는 건 아닐까? 자꾸만 예민해져 가는 자신을 애써 진정시키면서 나는 이 자리를 떠날 시간이 다 되었다고 생각했다. 그는 이미 다 핀 담배를 계속해서 발로 비벼대고 있었다.

"더 궁금한 게 많지만 여기서 일어나야겠군요. 이 엽서는 제가 가져도 좋을지요."

"그렇게 하세요. 이제 저도 제 소임을 다했으니 그건 필요 없습니다."

나는 땀이 배어 엉덩이에 들러붙은 바지를 털어내며 자리에서 일어났다. 그리고 그 엽서 한 장이 내가 경주까지 달려온 것에 대해, 그리고 15년의 세월을 기다린 것에 대해 커다란 보상을 주는 소중한 것이라 생각이 들었다.

하지만 아무리 생각해도 이 사나이가 고명석인지에 대한 심증은 갈수록 옅어지고 있었다. 그 동안에는 아는 이들이 고명석에 대한 분분한 말들을 근거 없이 늘어놓기 바빴다. 하지만 내게는 그가 인도에 가서 지상의 종말이 아닌 어떤 시작을 보았을 것이라는 확신이 들기 시작했다. 그리고 이제는 그가 돌아오지 않아도 그만이라는 생각뿐이다.

내가 먼저 목례를 주고 자리를 뜨자 그는 엉거주춤 서 있는 자세로 인사를 받았다. 돌아서서 방향을 잡으며 걸으면서도 혹시 그가 내 이름을 부르며 자신이 바로 명석이라고 말할지 모른다는 기대감이 한편에서 고개를 쳐들고 있었다. 그때 나의 이런 마음을 알아차렸는지 뒤에서 나를 부르는 소리가 들렸다.

"저. 잠깐만!"

그는 애써 빠른 걸음으로 내게 다가왔다. 내 심장은 큰 박동으로 뛰기 시작했고 너무나 긴장한 나머지 엽서를 쥐고 있던 손끝이 파르르 떨렸다. 여전히 그는 초라하고 낡은 모습이었고 목소리는 탁하게 갈라져 나왔다.

"참. 잊을 뻔했군요. 고명석씨가 선생님을 만나면 꼭 이렇게 전해 달라고 합디다. 오늘 자신이 못 나와 미안하다고 하면서 기억할 수 있거든 15년 후 이 자리에서 다시 만나자고 했어요. 그때는 꼭 나오겠다고……."

나는 그 자리에서 꼼짝할 수 없었다. 다시 15년 후라고? 그때를 위해 존재할 나의 미래는 과연 어떤 것이고 그날이 오기 전에 인류가 멸망하지 말라는 보장은 누가 해줄 것인가?

그러나 나는 그것이 한갓 기우라는 것을 안다. 뿐만 아니라 그날이 되어도 결코 그가 오지 않으리라는 것을 이미 알 것 같았다. 그러는 사이에 그는 나를 앞서 석양이 붉게 물든 지평선을 향해 걸어가는 것이 보였다. 왠지 그의 어깨가 이 세상을 다 떠받들려는 고명석의 그것과도 같다는 착각이 더욱 나를 혼란스럽게 만들었고 나는 한 발자국도 그 자리에서 떼지 못할 것 같았다.

그것을 넘나드는 것은 여행자에게 너무 가혹한 것이다. 그 너머와 여기는 그리 다른 것이 없지만 인간들이 모든 것을 다르게 만들어 버리기 때문에. 경계선이란 무의미한 것이다.

여행자

　그는 여행자이다. 그가 여행자인 까닭은 끊임없이 어디론가 떠나야 하기 때문이다. 그의 여행은 끝말 이어가기처럼 도착지에 가서야 출발지를 가늠할 수 있다. 하지만 대개의 경우, 떠나면서 그의 도착지는 달라진다. 가끔 누군가로부터 도망 다니는 것이 아닐까 싶지만 조금도 조급해하지 않는다. 때론 누군가를 찾아다니는 것 같지만, 그의 눈동자 안에서 그리워하는 흔적은 보이지 않는다. 간혹 넓은 세상을 보고 싶어 하는 듯도 하지만 그는 궁금해 하는 것이 거의 없다.

　그는 트렌치코트를 걸치고 양모로 방수 처리된 중절모를 눌러쓰고 다닌다. 그가 들고 다니는 트렁크는 너무 커서 거추장스러워 보이지만 실제로는 그리 무겁시 않다. 그가 쓴 고글의 색은 엷어서 조금 밝다 싶은 곳에서는 그의 눈을 볼 수 있지만 초점은 읽히지 않는다. 그리고 여행지에서 그는 손에 꼭 맞는 얇은 소가죽으로 만들어진 장갑을 늘 끼고 다닌다.

그가 거리를 거닐다 오래된 카페로 들어선다. 낡은 나무문의 경첩은 이방인의 출입에 참을 수 없는 교성을 토해낸다. 그가 태어나기 전부터 문을 연 카페는 구석마다 깊숙이 곰팡이가 슬어 있다. 간교한 곰팡이들이 이제야 속삭임을 시작한다. 마치 그를 기다렸다 풍문으로 들려온 그의 구설수를 쏟아내는 것처럼. 하지만 그것들의 목소리는 주파수가 너무 낮아 인간들은 들을 수 없다.

그는 카운터로 다가간다. 그를 보자 머리가 벗겨진 바텐더가 노련한 몸짓으로 수건을 한쪽 어깨에 두른다. 바텐더는 그를 향해 몸을 구부리고 한쪽 팔꿈치를 카운터에 걸치고 구부정한 자세로 그를 바라본다. 뭔가를 주문해 보라는 호기로운 태도이지만 다른 한 손은 카운터 밑에 있는 12 게이지짜리 레밍턴 엽총의 방아쇠를 만지작거리고 있다. 그는 피곤한 듯 의자에 앉아 수상스러운 바텐더 따위에는 관심이 없다는 듯이 위스키 더블을 시킨다.

그는 그가 가는 여행지 어디에나 위험이 도사리고 있음을 잘 알고 있다. 위험을 피하려면 자신의 집에서 한 발자국도 나서지 말아야 한다. 낯선 곳에서의 두려움은 심연의 바다 속에서 상어가 어느 방향으로 달려들지 몰라 쉼 없이 고개를 두리번거리는 마음과 같다. 여행지에서의 위험은 그의 코트 속에, 그의 모자 속에, 그리고 그의 가방 속에 늘 들어 있는 여행소지품과 같다. 그가 도발적인 위기에 빠지지 않는 것은 그런 상황과 싸우는 것이 아니라 그것을 즐기는 것이다. 사람들이 그의 가방에 눈독을 들이면 그는 가방을 열어 쓸 만한 것이 없음을 보여주는 식이다.

바텐더는 12년산 잭 다니엘 한 병을 꺼내 잔을 그에게 건네며 술을 따른다. 어디에서 왔느냐는 바텐더의 말에 그는 가급적 부드러운 미소를 띤다. 말을 해도 잘 모르는 도시지요. 바텐더는 같잖다는 듯이 콧방귀를 뀐다. 그래 내가 들은 이야기들이 무수한데 모르는 도시가 있겠냐고. 그는 술을 마시다 말고 천천히 잔을 내려놓는다. 그는 중절모를 벗는다. 머리숱이 적은 데다 흰머리가 반은 차지한 그의 모습은 낡아빠진 투구를 보는 것 같았다. 그 모습에 바텐더는 주눅이 든 듯이 약간 긴장한다.

그곳에서는 너무나 오랫동안 비가 내리지 않아 많은 사람들이 무미건조한 표정만 짓고 살지요. 그곳에서는 한동안 살인사건이 없어 신문을 봐도 너무 지루한 나날뿐이지요. 그곳에서는 아무도 사람들에게 말을 걸지 않고 관심도 없어서 일상은 권태롭기만 하지요.

그곳에서는……. 그만. 바텐더는 투덜거린다. 내가 모르는 곳이로군.

노회한 그의 풍모에서 바텐더는 작아지는 자신을 알아채곤 머쓱해한다. 그가 평온한 말투로 묻는다. 방 있소? 바텐더는 웃으며 그 말을 반긴다. 비로소 손가락을 방아쇠울에서 풀고 모텔로 전화를 건다.

그는 위스키 잔을 비우고 시계를 본다. 금발에 창백하리만큼 하얀 피부가 돋보이는 젊은 여자가 카페로 들어선다. 그를 알아보고 환한 미소를 짓자 그는 턱짓으로 한 쪽 테이블을 가리킨다. 그녀가 앉자 그는 맞은편에 자리 잡는다. 잘 찾아왔군요. 생글거리는 그녀는 대수롭지 않다는 표정이다. 그와 우연히 기차의 옆 좌석에 앉아 수 시간 내내 이야기를 나누고 역에서 잠시 자기 일을 보고 그가 말한 카페로 찾아온 것이다. 물론 우연이란 없다. 그가 기차표를 끊을 때 대기석에서 기다리다 그녀의 바로 뒤에서 좌석을 구입했기에 자연스럽게 같이 온 것일 뿐. 그녀는 그에게 묘한 매력을 느낀다. 다시 만나고 싶고 더 이야기를 하고 싶은…….

그녀는 추운 나라에서 왔다고 한다. 여름에는 해가 지지 않는 백야가 지속되고 뭐든지 얼어붙는 곳. 그래서 그런지 그녀의 피부는 얼음처럼 투명하다. 정맥이 터키옥처럼 푸르게 비쳐 보일 정도이다. 그녀와의 키스는 얼음처럼 차다. 그리고 그녀와의 섹스도 얼음처럼 차가울 것이라 그는 상상한다. 그녀의 나신은 대리석처럼 희고 차갑고 매끄러울 것이다. 그는 유쾌한 시간을 그녀와 보낸다. 사파이어처럼 파란 그녀의 눈동자를 보며 그는 잠시 그녀를 소유하고 싶다는 충동을 느낀다. 터키옥이 실핏줄처럼 가늘게 새겨진 흰 대리석의 윗부분에 금박을 입히고 보석을 두 개 박아 넣은 보물. 하지만 그의 원칙은 여행지에서 사람을 사귀더라도 반드시 그 여행지에서 헤어지는 것이다. 왜냐하면 다시 만나자는 약속을 남기고 싶지 않기에.

그녀를 보내고 그는 예약된 방에 들어선다. 가방을 든 채 방 구석구석을 살피고 화장실을 열어본 후에 안심이 되어야 가방을 침대 밑에 내려놓는다. 일단 침대에 걸터앉아 심호흡을 두어 차례 내쉰 후에 모자와 코트를 벗어 침대 끝에 놓는다. 셔츠의 단추를 하나 둘 풀며 세면대로 향한다. 안경을 벗고 거울을 들여다본다. 그의 한쪽 눈이 의안이라는 사실은 몇몇이 알 뿐이다. 그가 장갑을 벗는다. 그의 왼손 손가락 중지가 중간 마디부터 끊어져 없다는 것도 마찬가지이다. 그의 장애에 대해 아는 몇 명의 사람도 그가 가진 장애의 사연을 아는 이는 거의 없다. 누구는 그가 맹수사냥을 즐겨했기 때문에 얻은 거라고 말하고, 누구는 그가 용병 출신이라 그렇게 됐다고 말하고, 누구는 사고를 당한 탓이라고 말한다. 물론 그것들 말고도 그의 몸 여기저기에는 크고 작은 흉터가 무수하다. 그가 셔츠를 벗는다. 나이에 비해 건장한 그의 체구가 거울을 가득 채운다. 그리고 흉터들이 눈에 들어온다. 그 상흔 중에서 그가 기억하는 것들은 몇 개 되지 않는다. 어떤 것들은 언제 그렇게 상처를 입었는지 모르는 것도 있다.

그 중 대흉근에 깊이 파인 흉터는 그가 잊을 수 없는 경우이다. 왜냐하면 그 상처를 입힌 자는 지금 이 세상 사람이 아니니까. 사람들은 그가 치명상을 입힌 상대를 그 자리에서 죽였다고 한다. 하지만 어떤 이는 그가 나중에 잔인한 방법으로 복수를 했다고 말한다. 하지만 아무도 그가 사람을 죽이는 것을 직접 보지 못했다. 사람들이 그에게 살인을 해봤냐고 물으면 그는 싸늘하게 웃음 지을 뿐이다.

큰 상처를 입을 때마다 그는 트라우마에 빠진다. 며칠간의 혼수상태에 빠져도 허름한 병원이라 진통제가 없어 그대로 고통을 견뎌야 했던 수도 없는 기억. 그리고 상처의 깊이에 따른 외상 후 스트레스 장애를 안고 살아가는 삶을 즐겨야 한다.

그는 가방에서 고급 양피거죽으로 싸여진 너덜거리는 일기장을 꺼낸다. 그 일기장을 만지작거리며 침대에 누워 눈을 감는다.

'하늘을 뒤덮은 넓은 고무나무 잎 때문에 한낮인데도 주위는 어둑하다. 위장 크림을 잔뜩 발라서인지 얼핏 봐서는 누가 누구인지 모를 지경이다. 파블리지오는 위장모를 깊이 눌러 써서 잠을 자는

지 어떤지 알 수 없다. 시간의 흐름이 멈춘 듯 아무리 손목시계를 봐도 시침과 분침은 제자리걸음을 하는 듯하다. 과테말라의 정글은 그 자체가 무덤이라 할 정도로 고요해 보였지만 막상 깊이 들어올수록 온갖 동물들이 활개를 치고 있다. 나무줄기를 기어오르는 지네나 뱀은 마치 나무, 그 자체가 살아 있는 것처럼 움직이는 듯이 보이게 한다.

타깃에 대한 정보는 아직도 부족하다. 우리는 둘. 길라 슈트를 뒤집어써서 그런지 온 몸에 땀이 흥건하다. 모기와 독충, 거머리 탓에 온몸의 신경은 극도로 예민하다. 이 정글에서 죽으면 1주일 안에 살점 하나 없이 사라진다. 한 달 뒤에는 백골조차 남지 않는다. 정글이 해체하고 분해하고, 그리고 자잘한 생명체에게 배분한다. 정글의 질서는 냉엄하다. 그러나 살아 있는 한 사는 데에 필요한 것을 베풀어주는 데 인색하지 않다. 다만 작은 찰과상 하나가 삶과 죽음의 분기점이 될 수 있기에 긴장을 풀어선 안 된다.

주머니에서 7.62밀리 탄환 한 발을 만지작거린다. 한발에 하나의 목숨. 그리고 한발은 꼭 남겨야 한다. 자살용으로. 사로잡혀 고문을 당하는 것은 너무 끔찍하다. 어깨에 묵직한 PGS-1 저격용 소총이 분신처럼 걸쳐 있다. 5연발 반자동. 12배율 스코프. 유효 사정거리 500미터. 이 총 한 자루면 그만이다. 옆에는 감적수 파블리지오가 있다. 고개를 살짝 들고 망원경으로 표적의 움직임을 살핀다. 아직은 아니라는 신호. 무엇을 기다리고 있는가. 정글에 걸려 있는 시간. 시간의 포충망에 갇힌 우리? 손가락의 감각만 살아있으면 그만이다. 격발하는 순간의 미세한 움직임. 그것으로 500미터 너머, 편차 3센티 안에 명중해야 한다. 숨을 멈춰야 한다. 떨림

이 없어야 한다. 머리는 비어 있어야 한다. 마음은 차가워야 한다.'

그는 눈을 뜬다. 어느새 아침이다. 밖에는 비가 내린다.

그는 비가 내리는 도시에서 태어났다고 한다. 비가 내리는 날이 맑거나 흐린 날보다 많다고 했다. 비가 내리면 습기가 덮친다. 끈적끈적하고 단내가 나는 습기가. 그래서 그는 '비도시'라고 자신의 고향을 말한다. 도시의 이름 따위는 중요하지 않듯이. 그는 어머니의 뱃속에 잉태되었을 때부터 비 냄새를 맡았다고 기억한다. 물론 그의 어머니는 비가 좋아 그 도시에 정착했고 아버지는 그런 어머니를 위해 칙칙한 도시를 떠나지 못했다고 한다. 하지만 정작 그는 비를 싫어했고 그 때문에 여행을 시작했다고 한다.

여행지에서 비를 맞는 것은 환절기에 예기치 않은 감기에 걸리는 것처럼 짜증나는 일이다. 물론 숙소에서 머무는 날이나 종일 차창에 기대어 내리는 비를 바라보기만 한다면 그 비가 자아내는 향수에 충분한 감상을 즐길 수 있어 나쁘지만은 않다. 비가 오면 관절통이 온다는 것은, 긍정적인 생각이 병에서 빨리 낫게 한다는 말과 같은 낭설로 밝혀졌지만 그는 곧잘 통증을 느낀다. 그것은 신체가 느끼는 것과는 다른 것이다. 그것은 단순한 향수에 빠지는 것과는 또 다른 것이다. 그것은 그만이 느끼는 또 다른 질환이다. 잠재적인, 심층적인, 신경계통으로 옮아지는 그 무엇이다. 그는 그 무엇에서 느껴지는 통증마저 즐기면서 살아간다.

기차의 출발 시간이 다가오면 그는 조바심을 느낀다. 몇 번을 플랫폼에서 간신히 출발하는 기차에 올라탄 경험이 있기 때문이다. 어머니는 그에게 출발하는 열차와 떠나는 여자는 붙잡아서는 안 된다는 말을 자주 하곤 했다. 그래서 그런지 그는 예정된 출발시각

전에 역사에 도착해야 한다는 강박에 빠져 있다. 누군가 그에게 다음 열차를 타면 되지 않느냐고 충고하면 그는 싸늘하게 웃음 지을 뿐이다.

그가 도시를 떠난다. 도시를 떠날 때면 그는 우체국을 들른다. 간혹 다음 기착지를 알 때 그가 자신에게 미리 소포를 보내기도 하며 그것을 찾기도 하기 때문이다. 우체국에서 발신인과 수신인이 같은 소포를 수령한다. 소포에 든 물건은 면도기나 수건, 치약이나 비누 같은 세면도구, 건과일이나 군용 시레이션 같은 먹을거리, 그리고 노트 같은 필기도구이다. 이러한 자가 보충은 생필품을 챙길 시간이 없을 때나 오지를 여행할 때 요긴하다. 그러나 그에게 좀 더 요긴한 것은 떠나온 여행지에서 묻어오는 지나간 시간의 향취를 즐기는 것이다. 물론 여행자에게 경유지에 대한 미련을 남기는 것은 바람직하지 못한 감정이다. 그는 아쉬웠던 과거를 그리워하기보다 발송지에서 보낸 소인의 발송 날짜와 그 소포를 찾을 때의 시간차, 그리고 우표에 있는 그림이나 도안 따위를 음미하는 것을 즐긴다.

기차가 포효하듯 기적을 울린다. 국경이 얼마 남지 않았음을 의미한다.

국경선.

그것을 넘나드는 것은 여행자에게 너무 가혹한 것이다. 그 너머와 여기는 그리 다른 것이 없지만 인간들이 모든 것을 다르게 만들어 버리기 때문에. 경계선이란 무의미한 것이다. 경계선을 만든 몇몇의 위정자들에게만 의미 있을 뿐. 하지만 사람들에게 국경선은 절벽 앞에 다가서는 만큼이나 절대적인 압박을 준다. 국경선을 넘기 전의 법과 넘어간 후의 법이 다르다. 게양된 국기가 달라지고 군인의 제복이 달라진다. 패스포트의 국적이 달라지면 그 누구도 이방인취급을 면할 수 없다. 하지만 같은 공기와 같은 날씨, 같은 풍경이 순식간에 달라지지는 않는다.

그는 밀수업자처럼 늘 불온한 마음으로 국경선을 넘는다. 너덜거리는 패스포트를 입국심사관에게 내밀며 건성의 미소를 짓는 것부터, 세관에 신고할 것이 아무것도 없다는 제스처를 보여주는 것까지 그는 철저히 가식을 이행한다. 만약 조금이라도 초조해 하거나 어색해 한다면 당장 범죄자나 마약 운반책 같은 사람으로 의심을 받게 될 것이다. 반대로 너무 세련되게 굴면 스파이로 의심받아 변명할 여지조차 주지 않고 밀실로 끌려가, 자백한 것도 없는 자술서에 서명을 받아내기 위한 혹독한 고문을 당할 수도 있다. 여행자가 입국심사를 받을 때는 가장 여행자다운 처신을 해야 한다.

역사에서 빠져나오자 광활한 대지가 그를 맞이한다. 여기서 가로질러 갈 사막에는 더 이상 문명이 없다. 그리 큰 사막은 아니지만 적어도 3일 이상 열사의 땅에서 가쁜 숨과 뜨거운 땀을 흘려야 한다. 그는 여기서 렌터카를 빌리고 가이드인 운전수를 고용할 예정이다. 역 건너 렌터카 사무실로 들어간다. 예약이 되어 있군요. 에어컨이 망가져 털털거리는 선풍기 앞에서 손부채질을 하며 중년의 뚱뚱한 여주인이 카운터에서 서류를 뒤적인다. 계산은 어떻게 하실 건가요?

그는 여행자 수표를 쓴다. 가장 신용이 확실한 은행에서 보증하는 수표이기에 현금보다 더 유용하다. 때로 현금은 사람의 목숨 값을 싸구려로 만들 수 있기에 그는 현금뿐만 아니라 어떤 명품도 소지하지 않는다. 현지에서 껄렁한 건달들의 표적이 되지 않기 위해.

그의 서명은 독특하다. 가로로 갈겨쓰지 않고 세로로 단지 몇 획을 그을 뿐이다. 하지만 그 획의 각도가 독특하여 누구도 그 서명을 쉽게 베끼지는 못한다. 그의 세로쓰기는 그의 태생이 동양이라는 확신을 갖게 한다. 혹은 그의 아버지가 한학에 깊은 조예를 지녔다는 이야기도 있다.

결제를 마치자 그녀는 고개를 돌려 짧은 휘파람과 함께 고갯짓을 한다. 뒤에서 무료한 듯 졸고 있던 현지인이 카키색 사파리 재킷을 털고 일어선다. 검게 그을린 얼굴에 유독 흰자위가 돋보이고 눈매가 제법 야무진 인상이다. 자동차 키를 받아 둘이 주차장에 나오자 캔버스 천으로 지붕을 덮은 낡은 지프차가 기다리고 있다. 중간에 멎으면 둘 다 끝장인데. 어지간한 그도 약간 못미더운 눈치를 던진다. 아직은 쓸 만한 놈이지요. 적어도 나보다는 말이죠.

그는 웃으면 가방을 뒷좌석에 던져 넣는다. 조수석에 앉자 뜨거운 열기가 온 몸을 감싸 안는다. 시동을 켜니 생각보다 우렁찬 엔진이 굉음을 뿜는다. 8기통 엔진에 터보를 달아 튜닝을 한 것 같다. 비로소 그는 안도의 숨을 내쉬고 의자에 몸을 편안히 기댄다.

풍경은 아무런 변화가 없다. 누런 모래언덕만이 뒤로 달리듯 지나칠 뿐이다. 가이드이자 운전수는 지도와 컴퍼스도 없이 동물적 감각으로 길을 찾아간다. 쉴 없는 모래먼지에 그는 스카프로 마스크를 만들어 코와 입을 가린다.

내륙 깊숙이 들어갈수록 메마른 흙먼지가 그에게 내재된 갈증을 반긴다. 지프차는 승차감이라고는 전혀 없이 덜컹거리는 길을 한없이 달린다. 먼지를 온통 뒤집어쓰고 모노톤으로 변색된 일행은 마치 과거로 시간여행을 떠나듯 남루한 모습을 보인다. 네 시간 여를 그렇게 달리다가 관목이 있는 조금 널따란 평지에서 차는 멈춰 선다. 오늘은 여기서 잡니다. 그가 사막의 한가운데로 발을 딛는다. 왠지 바닷가를 여행할 때보다 안도감이 느껴진다. 습기가 한 톨도 없는 대륙의 한가운데에서 그는 비로소 편안히 코트를 벗는다. 그리고 매개가 전혀 없는 대기를 통해 저만치 기울어가는 태양을 바라본다. 순수한 햇빛이다. 고글 속의 눈을 잔뜩 찌푸리며 그는 건조한 햇빛을 즐긴다. 망막은 그 강렬한 빛에 환호한다. 그동안 간직했던 어둠의 찌꺼기를 일순에 날려버리며 시신경 구석구석에 빛의 쾌감을 전한다.

가이드는 서둘러 야영채비를 한다. 그를 위해 1~2인용 텐트를 치고 버너를 피우고 간단한 음식을 조리하기 시작한다. 오늘은 통조림 폭찹과 옥수수 캔이 메뉴입니다. 사막에서 성찬을 기대하기 어렵다. 이만한 식사도 여기서는 감사할 일이다. 그는 뒷주머니에서 힙 플라스크(스테인리스 술병)를 꺼내 양주를 마시며 갈증을 다스린다. 그가 가이드에게 건네자 미소를 지으며 사양한다. 사막의 밤은 춥다. 사막의 밤은 두렵다. 춥기에 두렵고 쉬 잠들 수 없기에 두렵다. 사막에는 생명이 없는 것이 아니라 생명의 움직임만 없을 뿐이다. 아주 미세한 생물들의 움직임은 숨죽이며 꿈틀대고 있을 것이다. 밤의 추위는 그 움직임조차 멈추게 만들 만큼 냉엄하다.

그는 텐트에 들어가 침낭을 편다. 가이드에게 들어오라고 말을 건넨다. 가이드는 미소를 지으며 사양한다. 고객을 위해 그는 야지에서 비박을 할 듯싶다.

불면증.

그는 강한 자의식을 가지고 있다. 어릴 때부터 삶의 인식을 철저히 지키며 살아왔다. 한 순간이라도 무의식을 허용하는 것은 자신에 대한 반역이라고 여길 정도로 그는 매사 꼼꼼히 따지고 기록하며 살았다. 그것이 극도로 예민하게 작용한 탓일까? 그는 쉽게 잠들지 못하고 오히려 잠드는 것 자체가 고민스러울 정도이다. 그래서 그는 잠들기 위해 독한 술이나 강력한 수면제를 먹어야 한다.

그는 죽어야 낫는 병을 앓고 있다. 불면증뿐만 아닌 강박, 애정 결핍 기타 등등이 그것이다. 하지만 지금은 그것에 대한 치유를 포기했다. 죽어야 낫는다는 것을 기꺼이 인정하고 사는 것이 더 낫다는 것을 알기 때문이다.

그는 가방에서 고급 양피거죽으로 싸여진 너덜거리는 일기장을 꺼낸다. 그는 침낭에 들어가 일기장을 만지작거리며 눈을 감는다.

'설산이 연출하는 스카이라인이 짙푸른 하늘과 너무도 선명한 대비를 이룬다. 잠시라도 고글을 벗으면 설맹증상에 시력을 잃게 된다. 저만치 아래에서 하세가와의 둔한 몸놀림이 온몸에 납덩이를 매단 듯하다. 해발 7906미터 사우스 콜에서는 정상이 손에 잡히듯 가까이 보인다. 하지만 위험천만한 힐러리 스텝을 넘어야 세계 최고봉에 오를 수 있다. 기압이 지상의 1/3, 산소농도 역시 1/3이다. 의학계에서는 해발 7천 미터 이상을 죽음의 지대라 부른다. 아니 죽음이 신체의 곳곳에 스며들기 시작하는 높이이다.

앞선 김정섭이 자꾸만 뒤를 돌아본다. 우리 셋이 함께한 등반은 이번이 처음이다. 김정섭과는 엘케피탄 뮤어월을 2박3일만에 프리스타일로 등반하며 호흡을 맞추었고, 하세가와는 아이거 북벽에서 고락을 함께했다. 수직의 벽에서 생명은 늘 위태롭다. 칼날의 능선에서 생명은 초라하다. 삶과 죽음의 갈림길에서 선택은 도박판에 주사위를 던지는 것과 같다. 사고가 날 확률은 등반자의 목덜미를 늘 서늘케 한다.

산소마스크 사이로 성에가 가득 낀다. 눈썹에는 얇은 고드름이 맺힌다. 고산증세로 머리는 쇠 이빨로 자근자근 씹히는 통증에 시달린다. 먹은 것을 다 토해내고 갈증은 계주처럼 더 심한 갈증을 불러온다. 시선을 들어 정상을 바라보는 것. 그곳에 오른다는 하나만의 생각으로 집중하는 것. 그것만이 인간을 가장 단순화시킬 수 있다. 중력은 집요하게 발목을 부여잡고 놓아주지 않는다. 쇠고랑을 차고 오르는 죄수처럼, 자연의 법칙을 거스른 것에 대한 죗값을 철저히 치러야 한다.

김정섭이 픽스로프를 다 설치했다고 손짓한다. 기계처럼 같은 동작을 반복해야 한다. 다리 근육은 포도당을 다 태우고 이미 글리코겐을 분해하고 있다. 마른 수건을 짜내듯이 체내의 에너지를 모두 끌어내야 한다. 플라스틱 화에 찬 아이젠을 힘차게 얼음에 박아 넣는다. 한 번의 실족이 로프에 연결된 동료들을 끌고 천길 아래의 사지로 몰고 갈 수 있다. 한 발을 딛고 심호흡을 하고, 또 한 발을 딛고 심호흡을 하고, 또 한 발을 딛고 심호흡을 하고……. 순간 뒤에서 로프를 당기는 힘을 느낀다. 하세가와가 주저앉아 움직이질 않는다. 내려가야 하나. 피켈을 설사면에 깊이 박아 확보하고, 카라비너에 로프를 통과시키고 몇 발자국을 내려간다. 죽을 맛이다. 내려가서 다시 올라와야 한다는 생각에. 다행이 하세가와가 일어나 올라가라는 손짓을 한다. 정상에 올라갈 확률이 높아졌다. 하지만 등정에 성공해도 살아 돌아간다는 보장은 누구도 못한다.'

눈을 뜨니 여명의 시간이다. 가이드는 조금이라도 선선할 때 떠나는 것이 좋다며 서두른다. 에그 스크램블과 베이컨, 그리고 바게트 빵이 아침 메뉴이다. 그는 블랙커피를 음미하며 하루가 지독히 권태로울 것을 예감한다. 차에 시동을 걸고 출발하자 어제와 조금도 다르지 않은, 아니 어제의 시간대로 타임머신을 타고 돌아간 듯 일행은 사막을 가로지른다.

그는 계속 동쪽으로 이동하고 있다. 지구가 자전하고 있으니 시차를 감안하면 하루를 달려가도 시계의 시침을 조정하면 시간상으로는 정지한 것과 같다. 그는 시간의 허공을 헤집고 다닌다는 생각이다. 시간상으로는 제자리걸음을 걷고 있기에.

그는 자신의 운명을 안다고 했다. 여행자가 여행지를 정하고 다니지도 않으면서 자신의 운명을 안다는 것은 가소로운 일이다. 겉멋에 빠진 호기일지도 모른다. 하지만 그는 놀랍게도 가까운 미래를 예측하는 능력이 있다. 몇 시간 뒤의 날씨라든가, 환율의 변동, 비행기나 기차의 연착, 그리고 예기치 않은 만남들이다. 아마도 그것은 미래를 알아낸다기보다는 그의 경험이나 관록의 결과일 수 있다. 그러한 연장선상에서 그가 그의 운명을 알고 있는 것은 아닐까. 물론 누구도 그에게 그 운명의 끝이 어떻게 되는지 물어본 사람은 없다. 그도 자신의 최후가 어떻게 될지 구체적으로 알지는 못할 것이다. 다만 그나 그를 아는 사람들의 생각에 그가 자연사할 확률이 지극히 적다는 정도만 추측할 뿐이다.

가이드는 별 탈 없이 사막을 건네주었다. 작은 촌락에서 그는 덜컹거리는 버스를 타고 한없이 고불고불한 고개를 넘어 산맥을 가로 지른다. 건조하고 냉랭한 공기가 사막에서 묻어온 먼지들을 기관지에서 씻어준다. 산마루에서 그는 그가 가로지른 사막을 내려 다본다. 누런 지평선이 가물거리며 그를 환송한다. 그는 사막을 좋아했다. 그래서 이번엔 아쉬움을 느낀다.

버스가 도착한 곳은 제법 분주한 거리가 갖추어진 도시이다. 이곳에서도 오는 사람과 가는 사람들이 한없이 교차한다. 그리고 토박이들이 그 자리를 지킨다. 토박이들, 즉 정착자는 떠나지 못해서 남아 있거나 떠날 용기가 나지 않아서 남아 있기 마련이다.

모든 사람들이 여행자가 되기를 꿈꾸지만 여행자는 정착자가 되고 싶어 한다. 그럼에도 정착자는 여행자를 경멸한다. 그들이 남아야 하는 당위와 그 책무의 무게를 잘 알기 때문이다. 하지만 모든 사람들은 정착자이면서 자신이 여행자임을 알지 못한다. 어떤 형태로든지 여행을 하거나 혹은 언젠가 영원히 돌아오지 못하는 여행을 떠날 테니 말이다.

그는 도시의 시장거리를 걷는다. 도시의 참모습은 시장 뒷골목에서 볼 수 있기 때문이다. 가장 진솔한 밑바닥의 모습, 그것이다. 물론 물건은 사지 않는다. 여행자는 짐을 만들면 안 된다. 짐이 무거워질수록 여행은 고통스러워지고 때로 여행자를 엉뚱한 곳에 눌러 앉게 만들 수도 있다. 그는 유랑극단을 알리는 샌드위치맨을 보고 잔잔한 미소를 지어본다. 그들도 하염없이 세상을 떠도는 무리들이다.

하지만 여행자와 유랑자는 다르다. 여행자는 분명한 목적지가 있고 여행의 끝이 있고 그 자체가 직업은 아니다. 유랑자는 분명한 목적지가 없고 유랑의 끝이 없고 그 자체가 생계와 연결된 경우가 많다. 여행자는 자신이 여행자임을 분명히 알지만 유랑자는 자신

여행자 · 261

이 유랑자인지를 인정하려 들지 않는다. 여행자는 여행에서 이익을 추구하지 않지만 유랑자는 유랑을 통해 자신이 살아남아야 하는 이익이 있어야 움직인다. 그런 면에서 그는 여행자이자 유랑자이다. 그러므로 여행자와 유랑자는 같다고 할 수 있다. 아니 대게의 사람들은 여행자이자 유랑자인 것이다.

그는 잠시 상념에 잠겨 걷다가 인적이 드문 골목길에 들어섰음을 알았다. 그때 뒤에서 자신을 따라 온 듯한 젊은 사내가 그를 막아섰다. 그가 아차 싶었으나 순간적으로 달려든 사내에게 허점을 보이고 말았다. 옆구리가 뜨겁다 싶더니 피가 솟구쳐 한 손으로 상처를 틀어막고 다른 한 손으로 그 사내를 후려쳤다. 반사적인 방어에 사내는 당황하여 칼을 떨어뜨리고 그대로 달아났다. 여행지에서의 방심은 금물이다. 특히 그에게 있어 이런 상황은 스스로도 용납하기 어려운 경우이다.

그는 다리가 풀려 그 자리에 주저앉으면서 어떡하든 지혈을 위해 안간힘을 썼다. 지나가는 여인에게 도움을 청하자 응급차가 도착했다. 구급대원이 상처를 들쳐보며 긴장된 표정을 풀었다. 운이 좋으시군요. 다행히 급소는 비켜갔어요. 그는 싸늘하게 웃음 지었다. 그리고 들것에 실리면서 그는 구급대원에게 가방에서 고급 양피거죽으로 싸여진 너덜거리는 일기장을 꺼내 달라고 부탁했다. 응급차에 실린 뒤 통증이 잦아들자 그는 일기장을 만지작거리며 눈을 감는다.

'벽난로에 장작을 하나 더 던져 넣는다. 불기운이 일어나며 타닥거리는 나무 타는 소리가 정겹다. 창밖에는 눈보라가 날리는지 창가에 엷은 떨림을 준다. 헬레나는 안락의자에 몸을 깊이 파묻고 생

262

텍쥐페리의 글을 읽나 보다. 조안은 어느새 잠이 들었다. 주먹만한 얼굴에 솜털이 가시지 않는 조안. 조안은 핑크빛 원피스를 입은 바비 인형을 좋아한다. 조안은 이제 7살이 되는 여자아이이다.

　오르골에서는 태엽이 다 풀렸는지 바다르체프스카의 소녀의 기도가 느린 템포로 흘러나오다 중간마디에서 멈춘다. 선더버드 종인 애견 레오는 커다란 몸집을 잔뜩 웅크리고 조안의 곁에 엎드려 있다. 괘종시계의 둔한 종소리가 열시를 울린다. 깊은 고요에 빠져 있던 별장이 잠시 기지개를 켜는 것 같다. 밖에 눈보라가 멎은 듯하다싶어 문을 열고 테라스에 나가 본다. 눈이 여린 형광 빛을 띠며 빛을 내는 것 같다. 눈을 잔뜩 뒤집어 쓴 삼나무 숲을 바라보니 불현 듯 평화라는 단어가 떠오른다. 그리고 구름이 갠 하늘엔 총총한 별들이 빛나고 있다. 오리온자리와 카시오페이아자리를 따져본다. 큰곰자리를 찾으면 북극성을 바로 찾을 수 있고 북쪽을 알아낼 수 있다. 처마에 매달린 고드름을 꺾어 램프의 불빛에 비춰본다. 영롱한 빛이 반사되며 아름다운 보석처럼 보인다. 한동안 서 있다가 추위에 못 이겨 거실로 들어선다.

　쉽게 잠들지 못하는 밤이라는 생각에 보드카를 글라스에 가득 따라 붓는다. 그 소리에 헬레나는 책을 덮고 걱정스러운 표정을 짓는다. 알코올 도수 70％인 이 술을 300cc짜리 글라스로 두 잔을 마시면 깊은 잠에 빠져들 수 있다. 깊은 잠은 죽음과도 같은 것이다. 죽음은 소멸이다. 사후세계는 없다. 잠들고 나서 깨어나지 않는다고 생각하면 죽음이 두려울 것도 없다. 다만 헬레나와 조안과 레오를 다시 보지 못한다면 한없이 슬프다는 생각이 든다. 물론 그 조차도 의식이 없어 느끼지도 못할 테지만.'

그가 눈을 뜨자 한밤중이었다. 그는 6인 병실의 창가 베드에 누워 있다. 팔에는 링거바늘이 꽂혀 있고 튜브를 통해 링거 병이 걸려있는 것이 보였다. 상체를 들려 하니 옆구리에서 격한 통증이 느껴져 그는 다시 몸을 누였다. 병실에는 다른 환자들을 간병하는 몇몇의 보호자가 보였고 취침 등만 켜 있어 누가 누군지 알 수 없었다. 누가 자신을 찌른 것일까? 단순한 강도일까? 아니면 누군가가 자신이 이곳에 오는 것을 알고 자신을 공격한 것일까?

그가 사막을 횡단하고 이 도시로 오는 것을 아는 사람은 없다. 늘 즉흥적으로 여정을 바꾸기 때문이다. 하지만 곰곰이 생각해보니 카페에서 금발의 여인과 이야기를 나누며 이 도시에 온다는 말을 한 것 같다. 물론 그녀에게 의도적으로 접근한 것은 그였다. 그러나 가장 중요한 정보는 사소한 경우로 노출되는 법이다. 살아오면서 그에게 앙갚음 하려하는 자를 세려 한다면 손가락을 다 펴도 모자랄지 모르니까.

그는 고개를 젓는다. 그냥 단순 강도라고 생각하자고. 행여 기어코 앙갚음을 하려는 자가 있다면 이 병실까지 쫓아 올 것이고, 그렇다면 자신은 불가항력으로 당할 수밖에 없다. 그러니 긴 생각은 아무런 소용이 없다. 그리고 여기까지 온 것이 다 부질없다는 생각을 한다.

사람들은 어디로든지 떠나고 싶어 한다. 떠날 곳을 찾아서, 명분을 만들고 기꺼이 여행 가방을 챙긴다. 어린이들이 소풍을 앞두고 설레는 마음이나 학창시절 수학여행을 앞두고 치기 어린 장난을 준비하는 마음처럼. 하지만 사람들에게 어디에 도착하는 것은 중요하지 않다. 중요한 것은 어디든지 열정을 가지고 가는 것이지 도착하여 안주하는 것이 아니기 때문이다.

　그렇다면 그는 고향을 생각할까? 여행자에게 늘 고향이란 잔인한 것이다. 향수는 그리움이라는 멍에를 씌울 뿐이다. 회귀본능이란 결코 생명에게는 관대하지 않다. 태어난 자리는 절대 죽어가는 자에게 그 자리를 양보하지 않으니까. 움직이면 태어난 자리는 없다. 따라서 여행자에게 돌아갈 곳이란 없다.

"행동하고 실천하는 작가로 거듭나길"

박하 (문학평론가)

사람이 글을 쓰는 이유는 다양하다. 특히 소설을 쓴다는 것은 쉽지 않은 도전이기에 그만큼 치열함이 요구된다.

사람에 따라서는 소설을 위한 소설 쓰기에 머무는 경우도 있다. 작가 지망생으로 평생을 습작만 하다가 끝나는 경우도 많다. 이는 그래도 좀 낫다. 등단을 하고 작가활동을 본격적으로 할 시기에 오히려 소설 쓰기를 중단하고 문단에서 사라지는 경우는 더욱 안타깝다. 설혹 전업 작가로 활동을 한다고 하더라도 생활비를 제대로 버는 이는 드물다.

그러니 이 시대에, 이 나라에서 소설을 쓴다는 것은 어느 쪽도 바람직해 보이지 않는다. 그럼에도 김경수 작가가 꾸준히 소설을 공부하고 써 온 이유, 그리고 앞으로도 그 길을 잃지 않고 가려는 까닭을 그는 이렇게 말한다.

"살아오면서 어쩌지 못할 상황에 처하거나 그런 상상을 할 때,

저는 그것을 가상의 이야기에 담아 그 굴레에서 빠져나오려고 했습니다. 제가 고민해 왔던 숙제를 소설을 통해 풀어보고 그것을 다른 사람들에게 넘겨주었다고나 할까요."

김경수 작가는 "다양한 형태의 글을 기고해 보았지만 소설만큼 어려운 것은 없었다."고 한다.

"소설을 쓰는 과정은 늘 어렵고 힘들었습니다. 그런 까닭에 한 편을 마칠 때마다 다른 어떤 장르의 글보다 성취감이 컸습니다. 이것이 저로 하여금 소설을 쓰게 만들었는지 모릅니다."

작가 스스로는 자신의 작품이 감수성을 자극하거나 처절한 리얼리즘을 보여주지 못한다고 겸손하게 이야기한다. 그러나 그래서 오히려 다양한 소재와 실험적인 플롯 설정이 돋보인다.

마치 16세기 후기 베네치아 출신의 미술가 틴토렌토가 위대한 혁신을 하기 위해 본질적인 것에만 집중하고 통상적인 의미의 기법적인 디테일에 신경 쓰지 않으므로 오히려 사람들에게 상상할 여지를 남겼다는 평가를 받는 것과 같은 맥락이라고 할 수 있다.

김경수 작가는 겸손하게 이야기했지만 작품에서 감수성을 배제한 것은 오히려 장점이 된다. 가벼움 속에서 세상을 풍자한 소설 「넘비들의 성찬」, 「담담한 이야기」 등의 소설을 감수성으로 포장했다면 작가가 작품을 통해 독자들에게 들려주려고 했던 내용들이 제대로 전달되지 못했을 것이다. 그러니 감수성의 배제는 오히려 작품을 제대로 전달하기 위한 전략으로 보인다.

다음은 대학 문학상 소설부분 당선작 「질주, 1998」에 대한 김영현 소설가의 심사평이다.

 "김경수의 「질주, 1998」는 명퇴자인 주인공의 절망적 몸부림이 로드무비식으로 속도감 있게 그려진 작품이다. 소설적 완성도가 높다는 점에서 당선작으로 뽑는다. 더욱 정진 있길 바란다."

 「질주, 1998」의 두 주인공은 우리 시대의 중견층과 청년층을 대표하는 인물이다. 그들의 몰락은 곧 우리의 몰락을 의미하며 동시에 사회 기반의 붕괴를 의미한다.

 자신이 속해 있는 위기의 사회질서 속에 더 이상 휩쓸리고 싶지 않다는 몸부림이 질주로 나타나지만 자기 세계로의 길이 모든 것을 버린 대가로 얻어질 수밖에 없다는데 현실의 냉혹함과 절망이 배어 있는 작품이다. 마지막 장면에서 영화 「델마와 루이스」가 떠오른 것은 김영현 소설가가 말한 형식 때문일 것이다.

 다음은 순수 창작문학 동인회 〈풀밭〉에서 활동할 때 동인지에 수록된 작품에 대한 이미경 시인의 평이다.

 "김경수의 「호모 루덴스 vs 호모 사피엔스」에서는 진실이 지나치게 허위에 가려져 진실(호모 루덴스)를 보여주고 싶은 의도 자체가 허위로 느껴지는 철저하게 장막에 드리워진 소설이다. 사실 진실과 허위의 사이에 장막이 있었나 하는 의심이 들 정도이다. 문장력이 좋고 서술이 망설임 없이 잘 터지는 면은 장점이라 하겠다."

 「호모 루덴스 vs 호모 사피엔스」는 김경수 작가의 작품에서 쉽게 볼 수 없는 형식이다. 분위기 연출 자체가 이 작품의 의도였다면 성공적이었다고 할 수 있다. 그 의도는 제목에서도 충분히 느껴진다.

김경수 작가의 단편소설들은 각기 다른 패턴을 그리며 완성도가 있다 보니 묘한 재미를 선사한다. 「궤적」은 추리소설의 양식을 따왔으며, 「리플 프린세스」는 시점을 바꾸어가며 풀어가는 형식으로, 「신천옹」과 「랑데부 타임」은 누구에게나 삶속에서 숙제와 같은 주제인 형제나 친구의 이야기는 전통적인 소설의 형식으로 진지하게 풀어갔다.

　　어떠한 형태로 작품을 쓰면 효과적으로 이야기를 잘 전달할 수 있는지를 알고 있는 영리한 작가이다. 작품의 성격에 따라 체인지업을 자유자제로 할 수 있다는 점은 커다란 장점으로 보인다.

　　미래를 가상한 「한사람」과 주지적 관찰시점에서 풀어가는 「여행자」는 소재의 독특함에서 눈길이 가는 작품이다. 특히 「한사람」에서 시사하는 여러 부분들은 깊이 되새겨볼 만하다.

　　작가 김경수는 히말라야와 일본 겨울 북알프스를 각각 두 번씩 등반한 산악인이기도 하다. 또한 북한산을 사랑하며 사십 여 년 동안 인수봉 암벽등반을 해왔다.

　　그리고 가장 존경하는 작가로 앙투안 드 생텍쥐페리를 꼽는다. 『어린 왕자』도 좋아하지만 그 외의 작품들 『야간기행』, 『남방우편기』, 특히 『인간의 대지』와 미완성 유작인 『성채』를 사랑한다.

　　김경수 작가가 생텍쥐페리를 존경하고 그의 작품을 사랑하는 이유는 그가 행동하는 작가이고 그의 작품 곳곳에 행동가의 모습과 철학을 보여주고 있기 때문이라고 말한다.

　　지금 김경수 작가는 추리소설을 연작으로 쓰고 있다. 거의 완성

단계에 있다고 하니 빠른 시일 안에 그의 작품을 보고 싶다. 더불어
행동하고 실천하는 작가로서 꾸준한 발전과 정진을 기대해 본다.